Sylter Schmerz

Geheimes Grab

Sylter Schmerz

Geheimes Grab

Sina Marten ermittelt

Mara Tamen

Kapitel eins

Zeit für die Mittagspause.

Erik Klein stellte den Motor des Baggers ab, nahm seinen Gehörschutz ab und kletterte vom Fahrersitz. Er ließ einen befriedigten Blick über die bereits getane Arbeit wandern. Es lief gut, wahrscheinlich würden sie es heute noch schaffen, die Baugrube komplett auszuheben.

Er drehte sich um und winkte seinem Kollegen Gunnar Behrendt. Gunnar stapfte in seinen schweren, schlammbespritzten Arbeitsstiefeln auf Erik zu.

»Mann, ich kann es gar nicht erwarten, bis ...« Er brach mitten im Satz ab und starrte an Erik vorbei. In seinem Blick lag Erstaunen. Erstaunen, das sich rasch in Entsetzen verwandelte.

Noch bevor Erik reagieren und nachfragen konnte, was sein Kollege denn so plötzlich hatte, beschleunigte Gunnar seine Schritte und stürzte an Erik vorbei.

Kopfschüttelnd drehte Erik sich um. »Was ist denn in dich gefahren?«

Gunnar Behrendt war mittlerweile kurz vor der Baugrubenwand stehengeblieben, hatte die Hände in die Hüften gestemmt und beugte sich ein wenig vor.

In gemächlichem Tempo ging Erik Gunnar hinterher. Als er ihn fast erreicht hatte, blieb er abrupt stehen. Sein Mund klappte auf. Erst brachte er kein Wort heraus. Dann kniff er die Augen zusammen.

»Sind das etwa ...?«

Gunnar nickte und drehte sich zu ihm um. »Ja. Knochen. Und von 'nem Schaf sind die nicht.«

***

»Mistvieh!«

Sina Marten sah von ihrem Sitzplatz auf einer Bank an der Westerländer Promenade schmunzelnd zu, wie der Mann der Möwe mit der Faust drohte, die mit ihrer Beute im Schnabel davonflog.

Eigentlich müsste in jedem Reiseführer für Sylt gleich auf Seite eins eine Warnung vor Möwen abgedruckt werden. Nehmen Sie sich in Acht, wenn Sie in Strandnähe etwas zu essen kaufen. Besonders gefährdet sind Fischbrötchen. *So oder so ähnlich müsste diese Warnung formuliert sein.*

Sina sah dem Mann hinterher, der sich immer noch schimpfend auf den Weg zurück zu der Fischbude machte, wo er das Mittagessen ersetzen wollte, um das ihn die räuberische Möwe gebracht hatte.

Sie selbst hatte besser auf ihr Essen aufgepasst und nahm nun einen weiteren Bissen von ihrem Brötchen. Nicht bei Gosch gekauft, sondern am Morgen selbst mit Schinken und Käse belegt.

Kauend drehte Sina ein wenig den Kopf, sodass ihr die warme Frühlingssonne direkt ins Gesicht schien.

Es war eine gute Idee, die Mittagspause an die Strandpromenade zu verlegen. Sonne tanken, meine Batterien aufladen, bevor es zurück an die Arbeit geht.

Sie schob sich den letzten Bissen in den Mund und sah auf die Uhr. Sie hatte noch Zeit, bevor sie aufs Revier zurückkehren musste. Dort lag im Moment nichts Wichtiges an, sodass es für Sina keinen Grund gab, ihre Pause zu verkürzen.

Ich könnte noch kurz bei Monika vorbeischauen.

Monika war eine gute Freundin Sinas, die in einem Teeladen in der Strandstraße arbeitete, die zusammen mit der Friedrichstraße die Fußgängerzone von Westerland bildete.

Sina erhob sich von ihrem Platz auf der Bank und knüllte die leere Brötchentüte zusammen. Als sie die Papiertüte in einen Abfalleimer warf, spürte sie, wie in ihrer Jackentasche das Handy vibrierte.

Im beleuchteten Display stand der Name eines ihrer Kollegen. Sven Haycken.

»Sven, was gibt's? Ich hab noch zwanzig Minuten Mittagspause«, sagte Sina lächelnd.

»Vergiss es«, drang Svens Stimme an ihr Ohr. »Auf einer Baustelle wurde ein menschliches Skelett gefunden.«

Das Lächeln auf Sinas Gesicht erlosch. »Ist denn schon sicher, dass es sich um menschliche Knochen handelt?«

»Jo, sieht so aus. Der Vorarbeiter, der mich angerufen hat, klang ziemlich aufgelöst. Wann kannst du hier sein? Soll ich schon vorausfahren?«

»Nein, nein«, sagte Sina hastig. »In zehn Minuten bin ich zurück. Wir treffen uns vor dem Revier.«

»Gut, ich fahr schon mal den Wagen vor.«

***

»Bräunliche Verfärbung und sie sehen brüchig aus«, sagte Sven leise zu Sina. »Ich bin zwar kein Experte, aber für mich sehen diese Knochen alt aus.« Mit dem Kinn zeigte er in Richtung eines nicht weit entfernten, grasbewachsenen Hügels. »Vielleicht sogar so alt, dass sie aus einem Hünengrab wie dem da drüben stammen.«

Stirnrunzelnd sah Sina sich um. Seit sie vor einiger Zeit einen Ausflug mit ihrem Freund Jan gemacht hatte, bei dem sie die zahlreichen vorzeitlichen Gräber erkundet hatten, die Sylt zu bieten hatte, wusste sie, dass sich unter einer solchen unscheinbaren Erhebung in der Regel ein Grab verbarg.

»Aber das hier ist nur ein Skelett«, sagte sie. »In den meisten Hünengräbern wurden mehrere Personen beerdigt.« Sie ging in die Hocke. »Außerdem sind hier nirgends Steine. Da sind einfach nur die Knochen.«

Nach einem kurzen ersten Blick auf den Knochenfund, hatte Sina sofort in Flensburg angerufen und einen Gerichtsmediziner und einen forensischen Anthropologen angefordert. Bis die beiden auf der Insel eintreffen würden, gab es für sie und Sven nichts weiter zu tun, als den Fundort abzusperren.

Jetzt betrachtete Sina das teilweise freigelegte Skelett genauer. Es steckte in der Erdwand, die durch den Aushub der Baugrube entstanden war. Sina konnte einen Teil des Schädels sehen, Halswirbel und Knochen, die sie für Schulterknochen hielt.

Der Schädelknochen lag so in der Erde, dass man ihn im Profil sah. Sina vermutete, dass die Leiche, die hier vergraben worden war, auf dem Rücken gelegen hatte. Von der Stelle, an der sich die Knochen befanden, bis zur Erdoberfläche waren es nach Sinas Schätzung knapp zwei Meter.

Eine durchaus übliche Tiefe für moderne Gräber. Wenn diese Knochen hier seit Hunderten und Aberhunderten von Jahren liegen würden, müssten sie sich meiner Meinung nach tiefer in der Erde befinden.

Sie versuchte, sich Einzelheiten der Informationen ins Gedächtnis zu rufen, die sie auf der Erkundungstour mit Jan gelesen hatte. Doch da war leider nicht viel hängengeblieben.

Sina richtete sich wieder auf und tastete nach ihrem Handy. Die Wartezeit konnte sie sich damit vertreiben, online nach Einzelheiten zu historischen Gräbern auf Sylt zu suchen.

»Sieht so aus, als bekämen wir Gesellschaft«, meinte Sven.

Sina ließ das Handy in ihrer Jackentasche stecken und sah in die Richtung, in die der Blick ihres Kollegen ging.

Ein Mann in hellgrauem Anzug kam auf sie zugestürmt, in seinem Schlepptau Gunnar Behrendt, der Bauarbeiter, mit dem Sina und Sven bereits gesprochen hatten.

»Das wird wohl der Bauherr sein«, sagte Sina. »Scheint nicht sonderlich begeistert zu sein, dass hier erst mal Baustopp ist.«

»Zeit ist eben Geld«, murmelte Sven.

»Muss das wirklich sein, dass hier alles stillsteht?«, fragte der Mann, kaum dass er Sina und Sven erreicht hatte.

»Moin, Sina Marten«, stellte Sina sich vor. »Mein Kollege Sven Haycken. Und Sie sind?«

»Fülscher. Hinnerk Fülscher. Dies ist mein Grund und Boden.«

Der hinter Fülscher stehende Gunnar Behrendt sah Sina an und verzog das Gesicht.

Der kennt Fülschers aufbrausende Art wahrscheinlich schon zur Genüge.

Sina streckte den Rücken durch. Ihr war klar, dass ihre Größe von gerade einmal 1,68 m alles andere als respekteinflößend wirkte. Eine Tatsache, die sie schon ihr ganzes Erwachsenenleben lang störte.

Aber man muss mit dem arbeiten, was man hat, dachte sie.

»Herr Fülscher, wir haben es hier eindeutig mit menschlichen Knochen zu tun. Die Lage des Skeletts legt die Vermutung nahe, dass es nicht bereits seit Jahrhunderten hier liegt. Bevor die Knochen nicht vollständig freigelegt und von einem Gerichtsmediziner begutachtet worden sind, wird hier leider nicht weitergearbeitet werden können.«

»Das ist ja ungeheuerlich«, schnaubte Hinnerk Fülscher. Seine Gesichtsfarbe war von einem ungesund wirkenden Rot. Ob der Mann immer so aussah, weil er an Bluthochdruck litt oder ob sein Aussehen der Aufregung geschuldet war, vermochte Sina nicht zu beurteilen.

Der Bauarbeiter hüstelte. »Das heißt dann wohl, wir können für heute Feierabend machen?«

Bevor Fülscher etwas sagen konnte, nickte Sina Behrendt zu. »Ganz genau. Wir haben ja Ihre Kontaktdaten. Wir sagen Ihnen schnellstmöglich Bescheid, wann Sie weiterarbeiten können.«

Sie wandte sich an Fülscher, der mittlerweile aussah, als würde er jeden Moment explodieren. »Die Kollegen sind unterwegs, wenn alles glatt abläuft, kann das Skelett heute noch abtransportiert werden.«

»Heißt das dann, die Bauarbeiten können morgen weitergehen?«

»Versprechen kann ich Ihnen das natürlich nicht, aber seien Sie versichert, wir werden alle so schnell wie möglich arbeiten«, sagte Sina kühl. Die ganze Art von Hinnerk Fülscher ging ihr gegen den Strich.

Fülscher fuhr sich mit einer Hand über die beginnende Stirnglatze. »Nun, denn ...«

Sina zog Notizbuch und Kugelschreiber aus ihrer Jackentasche. »Wo Sie nun schon einmal hier sind,

Herr Fülscher, könnten Sie mir gleich ein paar Fragen beantworten.« Sie schlug eine neue Seite auf. »Sie sagten, Sie seien der Eigentümer?«

»Ja, seit etwas über einem Jahr.«

»Seit wann laufen die Bauarbeiten?«

»Seit ungefähr sechs Wochen. Zuerst musste das Haus abgerissen werden, das hier vorher stand.« Fülscher gestikulierte heftig. »Es hat Ewigkeiten gedauert, alle erforderlichen Baugenehmigungen einzuholen.«

Das gefiel dir natürlich gar nicht. Geduld ist ganz offenbar nicht deine Stärke.

»Wie heißt denn der Vorbesitzer, von dem Sie das Grundstück erworben haben?«, fragte Sven, der schräg hinter Sina stand.

Fülschers Kopf ruckte in Svens Richtung. »Hansen. Das Grundstück befand sich wohl seit langer Zeit in Familienbesitz.«

Sina notierte sich den Namen, dann steckte sie das Notizbuch wieder ein. »Kommen Sie doch morgen im Laufe des Vormittags zu uns aufs Revier und bringen Sie bitte den Kaufvertrag mit.«

Fülscher plusterte sich auf. »Muss dass denn sein? Ich bin ein viel beschäftigter Geschäftsmann und ...«

»Ja, das muss sein«, sagte Sina in scharfem Ton und sah Fülscher durchdringend an. »Ich bin mir sicher, Sie werden es einrichten können.«

Einen Moment starrte Hinnerk Fülscher Sina an, doch ihm schien keine Entgegnung einzufallen. Und mit der Polizei anlegen wollte der so überaus beschäftigte Geschäftsmann sich dann wohl doch nicht. Schließlich nickte er Sina und Sven knapp zu, drehte sich abrupt um und eilte den Weg zurück, den er gekommen war.

Sina folgte Fülscher mit dem Blick. Er stieg in einen schwarzen Land Rover, der ein Stück von der Baugrube entfernt parkte, und fuhr mit durchdrehenden Reifen davon.

»Kann ich noch was tun?«, fragte Gunnar Behrendt, der immer noch einige Meter von Sina und Sven entfernt stand.

»Sie können Ihre Männer nach Hause schicken.« Sina sah auf ihre Armbanduhr. »Aber es wäre gut, wenn Sie selbst noch hierbleiben könnten, um die Abläufe für Ihren Bauherren zu protokollieren.«

***

Tanja Wellenbrink, die forensische Anthropologin, fuhr mit einem Pinsel über den mittlerweile gänzlich freigelegten Schädelknochen. Ihr Assistent schoss ein weiteres Foto. Er dokumentierte, wie das Skelett Stück für Stück aus seinem Erdgrab befreit wurde.

»Keine ausgeprägte Wulst über den Augenhöhlen«, sagte Wellenbrink. »Indiz für einen weiblichen Schädelknochen.«

Die Anthropologin beugte sich vor und deutete mit ihrem behandschuhten Zeigefinger auf die Schädeldecke. »Schädeldachnähte deutlich auszumachen, noch keine Obliteration. Es handelt sich um eine jüngere Person.«

»Höchstwahrscheinlich also eine junge Frau«, sagte Sina.

Tanja Wellenbrink antwortete nicht, sondern fuhr mit zwei Fingern sachte über den Kieferbereich. Wieder beugte sie sich vor, um ein Detail zu studieren. Dann richtete sie sich auf und sah Sina an. »Falls Sie sich Hoffnungen gemacht haben sollten, dass es sich um ein jahrhundertealtes Skelett handelt, muss ich Sie enttäuschen. Wie lange genau diese Knochen schon hier liegen, kann ich Ihnen natürlich erst nach exakten Laboruntersuchungen mitteilen. Aber länger als dreißig Jahre waren es auf keinen Fall.«

Sina lief ein Schauer über den Rücken. »Woran können Sie das jetzt schon festmachen?«

Wellenbrink trat einen Schritt zur Seite. »Sehen Sie sich den Unterkiefer ganz genau an. Das Gebiss weist mindestens zwei Plomben auf. Kein Amalgam. Das sind Komposit-Zahnfüllungen. Diese kamen zwar bereits in den 1960er Jahren auf, aber Amalgam wurde noch lange Zeit weitaus häufiger verwendet.«

Sina sah zu Sven auf, der neben ihr stand. Ihr Kollege zog beide Augenbrauen hoch. »Sieht so aus, als steht uns eine schwierige Aufgabe bevor.«

Sina nickte. *Identifizierung einer Toten ohne jegliche Anhaltspunkte, das wird sogar ungemein schwierig.*

Kaum hatte sie diesen Gedanken beendet, da sog Tanja Wellenbrink zischend die Luft ein. »Dr. Singer«, rief sie. »Sehen Sie sich das an.«

Der Gerichtsmediziner, der sich bis jetzt im Hintergrund gehalten hatte, trat neben Wellenbrink.

Sina beobachtete gebannt, wie die beiden leise miteinander berieten. Was hatte Wellenbrink entdeckt? Sie trat ungeduldig von einem Bein auf das andere.

»Ja, das ist eindeutig«, sagte Dr. Gerhard Singer schließlich laut und trat einen Schritt zurück. Er wandte sich an Sina und Sven. »Fraktur des Os Hyoides. Das Zungenbein ist gebrochen. Ein Hinweis darauf, dass diese Person erwürgt wurde oder durch eine andere ähnliche Gewalteinwirkung auf den Hals getötet wurde. Sie könnte sich zum Beispiel erhängt haben.«

Jetzt war es an Sina, scharf einzuatmen. Die schwierige Identifizierung hatte sich nun in einen ausgewachsenen Cold Case verwandelt.

Höchstwahrscheinlich eine junge Frau, vor maximal dreißig Jahren womöglich erwürgt und anschließend verscharrt. Hoffentlich liefern uns die Laboruntersuchungen mehr und vor allem exaktere Informationen.

Kapitel zwei

Die freigelegten Knochen waren am Vorabend sorgfältig verpackt und nach Flensburg gebracht worden, wo Wellenbrink und Singer sie ausführlicher untersuchen würden.

Bis diese Arbeiten abgeschlossen waren, blieb Sina abgesehen von Befragungen des ehemaligen und des aktuellen Grundstückeigentümers nicht viel anderes übrig, als sich mit Routineaufgaben zu beschäftigen.

Im Moment saß sie im Revier am Schreibtisch und sah ein Diebstahlsprotokoll durch. Obwohl jetzt kurz vor Pfingsten die Touristen nur so auf die Insel strömten, ging es erfreulich ruhig zu. Allzu viel hatten Sina und ihre Kollegen nicht zu tun.

Wenn der Skelettfund nicht wäre. Dann wäre es im Moment fast langweilig.

Sie schloss gerade das auf ihrem PC-Monitor geöffnete Dokument, als ihr Telefon klingelte.

»Guten Tag, mein Name ist Christiane Manthey.« Die Stimme am anderen Ende der Leitung klang förmlich, ein wenig, als hätte die Anruferin sich genau zurechtgelegt, was sie sagen wollte. Sie zögerte ein wenig, bevor sie fortfuhr. »Mein Mann und ich haben in der Zeitung von dem Knochenfund gelesen. Auf der Baustelle. Und da ...«

Sie brach ab. Sina hörte sie tief durchatmen.

»Ja?«, fragte Sina nach. »Wie kann ich Ihnen behilflich sein, Frau Manthey?«

Sie hörte einen Laut, der nach einem unterdrückten Schluchzen klang.

Sina runzelte die Stirn. Doch bevor sie nachfragen konnte, sprach die Anruferin weiter. Hastig dieses Mal, so als müsse sie ihr Anliegen so schnell wie möglich vortragen, bevor sie es sich anders überlegen konnte.

»Mein Mann und ich, wir fragen uns, ob Sie unsere Tochter gefunden haben.« Ein tiefes, rasselndes Durchatmen. »Dana Manthey. Sie verschwand vor zwanzig Jahren.«

Sina richtete sich auf. Die Aufgabe, die Vermisstendatenbank durchzugehen, hatte sie bis zum Abschluss der Untersuchungen von Wellenbrink und Singer zurückgestellt. Schließlich machte es wenig Sinn, sofort DNA-Proben sämtlicher Personen zu besorgen, die in den vergangenen dreißig Jahren auf Sylt vermisst gemeldet worden waren. Vor allem, weil es ja durchaus möglich war, dass es sich bei der Toten um eine Frau handelte, die gar nicht auf Sylt gelebt hatte.

Zwanzig Jahre? Das würde perfekt zu dem Zeitraum passen, den Wellenbrink genannt hatte.

Sina dachte an das zurück, was die forensische Anthropologin über die Zahnfüllungen der Toten gesagt hatte.

»Danke für Ihren Anruf, Frau Manthey«, sagte Sina vorsichtig, während sie noch überlegte, wie sie weiter vorgehen sollte. »Die Knochen werden zurzeit rechtsmedizinisch untersucht, um so viele Einzelheiten wie möglich über die verstorbene Person festzustellen. Geben Sie mir bitte Ihre Kontaktdaten, dann ...«

»Wir könnten Ihnen etwas von Dana geben, damit Sie so einen DNA-Test vornehmen können«, sagte Christiane Manthey hastig. »Wir haben alles aufgehoben, weil wir dachten, dass eines Tages ... Haarbürste, Zahnbürste ... solche Dinge.«

Sina überlegte. Es war offensichtlich, dass es Frau

Manthey sehr schwer gefallen war, auf dem Revier anzurufen.

Seit zwanzig Jahren quält sie sich damit, nicht zu wissen, was mit ihrer Tochter geschehen ist. Das muss doch die Hölle sein.

Sie beschloss, Christiane Manthey nicht zu erklären, dass das eigentliche Vorgehen wäre, auf die abschließenden Feststellungen des Rechtsmediziners zu warten und erst dann einen DNA-Abgleich durchzuführen. Stattdessen würde sie einfach kurz bei Mantheys vorbeifahren und die Haarbürste der Verschwundenen abholen.

Das dauert nicht lange und wer weiß, vielleicht handelt es sich bei dem Skelett ja wirklich um die sterblichen Überreste von Dana Manthey.

»Geben Sie mir bitte Ihre Adresse, Frau Manthey«, sagte sie.

Die Anruferin nannte eine Adresse in Keitum. Sinas Nachfrage, ob sie sofort vorbeikommen könne, bejahte sie.

»Es wird nicht lange dauern. Ich würde gerne kurz mit Ihnen sprechen und auch mit Ihrem Ehemann, falls er zu Hause ist. Dann können Sie mir bereits ein paar Details zu Dana und deren Verschwinden nennen.«

Nun war es an Sina, tief Luft zu holen. »Ich muss Sie aber jetzt schon bitten, sich keine allzu großen Hoffnungen zu machen. Es könnte sehr gut sein, dass es sich bei dem Fund um Knochen handelt, die dort bereits länger als zwanzig Jahre liegen.«

»Dessen bin ich mir bewusst«, sagte Christiane Manthey leise. »Vielen Dank, dass Sie sich trotzdem kümmern.«

Nachdenklich legte Sina den Telefonhörer auf.

Dass es sich um das Skelett einer jungen Frau handelt, hat Anja Wellenbrink ja schon vor Ort festgestellt. Das und der zeitliche Rahmen würden also passen.

Sie griff nach ihrer Jacke und stand auf.

Trotzdem, dass wir hier gleich einen Volltreffer landen und es sich um Dana Manthey handelt, ist zu bezweifeln.

***

Sina hatte sich entschlossen, alleine zu den Mantheys zu fahren. Dort gemeinsam mit Sven aufzutauchen, wäre übertrieben gewesen.

Außerdem würde es das Ehepaar vielleicht eher verschrecken, wenn gleich zwei Polizisten bei ihnen vor der Tür stehen.

Die Adresse, die Christiane Manthey Sina genannt hatte, stellte sich als gepflegter Neubau im Friesenstil heraus. Wie schon oft hatte Sina, während sie durch Keitum gefahren war, gedacht, dass es sich bei der ehemaligen Sylter Hauptstadt um das hübscheste Städtchen der Insel handelte.

Sie parkte am Straßenrand und musterte die weiße Fassade, das geschwungene, tiefgezogene Reetdach und die Blumen im Vorgarten.

Gutbürgerlich, vielleicht ein wenig spießig. Ich bin gespannt, was ich gleich über das Verschwinden der Tochter des Hauses erfahren werde.

Auf Sinas Klingeln öffnete eine Frau mit dunklen, von silbernen Strähnen durchzogenen Locken. Tiefe Falten hatten sich in die Haut ihrer Stirn eingegraben. Sina schätzte sie auf ungefähr sechzig.

Christiane Manthey bat Sina ohne viel Worte ins

Wohnzimmer, wo sich ein großer Mann mit grauem Haar von einem der beiden Sofas erhob und Sina die Hand schüttelte.

»Jakob Manthey. Vielen Dank, dass Sie sich die Zeit nehmen.«

Sina nickte ihm zu. Dabei fiel ihr Blick auf den Beistelltisch, auf dem zwei Klarsichtbeutel lagen. Darin eine Haarbürste und eine Zahnbürste.

Jakob Manthey war Sinas Blick gefolgt. Er griff nach den beiden Beuteln. Doch statt sie Sina zu reichen, drehte er sie ein wenig unentschlossen in den Händen hin und her. »Ja, meine Frau hat Ihnen ja schon am Telefon gesagt, dass wir alles aufgehoben haben.«

»Das war sehr vorausschauend von Ihnen«, sagte Sina. Im selben Moment verfluchte sie sich für diesen nicht sehr einfühlsamen Satz. Hastig sprach sie weiter. »Ich werde sofort alles Erforderliche in die Wege leiten.«

Jakob Manthey hielt ihr die beiden Klarsichtbeutel entgegen. Sina nahm sie und verstaute sie sorgfältig in einem großen mitgebrachten Umschlag.

»Da ich schon einmal hier bin, würde ich Ihnen gerne noch einige Fragen stellen«, sagte sie.

»Aber bitte, setzen Sie sich doch«, sagte Jakob Manthey und ließ sich ebenfalls wieder auf das Sofa sinken. Er sah seine Frau an, die immer noch in der Wohnzimmertür stand.

»Kann ich Ihnen etwas anbieten? Einen Tee? Oder lieber Kaffee?«

Sina schüttelte den Kopf. »Nein, danke. Setzen Sie sich einfach zu uns. Es wird nicht lange dauern.« Sie wartete kurz ab, bis sich Frau Manthey auf die äußerste Kante eines Sessels gesetzt hatte, die Hände auf den Knien gefaltet, den Kopf gesenkt.

»Meine erste Frage betrifft eine alternative Methode zur Identifizierung, die schneller gehen würde als ein DNA-Abgleich«, begann Sina, während sie ihr Notizbuch hervorzog. »Könnten Sie mir den Namen des Zahnarztes nennen, bei dem Dana damals in Behandlung war?«

»Oh, daran haben wir gar nicht gedacht«, sagte Christiane Manthey. »Sie könnten das Zahnschema vergleichen?«

Sina nickte. »Ein DNA-Test würde mehrere Tage, vielleicht sogar ein oder zwei Wochen dauern. Aber wenn wir Röntgenaufnahmen von Danas Zahnarzt hätten, könnten diese sofort verglichen werden.«

»Unsere ganze Familie war bei Dr. Frank Rotluff«, sagte Jakob Manthey. »Dr. Rotluff hat aber leider seine Praxis vor einigen Jahren aufgegeben.« Er sah seine Frau an. »Unsere Unterlagen hat er uns übergeben, damit wir sie an unseren neuen Zahnarzt weitergeben können. Aber ich weiß nicht, was mit Danas Unterlagen geschehen ist.«

Frau Manthey schüttelte den Kopf. »Wir haben sie jedenfalls nicht erhalten.« Sie senkte den Kopf und wischte über die Sessellehne, so als wolle sie eine Staubflocke entfernen.

Wie war das noch mal mit der Aufbewahrungspflicht für ärztliche Unterlagen? Sina konnte sich nicht erinnern. Sie selbst hatte noch nie in einem Fall ermittelt, in dem ein Opfer erst nach zwanzig Jahren identifiziert werden musste.

»Ich werde mich mit Dr. Rotluff in Verbindung setzen«, sagte sie. »Falls das kein Ergebnis bringt, haben wir ja immer noch den Weg des DNA-Tests.« Sie machte sich eine Notiz, dann sah sie wieder das

Ehepaar Manthey an.

»Ich habe noch einige allgemeine Fragen«, sagte sie. »Ihre Tochter verschwand also vor zwanzig Jahren. Könnten Sie mir bitte das genaue Datum ihres Verschwindens nennen?«

»Das war der sechste Juni 2003«, sagte Jakob Manthey, ohne eine Sekunde zu zögern.

»Dieses Datum werden wir nie vergessen«, stimmte Christiane Manthey leise zu. Sie hob den Blick. »Sie sagte, sie wolle bei einer Freundin übernachten. Aber dort ist sie nicht nur nie angekommen, sondern die Freundin wusste von nichts.«

Sina sah Tränen in den Augen der Frau glitzern. »Sie hatte uns angelogen.«

»Sie wissen also nicht, wo sich Ihre Tochter zuletzt aufgehalten hat, mit wem sie sich getroffen hat?«

»Nein«, schaltete sich Herr Manthey ein. »Sie kam am frühen Nachmittag von der Schule nach Hause, hat etwas gegessen und ist dann auf ihr Zimmer gegangen. Gegen fünfzehn Uhr kam sie mit einer gepackten Tasche wieder nach unten und hat sich von uns verabschiedet. *Ich bin dann mal bei Leonie*, hat sie gesagt. Das waren ihre letzten Worte zu uns.« Auch Jakob Mantheys Augen glänzten verdächtig.

Sina notierte den Namen Leonie. »Wie heißt die Freundin mit Nachnamen?«

»Blom, Leonie Blom. Das heißt, so hieß sie damals. Vielleicht ist sie mittlerweile verheiratet. Sie war genauso alt wie Dana«, sagte Frau Manthey. »Dana wäre jetzt 36.«

»Sie war also sechzehn als sie verschwand?«, vergewisserte Sina sich.

»Ja, ihr Geburtstag war im April«, bestätigte Jakob Manthey.

Eine Sechzehnjährige, die behauptet, bei einer Freundin zu übernachten. Klingt ganz danach, als sollte die Freundin als Alibi für eine Unternehmung dienen, die die Eltern keinesfalls gebilligt hätten. Die naheliegendste Vermutung wäre natürlich, dass Dana sich mit einem Jungen treffen wollte.

Sina beschloss, noch nicht allzu sehr ins Detail zu gehen. Schließlich war es eine weit hergeholte Vermutung, dass es sich bei dem gefundenen Skelett tatsächlich um Dana Mantheys sterbliche Überreste handelte. Mit der Frage, ob Dana einen Freund gehabt hatte, mit dem sie sich heimlich traf, wollte sie das so offensichtlich aufgewühlte Ehepaar im Moment nicht belasten.

»Eine letzte Frage hätte ich noch, dann lasse ich Sie auch schon wieder in Ruhe«, sagte Sina. »In welcher Stimmung war Ihre Tochter, als Sie sie das letzte Mal sahen?«

»Sie war sehr fröhlich«, sagte Christiane Manthey, ohne zu zögern. »Ihre Augen strahlten, ich sehe sie immer noch vor mir, wie sie den Weg zum Gartentor förmlich entlanggetanzt ist, bevor sie sich auf ihr Fahrrad setzte. Ich stand am Fenster, sie winkte mir noch zu.«

»Wie kam es, dass Sie beide am Nachmittag zu Hause waren? Sie sagten gerade, Dana sei an dem Tag in der Schule gewesen, es war also ein Wochentag?«, stellte Sina doch noch eine weitere Frage.

»Ja, es war ein Freitag«, antwortete Jakob Manthey. »Ich habe bis vor zwei Jahren als Lehrer gearbeitet, war also auch an den meisten Tagen bereits am frühen Nachmittag zu Hause.«

»Ich bin Bibliothekarin«, sagte Frau Manthey, »habe aber auch vor zwanzig Jahren schon nur Teilzeit gearbeitet. Vier halbe Tage die Woche. Freitags hatte ich frei. Das einzige Familienmitglied, das an dem Nachmittag nicht daheim war, war unsere jüngere Tochter Janine. Sie ist direkt nach dem Unterricht mit dem Bus zum Schwimmtraining gefahren. Sie kam erst heim, als Dana schon wieder weg war.«

»Lebt Janine noch auf Sylt?«, fragte Sina. »Wir müssen natürlich zunächst das Ergebnis des Zahnvergleichs oder des DNA-Tests abwarten, aber falls ich mich auch mit Janine unterhalten müsste, wo erreiche ich sie dann?«

»Janine lebt mittlerweile schon seit Jahren in Schweden«, sagte Frau Manthey leise. »Sie hatte schon immer einen Hang zu allem Skandinavischen. Als sie ein Auslandsstudienjahr in Uppsala absolvierte, traf sie ihren heutigen Ehemann. Sie heißt jetzt Nyström und lebt in einem Vorort von Uppsala. Dort arbeitet sie als Sprachlehrerin.«

Sina verspürte tiefes Mitleid mit dem Ehepaar Manthey. Die eine Tochter spurlos verschwunden, die andere lebte im Ausland und kam sicher nicht allzu oft zu Besuch.

Wahrscheinlich haben die beiden sich ihr Alter auch anders vorgestellt: die Töchter in der Nähe, dazu Enkel.

Sina wollte diese Gedanken abschütteln, doch das Gefühl, dass sie diesem traurigen Ehepaar helfen wollte, wenigstens Gewissheit über das Schicksal ihrer Tochter Dana zu erlangen, konnte sie nicht verdrängen.

***

Nachdem Sina sich von Christiane und Jakob Manthey verabschiedet hatte, war sie nachdenklich aufs Revier zurückgekehrt.

Sie bat Sven, sich darum zu kümmern, die ihr überlassene Haarbürste und Zahnbürste zur Untersuchung nach Flensburg weiterzuleiten.

»Klar, den Papierkram überlässt du wie immer mir«, meinte Sven. Dabei grinste er jedoch, um Sina zu zeigen, dass er sich nicht wirklich beschwerte.

»Fast immer«, korrigierte Sina ihn. »Du kannst das einfach besser als ich. Du hast viel mehr Routine, wenn es um diese ganzen Formulare geht.«

»Klar, außerdem bist du hier der Boss und darfst alles, was dir keinen Spaß macht, delegieren«, parierte Sven.

Nun grinste auch Sina. Ihre leicht getrübte Stimmung hellte sich durch das Geplänkel mit ihrem engsten Kollegen wieder auf. »Dafür kümmere ich mich darum, einen schon vor Jahren in Rente gegangenen Zahnarzt zu befragen«, sagte sie. »Falls dir das ein Trost ist.«

»Auf jeden Fall«, meinte Sven. »Mit Zahnärzten habe ich nicht allzu gerne zu tun.« Er legte mit dramatischer Geste eine Hand an die Wange. »Du erinnerst mich daran, dass meine Vorsorgeuntersuchung fällig wäre.«

Sina rollte mit den Augen. »Tu nicht so, als hättest du Angst vor dem Zahnarzt.«

Sven nahm die Hand herunter und wurde wieder ernst. »Wie heißt denn dieser Zahnarzt?«

Sina zog ihr Notizbuch zu Rate. »Dr. Frank Rotluff.«

»Mist«, sagte Sven.

Sina sah ihn fragend an.

»Der ist vor ein paar Jahren gestorben. Meine Eltern waren Patienten, bis er seine Praxis aufgegeben hat. Ungefähr ein Jahr später ist er bei einem Unfall ums Leben gekommen.«

Mit gerunzelter Stirn klappte Sina ihr Notizbuch zu. »Weißt du, was mit Patientenakten geschieht, wenn der betreffende Patient bereits seit Jahren verschwunden ist?«

»Soweit ich weiß, beläuft sich die Aufbewahrungspflicht auf zehn Jahre. Im Falle von Dana Manthey hätten wir also sowieso Pech gehabt, auch wenn Rotluff noch am Leben wäre und seine Praxis weiterhin führen würde. Die Eltern haben die Unterlagen nicht?«

»Nein, die habe ich schon gefragt.« Sina seufzte. »Wäre ja auch zu schön gewesen.«

Sven wandte sich seinem Computer zu und gab etwas ein. »Ja, ich hatte recht. Hier steht es: Nach Paragraf 630 f BGB besteht für zahnärztliche Behandlungsunterlagen eine Pflicht zur Aufbewahrung von zehn Jahren.«

»Gut, dann muss also der DNA-Abgleich Gewissheit bringen«, meinte Sina und machte sich eine Notiz in ihrem Buch.

»Gibt es denn schon etwas Neues von Wellenbrink oder Singer?«, fragte sie dann.

Sven schüttelte den Kopf. »Nein, wird noch ein paar Tage dauern. Aber Tanja Wellenbrink hat ein paar Kollegen hergeschickt, die sich jetzt das gesamte Baugrundstück ein wenig näher ansehen.«

Sina zog die Augenbrauen hoch. »Du meinst, die suchen nach weiteren Leichen?«

»Das ist wohl Standard«, meinte Sven. »Ich muss gestehen, das war mir auch neu. Wir hatten noch nie einen derartigen Fall hier auf der Insel. Zumindest nicht, seit ich bei der Polizei bin.«

Sinas Grinsen wurde breiter. »Na, das wird aber den guten Hinnerk Fülscher gar nicht freuen. Das dauert doch sicher etliche Tage, bis Wellenbrinks Kollegen mit ihren Untersuchungen fertig sind, oder?«

Sven grinste zurück. »Mindestens.« Er hob einen Zeigefinger. »Die Schadenfreude steht dir förmlich ins Gesicht geschrieben.«

»Dir aber auch«, meinte Sina. »Aber solange wir unter uns sind, ist das ja auch vollkommen in Ordnung.«

»Hinnerk Fülscher war übrigens vorhin hier, während du in Keitum warst.« Sven griff nach einem Stapel Papieren und blätterte ihn durch. »Hier ist der Kaufvertrag für das Grundstück. Erbengemeinschaft Hansen. Drei Geschwister. Ich habe schon die Adressen rausgesucht. Karl Hansen lebt in Hörnum, Susanne Borgmann, geborene Hansen, in List und Rüdiger Hansen in Braderup.«

»Die werden wir baldmöglichst befragen, wobei es am besten wäre, wenn wir dann schon wissen, wer die Tote ist. Dann könnten wir konkretere Fragen stellen.« Sina deutete auf die Klarsichtbeutel, die vor Sven auf dem Schreibtisch lagen.

»Ich weiß, dass Altfälle keine besondere Priorität genießen und das ist ja auch gut so. Aber könntest du vielleicht trotzdem versuchen, dass wir möglichst schnell ein Ergebnis erhalten? Mir tun die Eltern von Dana Manthey ziemlich leid. Ich würde ihnen gerne so schnell wie möglich mitteilen können, ob wir ihre Tochter gefunden haben oder ob deren Schicksal weiterhin ungewiss bleibt.«

Sven legte den Kopf schräg. »Ganz ehrlich, da

werde ich kaum was machen können. Selbst wenn ich die Zuständigen mit Engelszungen bezirzen würde. Ein schnelles Ergebnis kriegen wir nur, falls im Moment wenig Arbeit im Kriminallabor anliegt.« Er hob einen der Beutel an. »Wir werden uns hiermit ganz hinten anstellen müssen, so wie alle.«

Sina seufzte. »Ja, das hatte ich befürchtet.« Sie klopfte mit den Fingerknöcheln auf die Tischplatte. »Sag aber bitte trotzdem gleich Bescheid, wann wir ungefähr mit dem Resultat rechnen können. Ich bin dann wieder in meinem Büro.«

***

Joshua Keller unterdrückte ein Gähnen, scrollte aber weiter.

Über den Bildschirm seines Laptops rollten die Ergebnisse der Internetsuche, die Joshua jeden Abend durchführte. Diese abendliche Suche nach neuem Material für seinen Podcast war mittlerweile zur Routine geworden.

Er nahm den Zeigefinger von der Maus, als eine Linküberschrift seine Aufmerksamkeit erregte. Doch dann schüttelte er den Kopf und scrollte weiter.

Ich muss dringendst bald was finden, sonst muss ich als Nächstes eine Folge produzieren, in der ich mich mit irgendeinem Klassiker befasse. Darauf habe ich aber keinen Bock. Ich will was Neues.

Er näherte sich dem Ende der ersten Seite. Alle bisherigen Links führten zu Fällen, über die er bereits gelesen hatte.

Warum finde ich nichts Neues? Es passiert doch so viel auf der Welt. Da muss doch auch ein Thema für mich dabei sein.

Joshuas Mut sank, als auch der allerletzte Link auf Seite eins der Suchergebnisse für seine Zwecke unbrauchbar war. Er schob den Mauszeiger auf die kleine Ziffer 2, die ihn zur nächsten Seite bringen würde.

Lohnt sich das überhaupt noch, weiter zu suchen? Oder muss ich mich damit abfinden, dass ich demnächst den ich-weiß-nicht-wievielten Podcast zum Thema Zodiac Killer aufnehmen werde?

Seufzend klickte er auf die 2.

Ein paar Minuten geb ich dem Ganzen noch. Dann werf ich noch einen Blick auf Twitter und TikTok.

Langsam scrollte er weiter, las dabei die Linküberschriften. Hielt inne und studierte die kurze Vorschau unter einer der Überschriften. Schüttelte den Kopf, scrollte weiter.

Grausiger Fund auf Baustelle. Wessen Knochen fand der Baggerfahrer?

Joshua verzog angesichts dieser reißerischen Schlagzeile das Gesicht.

Sicher irgendeine aufgebauschte Horrorstory aus einem lokalen Käseblättchen. Wahrscheinlich steht schon fest, dass es Tierknochen sind.

Trotzdem klickte Joshua auf den Link.

Sylter Bote. Sag ich doch: lokales Käseblättchen. Aber Sylt?

Er begann zu lesen. Dabei knetete er nachdenklich seine Unterlippe zwischen Daumen und Zeigefinger.

Eindeutig menschliche Knochen, aber unklar, wie alt die sind. In der Nähe ist ein Hünengrab. Hm, das wird nichts für mich sein.

Trotzdem versah Joshua die Website des Sylter Boten mit einem Lesezeichen.

Ich schau da in ein paar Tagen noch mal drauf,

zu was für einem Ergebnis die gekommen sind. Man kann ja nie wissen.

Als Joshua Keller sich bei Twitter einloggte, um nach möglichen Themen für seinen True Crime-Podcast zu suchen, ahnte er nicht, dass ihn seine Recherchen schon sehr bald nach Sylt führen würden.

Kapitel drei

Es dauerte eine Woche, bis das Ergebnis des DNA-Abgleichs eintraf. In dieser Woche hatten Tanja Wellenbrinks Kollegen das Baugrundstück gründlich untersucht und wieder freigegeben. Dr. Singer hatte die rechtsmedizinische Untersuchung der sterblichen Überreste abgeschlossen und Sina seinen Bericht zukommen lassen.

Diesen holte Sina nun auf den Bildschirm ihres PCs. Die Form des Schädels, die auf ein weibliches Skelett hindeutete, und die Schädelnähte, anhand derer man das Alter schätzen konnte, hatte Tanja Wellenbrink ja bereits am Fundort angesprochen.

Zusätzlich hatte Dr. Singer bei seiner Untersuchung festgestellt, dass auch die Beckenknochen auf eine Frau hinwiesen. Ein gerades Kreuzbein und lange, scharfkantige Schambeine waren laut seinem Bericht eindeutige Anzeichen.

Die Untersuchung der Ringe im Zahnzement hatte ergeben, dass sich das Opfer im Teenageralter befunden haben musste. Auf jeden Fall war sie unter zwanzig gewesen.

Anhand der Vermessung der Oberschenkelknochen hatte Dr. Singer die vermutliche Größe auf 1,65 bis 1,70 m bestimmt.

Das Geschlecht passt, das Alter und die Größe auch. Was wird uns das Ergebnis des DNA-Tests sagen? Haben wir Dana Mantheys sterbliche Überreste gefunden?

Sina holte tief Luft und öffnete die E-Mail des Flensburger Labors. Sie sah, dass es einen 2 MB großen PDF-Anhang gab, doch bevor sie diesen öffnete, las sie das kurze Anschreiben.

Die Einzelheiten unserer Untersuchung können Sie dem beigefügten Bericht entnehmen. Es handelt sich mit größtmöglicher Sicherheit um eine Übereinstimmung. Das zum Abgleich zur Verfügung gestellte Material stammt von derselben Person, von der uns eine Knochenprobe zur Untersuchung überlassen wurde.

Sina atmete zischend aus.

Die Tote aus der Baugrube war Dana Manthey. Die Sechzehnjährige war vor zwanzig Jahren nicht einfach nur verschwunden, sie war getötet worden.

Sina saß einen Moment still da, um sich zu sammeln, dann griff sie zum Telefonhörer. »Sven, bei den gefundenen sterblichen Überresten handelt es sich um Dana Manthey. Bitte komm in mein Büro, damit wir die nächsten Schritte besprechen können.«

Sie legte auf, öffnete den ausführlichen Bericht und sah sich grafischen Darstellungen und Tabellen gegenüber, die für sie mehr oder weniger unverständlich waren.

Sina gab den Befehl, den Bericht zu drucken, damit sie ihn zur Akte nehmen konnte. Nach kurzem Zögern druckte sie auch das E-Mail-Anschreiben aus.

Als Sven an ihre offen stehende Tür klopfte, war sie gerade dabei, den Satzteil *mit größtmöglicher Sicherheit um eine Übereinstimmung* mit einem neongelben Textmarker hervorzuheben.

»Zwanzig Jahre«, sagte Sven, als er sich auf Sinas Besucherstuhl setzte. »Das wird schwierig. Verdammt schwierig.«

»Ich hatte die Mantheys noch nicht ausführlich befragt. Bis jetzt habe ich nur die groben Details zum Verschwinden und den Namen der besten Freundin«, sagte Sina. Sie lehnte sich in ihrem Bürostuhl zurück und verschränkte die Hände. »Zuerst müssen wir die Eltern informieren und ausführlicher befragen. Vor allem brauchen wir weitere Namen von damaligen Freundinnen und Freunden Danas. Außerdem müssen wir ihre ehemaligen Lehrer und Mitschüler auftreiben. Fotos von Dana brauchen wir ebenfalls. Aber die finden wir wahrscheinlich in der Akte von 2003.«

»Wenn der Mörder aus ihrem sozialen Umfeld stammt, könnten wir eine Chance haben, ihn jetzt noch zu finden«, meinte Sven. »Wenn das aber jemand war, der gar nicht hier auf Sylt lebte, sondern sich nur vorübergehend auf der Insel aufhielt, und Dana einfach zur falschen Zeit am falschen Ort war, dann sehe ich schwarz.«

Sina ließ sich das, was Sven gesagt hatte, kurz durch den Kopf gehen. Dann stimmte sie ihm zu. »Die naheliegendste Vermutung ist natürlich, dass es sich um ein Sexualdelikt handelt. Wenn dem so ist, dann könnte der Täter sehr wohl ein Fremder gewesen sein. Dann wird der Mord an Dana nie aufgeklärt oder gesühnt werden.«

Sven verzog das Gesicht. »Es wird unglaublich schwierig, nach so langer Zeit zu rekonstruieren, wo sich Dana Manthey in ihren letzten Stunden aufgehalten hat. Einen Zeugenaufruf brauchen wir da natürlich nicht mehr starten.«

Sina schnippte mit den Fingern. »Wir müssen die damalige Akte studieren. Schließlich wurde 2003 ausgiebig nach ihr gesucht. Vielleicht gab es damals ja Augenzeugen, die sich gemeldet haben.«

Sven stand auf. »Das übernehme ich. Du redest mit den Eltern.«

Einen Seufzer unterdrückend sah Sina ihrem Kollegen nach. Ihr wäre es lieber gewesen, wenn er sie zu den Eltern Dana Mantheys begleitet hätte. Die schwere Aufgabe, die Eltern über den gewaltsamen Tod ihres Kindes informieren zu müssen, hätte sie zu gerne nicht alleine übernommen.

Aber er hat recht. Je schneller wir unsere Ermittlungen anstoßen, desto besser. Und da macht es natürlich Sinn, wenn wir uns aufteilen.

***

Sina saß auf demselben Sofa, auf dem sie bereits vor einer Woche gesessen hatte. Auch Christiane und Jakob Manthey hatten dieselben Sitzplätze eingenommen wie bei Sinas erstem Besuch.

Der Unterschied zu letzter Woche war die angespannte Atmosphäre. Natürlich war auch ihr erstes Gespräch nicht gerade entspannt abgelaufen, doch heute war die Anspannung fast mit Händen greifbar.

»Ist es Dana?«, fragte Christiane Manthey mit leiser Stimme, während sie ihre ineinander verschränkten Hände im Schoß knetete. »Sie wären nicht hergekommen, wenn sie es nicht wäre, oder? Dann hätten Sie nur angerufen.«

Sina räusperte sich. »Ja, Frau Manthey, Herr Manthey.« Sie nickte Jakob Manthey zu, der mit ausdrucksloser Miene wie erstarrt dasaß. »Ich muss Ihnen leider mitteilen, dass es sich bei den sterblichen Überresten, die vor etwas über einer Woche auf dem Baugrundstück bei Rantum gefunden worden sind, um Ihre Tochter Dana handelt.«

Ein Schluchzen entrang sich Christiane Mantheys Kehle. Sie presste eine Hand vor den Mund.

»Ist das ganz sicher?«, fragte Jakob Manthey. Seine Stimme klang rau, so als kämpfe auch er mit den

Tränen.

»Der DNA-Abgleich war so eindeutig, wie er nur sein kann. DNA-Tests bieten zwar nie eine hundertprozentige Sicherheit, aber es wäre ein unglaublich großer Zufall, wenn wir es hier mit jemand anderem zu tun hätten als mit Dana. Es tut mir wirklich sehr leid.«

»War ...« Herr Manthey hüstelte, bevor er weitersprach. »War es möglich festzustellen, wie Dana gestorben ist?«

»Wann können wir unser Kind beerdigen?«, platzte Christiane Manthey heraus, bevor Sina noch Jakobs Frage beantworten konnte.

Sina schluckte. Die emotional so aufgeladene Atmosphäre machte ihr zu schaffen, es fiel ihr schwer, professionellen Abstand zu wahren.

»Danas sterbliche Überreste befinden sich zurzeit noch in der Gerichtsmedizin in Flensburg. Ich werde veranlassen, dass sie schnellstmöglich freigegeben und nach Sylt zurückgebracht werden. Sie können bereits einen Bestatter kontaktieren, der dann alles für Sie in die Wege leiten wird.«

Sina richtete den Blick auf Herrn Manthey. »Was die Todesursache angeht, konnte diese tatsächlich zumindest annähernd bestimmt werden. Dana starb durch Gewalteinwirkung auf den Hals. Ob es sich um einen Schlag handelte oder ob sie erwürgt wurde, kann aber nicht abschließend festgestellt werden.«

»Erwürgt«, keuchte Christiane Manthey. Dabei klang sie selbst, als bekäme sie keine Luft mehr.

»Ein Unfall ist ausgeschlossen?«, fragte Jakob Manthey nach.

»Wir müssen davon ausgehen, dass Dana ermordet wurde«, sagte Sina leise.

Herr Manthey ballte die Hände zu Fäusten, öffnete sie wieder, schloss sie erneut. »Gibt es nach der ganzen Zeit noch eine Chance, den Mörder zu finden?«

»Seien Sie versichert, dass wir unser Möglichstes tun werden. Ein Kollege sieht bereits die Ermittlungsakte durch, die damals nach Danas Verschwinden angelegt wurde. Wir werden alle Zeugen erneut befragen.«

Sie sah zwischen Jakob und Christiane hin und her. »Sehen Sie sich in der Lage, mir bereits jetzt einige weitere Fragen zu beantworten? Oder wäre es Ihnen lieber, wenn ich ein andermal wiederkomme?«

Heftig schüttelte Frau Manthey den Kopf. »Nein, fragen Sie. Fragen Sie uns alles, was vielleicht helfen könnte, den Tod unserer Tochter aufzuklären.« Eine Träne rann ihre Wange hinab. »Je schneller, desto besser.«

Auch Jakob Manthey nickte Sina zu.

Sie zog ihr Notizbuch hervor und blätterte zu den Notizen, die sie sich in der Vorwoche gemacht hatte. »Sie beide haben also Dana zuletzt am sechsten Juni 2003 gegen fünfzehn Uhr nachmittags gesehen. Danas Schwester war zu diesem Zeitpunkt nicht zu Hause, habe ich das alles richtig notiert?«

»Ja«, antwortete Jakob Manthey. »Janine war beim Training. Sie hat Dana zuletzt morgens beim Frühstück gesehen. Dann sind sie beide zur Schule gefahren, jedoch nicht gemeinsam. Janine hat den Bus genommen, Dana fuhr mit dem Rad.«

»Auf welche Schule ging Dana?«, fragte Sina mit gezücktem Stift.

»Auf das Theodor-Storm-Gymnasium«, antwortete Christiane Manthey. »Sie war in der zehnten Klasse.«

»Können Sie sich an den Namen des Klassenlehrers oder der Klassenlehrerin erinnern?«

»Ja, das war Frau Irene Fassbender«, sagte Frau Manthey. »Soweit ich weiß, ist sie mittlerweile Direktorin der Schule. Damals war sie noch ziemlich jung, Anfang dreißig, glaube ich.«

»Sie nannten mir bereits den Namen von Danas bester Freundin. Ging sie auf dieselbe Schule? In dieselbe Klasse?«, fragte Sina, während sie noch den Namen der Klassenlehrerin aufschrieb.

»Ja, sie waren Klassenkameradinnen. Sie kannten sich aber schon vor dem Gymnasium, sie waren zusammen in der Grundschule.«

»Könnten Sie mir noch weitere Freundinnen und Freunde von Dana nennen? Das muss nicht jetzt sofort sein, falls Sie Zeit zum Nachdenken brauchen«, sagte Sina. »Sowohl Freunde aus der Schule als auch Freunde, die sie bei anderen Aktivitäten kennengelernt hatte. Zum Beispiel beim Sport oder bei Hobbys. Sie sagten, Janine sei Schwimmerin gewesen. Wie sah das bei Dana aus? Was für Interessen hatte sie?«

Diese Frage beantwortete Jakob Manthey, der jetzt einen etwas gefassteren Eindruck machte. »Dana hatte mit Sport nichts am Hut. Sie hat gerne Musik gehört, sich Fernsehserien angesehen und diese dann mit ihren Freundinnen diskutiert.«

»Aber die meiste Zeit hat sie mit ihrer Arbeit für die Schülerzeitung verbracht«, warf Christiane ein. »Das war ihre ganz große Leidenschaft. Sie wollte Journalistin werden.«

»Wissen Sie, mit wem sie bei der Schülerzeitung zusammengearbeitet hat?« Sina lächelte dem Ehepaar zu. »Falls nicht, kann ich das sicher bei der

Schule erfahren. Aber haben Sie vielleicht noch alte Exemplare der Schülerzeitung aufgehoben? Mit Danas Artikeln?«

Christiane Manthey nickte tatsächlich. »Ja, ich war immer unglaublich stolz auf Dana und ihren Ehrgeiz. Ich habe sie gefördert, wo es nur ging. Ich habe alle ihre Artikel aufgehoben.«

Ihr Blick wanderte zur Decke des Wohnzimmers. »Allerdings haben wir bei unserem Umzug in dieses Haus alle Sachen, die wir von Dana aufbewahrt haben, in eine große Kiste gepackt. Die steht auf dem Dachboden. Es würde also eine Weile dauern, das alles herauszusuchen.«

Sina ließ den Stift sinken und überlegte rasch. »Diese Arbeit können wir Ihnen gerne abnehmen. Ich könnte die ganze Kiste mitnehmen, wenn Sie nichts dagegen haben. Natürlich stelle ich Ihnen eine Quittung darüber aus. Und Sie erhalten Danas persönliche Gegenstände so schnell wie möglich zurück.«

In Frau Mantheys Blick lag Unsicherheit, als sie ihren Ehemann ansah. Doch der nickte Sina nachdrücklich zu.

»Selbstverständlich. Sobald Sie mit Ihren Fragen fertig sind, hole ich die Kiste vom Dachboden. Vielleicht finden Sie ja tatsächlich einen wichtigen Hinweis. Dana hat immer alles aufgeschrieben.«

»Wir haben es nie über uns gebracht, ihre Tagebücher zu lesen«, warf Christiane leise ein. »Aber Ihre Kollegen vor zwanzig Jahren haben alles ausgewertet und nichts gefunden.«

»Was nicht heißen muss, dass es nichts zu finden gibt«, sagte Jakob Manthey. »Vielleicht haben sie ja damals etwas übersehen.«

Sina dankte ihm stumm, dass er ihr ungefragt so zur Seite stand. Sie überlegte kurz, bevor sie ihre nächste Frage stellte. »Abgesehen von dem, was ich in Danas Tagebüchern finden werde, welche Namen von Freundinnen und Freunden aus der Zeit kurz vor ihrem Verschwinden fallen Ihnen noch ein?«

Christiane schloss kurz die Augen. »Es ist so schrecklich lange her und außer Leonie ... ich weiß nicht ... es gab einige Mädchen aus ihrer Klasse, mit denen sie sich gut verstanden hat, und dann war da auch noch ein Mitschüler, der für die Schülerzeitung fotografiert hat, mit dem war sie öfter unterwegs. Aber ich kann mich an seinen Namen nicht mehr erinnern. Den dürften Sie aber in der Schülerzeitung finden. Den Namen meine ich.«

Sina wappnete sich und stellte die Frage, die sie bei ihrem ersten Besuch nicht gestellt hatte. »Hatte Dana einen Freund?«

Frau Manthey riss die Augen auf. »Aber, nein, natürlich nicht.«

Wieso sollte das so natürlich sein?, dachte Sina.

»Sie war sechzehn, so ungewöhnlich wäre das doch nicht«, sagte sie laut.

»Ich glaube, sie war den Jungen in ihrer Klasse einfach zu weit voraus«, meldete sich nun Herr Manthey zu Wort. »Sie war ziemlich reif für ihr Alter. Und außerhalb der Schule hat sie niemanden kennengelernt, sie war ja ständig mit Recherchen für den nächsten Artikel beschäftigt.«

Sina machte sich rasch eine Notiz, sich bei der besten Freundin und vielleicht auch der Klassenlehrerin rückzuversichern, dass Danas Eltern in ihrem Glauben richtig lagen.

Der Freundin hat sie vielleicht eher etwas anver-

traut. Außerdem muss ich diesen Fotografen finden und befragen, vielleicht war der ja ihr Freund.

»Vielen Dank soweit«, sagte Sina. »Ich hätte noch einige Fragen, bevor ich Sie bitten würde, mir Danas persönliche Gegenstände auszuhändigen. Ein Kollege sieht sich im Moment die damalige Ermittlungsakte an. Trotzdem würde ich gerne Ihre Erinnerung bemühen. Wie lief die Suche nach Dana damals ab? Gab es vielleicht Augenzeugen, die sie noch gesehen hatten, nachdem sie Ihr Haus verlassen hatte?«

»Es gab natürlich eine großangelegte Suchaktion«, sagte Jakob Manthey mit gepresster Stimme. »Polizei, Suchhunde, freiwillige Helfer aus ganz Sylt.«

»Alles erfolglos«, meinte Christiane Manthey und fuhr sich erneut über die Augen.

»Es haben sich ein paar Leute bei der Polizei gemeldet, die meinten, es könnte sein, dass sie Dana auf ihrem Fahrrad gesehen hätten. Aber auf nähere Nachfrage waren die sich alle nicht mehr ganz so sicher, ob es wirklich Dana gewesen war oder ob sie sich nicht vielleicht doch im Tag geirrt hatten.« Herr Manthey hob die Schultern. »Junge Mädchen in Sommerkleidern auf Fahrrädern gibt es hier auf der Insel in den Sommermonaten viele.«

Sina nickte. Das stimmte allerdings. Und leider wusste sie aus langjähriger Berufserfahrung nur zu gut, dass die meisten Menschen keine guten Augenzeugen abgaben. Zu sehr waren sie auf ihre eigenen Sorgen - oder auf ihr Smartphone - fokussiert, zu wenig Beachtung schenkten sie ihrer Umgebung.

»Einen seltsamen Hinweis gab es aber«, sagte Christiane. »Der kam allerdings nicht aus der Bevölkerung. Einige Tage nach Danas Verschwinden wurde mit ihrer Bankkarte Geld von einem Bankomaten in Flensburg abgehoben.«

Sina zog die Augenbrauen hoch. »Gab es Bilder einer Überwachungskamera? War es Dana selbst, die das Geld abhob?«

Die Eheleute Manthey schüttelten beide den Kopf. »Es handelte sich um einen Geldautomaten in einem Geschäft. Dort gab es keine Kameras. Es konnte nie festgestellt werden, ob es Dana war, die diese Abhebung vorgenommen hat oder jemand anders.«

»Lange Zeit hat uns das Hoffnung gemacht«, sagte Frau Manthey leise. »Wir dachten, Dana sei aus irgendeinem, für uns absolut nicht nachvollziehbaren Grund weggelaufen. Wir hofften, sie würde sich eines Tages melden oder zurückkommen. Aber das ist nie geschehen.« Ihre Stimme erstarb.

»Jetzt sieht es ja wohl so aus, als hätte jemand ihre Bankkarte gestohlen«, sagte Jakob mit unterdrückter Wut in der Stimme.

»Was hatte Dana denn dabei, als Sie sie zuletzt gesehen haben? Ich glaube, Sie erwähnten bei unserem ersten Gespräch eine Reisetasche?«

»Ja, sie hatte Kleidung zum Wechseln dabei, ihr Handy, ein Notizbuch, falls ihr Ideen für neue Reportagen kommen sollten, und natürlich auch ihren Geldbeutel«, bestätigte Christiane Manthey.

»All diese Gegenstände wurden nie gefunden?«, fragte Sina.

Stumm schüttelte Frau Manthey den Kopf.

Auch bei den sterblichen Überresten haben wir nichts davon gefunden. Das Einzige, was je wieder auftauchte, war die Bankkarte. Wahrscheinlich wollte der Mörder durch die Geldabhebung auf dem Festland eine falsche Spur legen. Alle anderen Gegenstände, die Dana gehörten, hat er vernichtet oder ebenfalls auf dem Festland in den Müll geworfen, wo sie niemand finden würde.

»Was war mit dem Handy? Konnte das damals geortet werden?«, fragte Sina.

»Nein. Zu dem Zeitpunkt, zu dem die Suche nach Dana begann, war es bereits seit Stunden ausgeschaltet«, erklärte Jakob. »Uns wurde gesagt, es sei ungefähr zwei Stunden, nachdem sie das Haus verließ, ausgeschaltet worden.«

Das legt die Vermutung nahe, dass Dana ihren Mörder kurz nach dem Verlassen ihres Elternhauses begegnet ist. Entweder sie war tatsächlich zur falschen Zeit am falschen Ort oder sie kannte ihren Mörder. War vielleicht sogar mit ihm verabredet.

Sina sah auf ihr Notizbuch hinunter. Zog mit dem Kugelschreiber einen Kreis um eine Frage, die sie notiert hatte: *Hatte Dana doch einen Freund?*

***

Jakob Manthey hatte einen großen Umzugskarton vom Dachboden geholt und in den Kofferraum von Sinas Wagen gestellt.

Als Sina ihm eine Quittung ausstellen wollte, winkte er ab und sagte: »Wenn wir Ihnen nicht vertrauen können, wem denn dann?«

Bevor er ins Haus zurückging, sah er Sina fest in die Augen. »Bitte tun Sie alles, um den zu finden, der unserer Kleinen das angetan hat.«

Mit einem Kloß im Hals nickte Sina. »Ich werde alles in meiner Macht Stehende tun, das verspreche ich Ihnen und Ihrer Frau.«

Während der Rückfahrt zum Revier verfluchte Sina sich in Gedanken selbst. *Ich darf mir das nicht so zu Herzen nehmen, ich muss meine Gefühle im Zaum halten. Professionell bleiben. Wie soll ich sonst diese Ermittlungen präzise und mit kühlem Kopf führen?*

Sie parkte am Revier und ging hinein, um Sven zu bitten, den schweren Karton in ihr Büro zu tragen. Dann brühte sie erst einmal eine Kanne starken Tee auf.

Gemeinsam mit Sven setzte sie sich anschließend an ihren Schreibtisch und ließ sich von ihm berichten, was er in ihrer Abwesenheit herausgefunden hatte.

Das meiste von dem, was Sven Sina erzählte, deckte sich mit dem, was sie von den Mantheys erfahren hatte.

Natürlich erwähnte Sven sehr schnell die mysteriöse Geldabhebung. »Der Geldautomat befand sich in einem kleinem Supermarkt in einem Viertel am Flensburger Stadtrand. Dem Protokoll nach stelle ich mir einen altmodischen Tante-Emma-Laden vor«, meinte er und nahm einen Schluck aus seinem Teebecher.

»Mir drängt sich die Vermutung auf, dass der Täter Danas Sachen an sich nahm, sie durchsah und dann dachte, er könne die Polizei auf eine falsche Spur locken«, sagte Sina. »Also fuhr er nach Flensburg, fand einen Geldautomaten, der nicht kameraüberwacht war, und hob daran Geld ab.«

»Aber wie konnte er das tun ohne Danas Geheimnummer?« Sven stellte seinen Teebecher zur Seite. »Es wäre doch tatsächlich viel logischer, dass sie es selbst war, die dort Geld geholt hat.«

Stirnrunzelnd sah Sina ihren Kollegen an. »Aber warum war dann ihr Handy ausgeschaltet? Und warum hob sie nur dieses eine Mal Geld von ihrem Konto ab? Es gab doch keine weiteren Kontobewegungen, oder? Wie hoch war überhaupt der Betrag, den sie gezogen hat?«

»Zweihundert Euro«, sagte Sven. »Damit kam man schon 2003 nicht sonderlich weit. Kreditkarten hatte sie übrigens keine, nur die Bankkarte.«

Sina schüttelte den Kopf. »Nein, ich kann mir nicht vorstellen, dass Dana nach Flensburg gefahren ist, zweihundert Euro abhob, dann irgendwann später nach Sylt zurückkehrte und dort ermordet wurde. Ich denke, sie wurde kurz nach ihrem Verschwinden getötet.« Sie hob ihren Teebecher. »Die Sache mit der Geheimnummer lässt sich vielleicht ganz leicht erklären. Sie könnte die PIN notiert haben. Das machen viele Leute, auch wenn sie wissen, dass das eine ganz schlechte Idee ist.«

Sven nickte. »Gut, das könnte sein. Laut Protokoll hatte sie ein Notizbuch dabei, darin könnte sie ihre Geheimnummer aufgeschrieben haben. Oder sie war sogar so nachlässig und hat sie direkt auf der Karte vermerkt.«

Sina nahm einen Schluck Tee, bevor sie weitersprach. »Sie könnte es auch so gemacht haben, wie ich es immer tue: Ich überlege mir prägnante Daten, aus denen ich die Nummer ableiten kann und notiere die.«

Sven sah Sina überrascht an. »Du notierst Hinweise auf deine PIN?«

»Ich kann mir doch nicht alles merken. Wenn ich eine vierstellige Geheimzahl hätte, die 6984 lautet, würde ich mir zum Beispiel *Mondlandung* und *Orwell-Jahr* aufschreiben.«

»Weil die erste Mondlandung 1969 war und 1984 der Titel von George Orwells berühmtestem Roman ist. Clever, aber auch immer noch ziemlich gefährlich, weil leicht abzuleiten«, meinte Sven.

Sina zuckte die Achseln. »Ich schreib ja nicht dazu, dass das die Eselsbrücke für meine Bank-PIN ist.«

»Wie auch immer«, meinte Sven. »Ich stimme dir zu, dass es unwahrscheinlich ist, dass Dana ein einziges Mal zweihundert Euro abhebt, wenn sie freiwillig verschwunden ist. Außerdem ist da ja eben noch die Tatsache, dass sie nun hier auf Sylt gefunden wurde. Warum sollte sie denn auf die Insel zurückgekehrt sein, wenn sie einfach nur eine Ausreißerin war?«

»Gut, lass uns also einfach zumindest fürs Erste darauf festlegen, dass sie keine Ausreißerin war.« Sina legte die Stirn in Falten. »Schade, dass Dr. Singer nach dieser langen Zeit nicht mehr herausfinden kann, wann sie ungefähr gestorben ist.«

»Ich denke, wir lehnen uns nicht zu weit aus dem Fenster, wenn wir davon ausgehen, dass sie kurz nach ihrem Verschwinden starb«, sagte Sven. »Entweder gleich am selben Tag oder in den Tagen danach.«

»Was hast du sonst noch aus der Ermittlungsakte von 2003 entnehmen können?«, wollte Sina wissen.

»Seitenweise Berichte über die Suchaktionen und die dafür eingesetzten Mittel«, antwortete Sven. »Noch viel mehr Seiten mit Befragungen sämtlicher Personen aus Danas persönlichem Umfeld. Neben Eltern und Schwester wären da vor allem ihre Freunde, Klassenkameraden und Lehrer.«

»Hast du schon eine Liste mit allen Namen angelegt?«

Sven grinste. »Ich wusste, dass du so etwas haben willst. Ich bin noch nicht ganz fertig, habe aber schon angefangen.«

Sina blätterte in ihrem Notizbuch. »Die Mantheys haben mir ja schon beim ersten Mal den Namen von Danas bester Freundin genannt. Leonie Blom. Mit der würde ich mich am liebsten zuerst unterhalten.«

»Klar, die beste Freundin wäre die naheliegendste Person, der ein Teenager alle Geheimnisse anvertraut«, meinte Sven.

»Genau, das denke ich auch. Aber vorher möchte ich das Protokoll der damaligen Befragung von Leonie Blom lesen.«

***

Leonie Blom war im Juni 2003 von einer Polizeioberkommissarin Schwenk befragt worden. Das Protokoll umfasste nur drei Seiten mit doppeltem Zeilenabstand.

Viel hatte Leonie leider nicht zu sagen, dachte Sina, als Sven ihr die entsprechenden Seiten aus der Ermittlungsakte herausgesucht hatte. *Oder Schwenk wusste einfach nicht die richtigen Fragen zu stellen.*

Nachdem Sina das magere Protokoll gründlich durchgelesen hatte, neigte sie zu der zweiten Annahme.

Wirklich nachgebohrt hat die Kollegin ja leider nicht. Sie hat sich einfach damit zufriedengegeben, dass Leonie sagte, sie wisse nicht, was Dana an dem Nachmittag und Abend für Pläne gehabt hätte.

Sina legte die Ausdrucke beiseite, faltete die Hände unter dem Kinn und sah aus dem Fenster.

Zwei Sechzehnjährige, beste Freundinnen. Dana erzählt ihren Eltern, sie würde bei Leonie übernachten, verlässt mit Reisetasche das Haus. Leonie behauptet wenige Tage später, es hätte keine Über-

nachtungspläne gegeben. Was wohl auch Leonies Mutter bestätigt hat.

Sina nahm die Hände herunter, lehnte sich zurück und starrte nun an die Decke ihres Büros.

Was hatte Dana also wirklich vor? Wo wollte sie die Nacht verbringen? Oder sollte ich mich eher fragen: Mit wem? Ich komme nicht daran vorbei, zu vermuten, dass ihre wahren Pläne etwas mit einem jungen Mann zu tun hatten.

Sina erinnerte sich an eine Bemerkung von Jakob Manthey. Danas Vater hatte gesagt, die Schulkameraden seien Dana alle zu unreif gewesen.

Sie sei ihnen weit voraus gewesen, hat er gesagt. Was, wenn es doch jemanden gab, an dem Dana großes Interesse hatte, derjenige aber kein Schulkamerad war, sondern ein erwachsener Mann?

Sina nickte und setzte sich wieder gerade hin.

Es ist zwar ein altes, abgegriffenes Klischee, aber wenn Dana die Nacht mit einem Mann verbringen wollte, der deutlich älter als sie war, dann wäre das genau die Art von Beziehung, die sie vor ihren Eltern wirklich dringend hätte geheim halten müssen.

Sina griff nach einem Stapel Fotos, die alle Dana Manthey kurz vor deren Verschwinden zeigten. Auf allen Fotos strahlte Dana in die Kamera, wirkte fröhlich und unbeschwert. Die roten Haare fielen ihr über die Schultern, die Augen blitzten vor Lebenslust.

Sie war jung, hübsch und neugierig. Die Vermutung, dass es einen Mann in ihrem Leben gab, drängt sich geradezu auf.

Nachdenklich zog Sina den Ausdruck des Befragungsprotokolls wieder zu sich heran.

Und wenn es sich wirklich so verhielt, dann gehe ich jede Wette ein, dass Leonie Blom sehr wohl wuss-

te, was Dana am Tag ihres Verschwindens für Pläne hatte.

***

»Leonie Blom heißt mittlerweile Wilke, lebt aber zum Glück immer noch auf Sylt«, sagte Sven und reichte Sina einen Zettel. »Das ist ihre Adresse.«

»Gut, danke. Dieses Mal kommst du aber mit. Die Fragen stelle ich, aber ich will, dass du dir Mienenspiel und Körpersprache von Frau Wilke gut ansiehst.« Sina hob den Zettel. »Lass uns sofort hinfahren.«

»Es gibt da noch einen interessanten Punkt«, sagte Sven wenig später, als er mit Sina den Parkplatz überquerte. »Mir kam der Name Wilke so bekannt vor. So, als hätte ich ihn erst vor Kurzem irgendwo gelesen.«

»Und?«, fragte Sina, während sie zur Beifahrerseite des Dienstwagens ging.

»Ein Matthias Wilke wurde damals vor zwanzig Jahren ebenfalls befragt. Er ging auf dieselbe Schule wie Dana und Leonie. Sie waren zwar nicht in derselben Klasse, aber Wilke fotografierte für die Schülerzeitung.«

Sina erstarrte in der Bewegung. »Die Mantheys haben mir von einem Mitschüler erzählt, mit dem Dana sehr viel Zeit verbrachte. Sie konnten sich allerdings nicht mehr an den Namen erinnern, nur daran, dass er für die Schülerzeitung Fotos machte.«

Sven öffnete den Wagen. »Dann ist das wohl unser Mann. Er ist seit zwölf Jahren mit Leonie Blom verheiratet.«

Sina löste sich aus ihrer Starre und stieg ein. »Ich

hatte mich ja gefragt, ob dieser Fotograf vielleicht Danas Freund war. Also im Sinne von Boyfriend.« Sie schnallte sich an. »Sobald wir die wichtigsten Fragen gestellt haben, würde mich auch interessieren, wie das 2003 so lief. War Matthias mit Dana zusammen und anschließend mit Leonie? Gab es Eifersüchteleien? Oder waren Leonie und Matthias damals schon ein Paar und Dana war die Eifersüchtige?«

»Wir werden sehen«, meinte Sven und ließ den Motor an.

***

Leonie Wilke hatte einen erschrockenen Eindruck gemacht, als Sina sich selbst und Sven vorgestellt hatte. »Ist etwas mit Matthias?«, hatte sie ausgerufen, die blauen Augen weit aufgerissen. Gleichzeitig hatte sie einen Schritt zurückgemacht, um die beiden Polizisten ins Haus zu lassen.

Bei dem Haus handelte es sich um eine Doppelhaushälfte mit üppig begrüntem Vorgarten in Hörnum. Das Innere war in hellen, luftigen Farben gehalten und vermittelte so den Eindruck von Großzügigkeit, obwohl die Räume nicht sonderlich groß waren.

Rasch hatte Sina Leonie Wilke versichert, dass mit ihrem Ehemann alles in Ordnung war. »Wir haben nur einige Fragen an Sie. In einer ganz anderen Sache.«

Trotzdem hatte Leonie immer noch ein wenig beunruhigt gewirkt, als sie Sina und Sven in die Wohnküche geführt hatte.

Dort saßen sie nun auf einer mit bunten Kissen gepolsterten Holzeckbank am Küchentisch, während Leonie Wilke neben dem Herd mit einer Teekanne hantierte.

»Ich war sowieso gerade dabei, Tee zu kochen, als sie geklingelt haben«, erklärte sie. »Aber sagen Sie schon: Worum geht es? Ich bin ganz nervös.«

»Es geht um Ihre frühere Schulfreundin Dana Manthey«, sagte Sina.

Leonie fuhr herum. »Dana? Ist sie wieder aufgetaucht? Haben Sie sie gefunden?« Sie hob eine Hand vor den Mund. »Oh, nein. Ich habe letzte Woche in der Zeitung gelesen, dass auf einer Baustelle ein Skelett gefunden wurde. War das etwa Dana?«

Schnell geschaltet. Oder kam ihr diese Idee gar nicht erst gerade eben, wie sie uns weismachen will, sondern hat sie schon länger darüber nachgegrübelt? Oder hat sie gar mit den Mantheys gesprochen?

»Ja, bei den gefundenen Knochen handelt es sich um die sterblichen Überreste von Dana Manthey«, sagte Sina förmlich. »Wir bekamen heute die Gewissheit durch das Ergebnis eines DNA-Tests.«

Der Tee war offensichtlich vergessen, Leonie ließ sich Sina und Sven gegenüber auf einen Stuhl sinken. Wieder bedeckte sie den Mund mit der Hand, schüttelte den Kopf.

»Zwanzig Jahre«, murmelte sie schließlich. »Die armen Eltern.«

»Hatten Sie denn seit Danas Verschwinden noch Kontakt zu Herrn und Frau Manthey?«, wollte Sina wissen.

»Nein. Ich habe Danas Eltern das letzte Mal kurz nach Danas Verschwinden gesehen«, antwortete Leonie. »Es war irgendwie ... Wie soll ich das sagen? Ich wusste nicht so genau, wie ich mich Ihnen gegenüber in dieser Situation verhalten sollte.« Sie sah einen

Moment an Sina vorbei ins Leere, dann sprach sie weiter. »Es war so unwirklich. Es hat einige Zeit gedauert, bis ich wirklich realisiert hatte, dass Dana weg ist und wohl nie wiederkommt. Ich habe sie sehr vermisst, sie war damals meine beste Freundin.«

Sie strich sich mit einer Hand über die kurzen, dunklen Haare, dann richtete sie den Blick direkt auf Sina. »Aber das wissen Sie vermutlich schon, Sie werden ja die alten Berichte gelesen haben.«

Sina nickte nur.

»Auf jeden Fall konnte ich gar nicht nachvollziehen, wie sehr erst Danas Eltern leiden mussten. Wo es doch mir selbst schon so schlecht ging ...«

»Also haben Sie den Kontakt nicht aufrechterhalten?«, fragte Sina nach.

Eifrig nickte Leonie. »Genau. Genau so war es.«

Sina blickte auf ihre Notizen, überlegte. *War das wirklich der einzige Grund? Oder hatte Leonie vielleicht ein schlechtes Gewissen, weil sie bei ihrer damaligen Befragung etwas verschwiegen hat?*

»Wenn Sie Dana auf dieser Baustelle gefunden haben ... vergraben ...«, sagte Leonie Wilke stockend. »Heißt das, sie ist ermordet worden? In der Zeitung wurde so etwas angedeutet.«

»Wir gehen von Fremdverschulden aus«, sagte Sina. »Am Skelett wurden eindeutige Hinweise gefunden.«

Wilke umklammerte mit einer Hand die Tischkante. So fest, dass ihre Knöchel ganz weiß wurden.

Sina nahm das Entsetzen von Danas bester Freundin zur Kenntnis. Sie schlug die Mappe auf, die sie mitgebracht hatte, und entnahm ihr das dreiseitige Befragungsprotokoll von 2003.

Während sie sprach, ließ sie ihr Gegenüber nicht

aus den Augen. »Frau Wilke, ich habe hier Ihre Aussage, die Sie vor zwanzig Jahren bei POK Schwenk gemacht haben.«

Leonie Wilkes Blick flackerte. Dann schlug sie die Augen nieder.

»Dana Manthey hatte ihren Eltern erzählt, sie wolle bei Ihnen übernachten. Gegen fünfzehn Uhr verließ sie das Elternhaus. Sie hatte eine kleine Reisetasche dabei. Doch sie hatte nie vor, bei Ihnen zu übernachten, nicht wahr?«

Leonie nickte, den Blick hielt sie weiterhin gesenkt.

Sina tippte mit dem Zeigefinger auf das Befragungsprotokoll. »Sie haben damals ausgesagt, dass Sie nicht wüssten, was Leonie wirklich vorgehabt hat.«

Schweigen.

Sina beugte sich ein wenig vor, senkte die Stimme. »Das ist zwanzig Jahre her. Damals waren Sie sechzehn Jahre alt. Ein aufgewühlter, wahrscheinlich auch ein wenig verängstigter Teenager. Es ging um Ihre beste Freundin. Die Freundin, die Sie seit Jahren kannten, der gegenüber Sie vollkommen loyal waren.«

Leonie Wilke atmete hörbar durch.

»Frau Wilke, wollen Sie Ihrer Aussage vielleicht etwas hinzufügen?«, fragte Sina sanft.

Als Leonie den Kopf hob, flackerte ihr Blick nicht mehr. Er wirkte vielmehr entschlossen. Sie nickte. Dann sprach sie mit fester Stimme. »Ich habe damals gelogen. Ich wollte Dana schützen. Ich dachte, sie taucht jeden Moment wieder auf. Ich ...«

Wieder atmete sie tief durch. Dann warf sie einen Blick über die Schulter. »Ich habe den Tee ganz vergessen. Jetzt brauche ich wirklich eine Tasse.« Sie sah Sina und Sven an. »Sie auch?«

Beide bejahten.

Als Leonie Wilke aufstand und an die Arbeitsfläche neben dem Herd zurückkehrte, waren ihre Bewegungen flüssig, nicht so verkrampft wie zuvor.

Wahrscheinlich ist sie jetzt entspannter, da sie sich entschlossen hat, uns die Wahrheit zu sagen.

Wenige Minuten später hatten sie alle dampfende Teetassen vor sich. Sina warf drei Stück Kandis in ihren Tee und gab einen Schuss Sahne hinzu.

»Ist es für Sie in Ordnung, wenn ich Ihre Aussage aufzeichne?«, fragte Sina nach dem ersten Schluck Tee und legte ihr Handy auf die Tischplatte.

»Ja, selbstverständlich«, sagte Leonie Wilke. Klappernd stellte sie ihre Tasse ab. »Sie hatten ganz recht, als Sie vorhin sagten, dass ich eine verängstigte Sechzehnjährige war, die ihre beste Freundin decken wollte. Denn natürlich wusste ich von Danas eigentlichen Plänen. Wir waren wirklich beste Freundinnen wie aus dem Bilderbuch. Wir hatten keine Geheimnisse voreinander, haben alles geteilt.«

Ihr Blick umwölkte sich ein wenig. »Nun ja, fast alles. Denn kurz vor Danas Verschwinden gab es eben doch ein Geheimnis.« Sie überlegte kurz. »Aber ich fange besser von vorne an. Das geht sonst alles zu sehr durcheinander.«

»Wann hatten Sie das letzte Mal Kontakt zu Dana?«, fragte Sina. »Egal ob bei einem Treffen oder per SMS oder E-Mail.«

»Wir haben uns natürlich in der Schule gesehen. Es war ein Freitag, das weiß ich noch ganz genau. Nach Schulschluss haben wir noch ein wenig gequatscht. Ein kurzes Stück hatten wir denselben

Heimweg, da haben wir die Räder geschoben, bevor wir uns dann an einer Straßenkreuzung trennen mussten.«

Ein fast versonnener Ausdruck erschien angesichts dieser Jugenderinnerung auf Wilkes Gesicht. »Das haben wir fast jeden Tag so gemacht.«

»Worüber haben Sie an jenem Freitag gesprochen?«, fragte Sina.

»Wir haben über eine unserer Lehrerinnen abgelästert. Über ein Aufsatzthema gesprochen, auf das wir beide keine Lust hatten.« Leonie schüttelte den Kopf. »Unglaublich, wie sich das alles in mein Gedächtnis eingebrannt hat. Ich höre förmlich Danas Stimme, so als sei es erst vor Kurzem gewesen und nicht vor fast zwanzig Jahren.«

Sie seufzte. »Als wir an der Kreuzung ankamen, wo wir uns immer trennten, schwang Dana sich auf ihr Fahrrad, lachte mich an und sagte, sie könne den Abend kaum erwarten. Es würde das Abenteuer ihres Lebens werden.«

Leonie fuhr sich mit einer Hand über die Stirn. »In dem Moment durchfuhr mich so etwas wie ein Stich. Neid, Eifersucht. Nennen Sie es, wie sie wollen. Meine beste Freundin war auf dem Weg in ein Abenteuer. Ohne mich. Plötzlich gab es da etwas, das wir nicht teilen konnten.«

Sie fixierte Sina mit dem Blick. »Womit wir bei dem Geheimnis wären, das Dana damals vor mir hatte.«

Ich wette, es ging um einen Mann, dachte Sina, sagte jedoch nichts. Sie wollte Leonie Wilke in keiner Weise beeinflussen oder ihren Erzählfluss stören.

»Sie werden es sich schon denken können«, fuhr Wilke fort. »Sie wollte sich mit einem Mann treffen.

Dana hatte natürlich mit mir abgesprochen, dass sie ihren Eltern erzählen würde, dass sie bei mir übernachtet. Wir haben oft genug bei der jeweils anderen übernachtet, dass das eine naheliegende Ausrede war. Doch statt zu mir zu kommen, hat sie sich mit diesem Mann getroffen.«

Leonie hob beide Hände. »Oder zumindest wollte sie sich mit ihm treffen. Vielleicht kam es ja gar nicht mehr dazu.«

»Wer war dieser Mann?«, mischte Sina sich nun doch mit einer Zwischenfrage ein.

Leonie Wilkes Blick war klar und wirkte aufrichtig, als sie Sina direkt in die Augen sah. »Das ist das Geheimnis. Ich kenne seinen Namen nicht.«

Enttäuschung schwappte wie eine eisige Welle durch Sina. *Wäre ja auch zu schön gewesen, wenn sie uns einen Namen präsentiert hätte*, dachte sie, während sie versuchte, sich nichts anmerken zu lassen.

Leonie spielte gedankenverloren am Henkel ihrer Tasse herum. »Es ging ungefähr zwei Wochen vorher los. Dana war plötzlich immer extrem guter Laune. Ich zog sie damit auf, dass ich fragte: *Du bist wohl verliebt, was?* Darauf lachte sie und meinte: *Und wenn's so wäre?* Als ich dann wissen wollte, wer denn der Glückliche sei, machte sie nur ein geheimnisvolles Gesicht und gab mir keine Antwort.«

»Damit haben Sie sich zufriedengegeben?«

»Natürlich nicht.« Leonie lachte auf. »Sie können sich doch sicher auch noch erinnern, wie man als Teenager so ist. Neugierig auf alles. Ich habe sie wieder und wieder gefragt, wollte wissen, ob ich ihn kenne, ob es jemand aus unserer Klasse war.« Sie machte eine abschätzige Geste. »Wobei ich mir sicher war, dass es keiner unserer Klassenkameraden war. Das hätte ich gemerkt.«

Wilke legte den Kopf ein wenig schräg. »Dana antwortete ausweichend, machte vage Andeutungen. Was ich jetzt sage, ist reine Spekulation, bitte vergessen Sie das nicht. Es kann sein, dass das komplett ein Auswuchs meiner damaligen überhitzten Fantasie war.«

Leonie schob ihre Teetasse ein Stück beiseite. »Ich hatte das Gefühl, dass es sich nicht um einen Jungen in unserem Alter handelte. Ich glaube, Dana traf sich mit jemandem, der deutlich älter war.«

Sina hielt die Luft an. *Ein Erwachsener. Genau das, was ich mir auch überlegt hatte.*

Mit dem Zeigefinger klopfte Leonie Wilke auf die Tischplatte. »Ich habe das Dana auf den Kopf zugesagt. Ich habe gefragt, ob sie sich in jemanden verliebt hat, der viel älter ist. Sie gab mir keine Antwort, aber so wie sie gelächelt hat ... Das war mir Antwort genug.« Wieder seufzte sie. »Ich habe dann gesagt, sie solle aufpassen, habe sie davor gewarnt, sich mit einem Erwachsenen einzulassen.«

Aber sie wollte nicht auf dich hören. War zu verliebt, dachte in ihrem Gefühlsrausch, ihr könne keiner was.

Sina vergewisserte sich kurz, dass die Aufnahmefunktion ihres Handys noch aktiviert war. »Dana hat sich also geweigert, Ihnen zu sagen, in wen sie verliebt war. Aber dass sie sich am Abend des sechsten Juni 2003 mit diesem Mann treffen und mit ihm die Nacht verbringen wollte, das hat sie Ihnen gesagt?«

Leonie schluckte. »Ja, das hat sie. Ich habe auch da wieder zu ihr gesagt, sie solle gut auf sich aufpassen. Sie sagte, das sei nicht nötig, das würde er schon tun. Er würde sie beschützen, er würde ihr nie wehtun.«

»War das der Grund, aus dem Sie annahmen, es müsse sich um einen Erwachsenen und nicht um einen Jungen in ihrem eigenen Alter handeln?«, fragte Sina nach.

»Ja, das auch. Dazu ihre Geheimniskrämerei. Wenn es ein Junge aus unserer Schule gewesen wäre, dann hätte sie mir das doch einfach sagen können, oder?« Leonie dachte kurz nach. »Aber da war noch etwas: Sie deutete an, sie würde die Nacht mit diesem Mann in einem Hotel verbringen. So etwas macht doch kein Sechzehn- oder Siebzehnjähriger.«

Sina notierte sich den Stichpunkt *Hotel* in ihrem Notizbuch. »Und Sie haben wirklich gar keine Ahnung, wer dieser Mann gewesen sein könnte?«

Leonie biss sich auf die Unterlippe. Dann seufzte sie. »Ich will niemanden reinreiten. Vor allem, weil ich es wirklich, wirklich nicht weiß. Aber natürlich habe ich damals sowohl vor als auch nach Danas Verschwinden jede Menge Vermutungen angestellt.«

»Und zu welchem Ergebnis kamen Sie da?«, fragte Sina. »Ich versichere Ihnen, dass ich alles, was Sie mir jetzt noch sagen, genau so behandeln werde: als bloße Vermutung.«

Zischelnd atmete Leonie aus. »Also, gut. Dana hat total für unseren damaligen Erdkundelehrer geschwärmt. Das Komische war, dass sie eine Zeitlang ständig von ihm geredet hat und davon, wie toll er doch sei, aber dann hat das von einem Tag auf den anderen aufgehört.« Sie zuckte mit den Schultern. »Erst dachte ich, ihre Schwärmerei hätte sich gelegt, aber dann kamen diese Andeutungen, dass es da jemanden gäbe ...«

Leonie brach ab und griff nach ihrem Tee. Doch statt zu trinken, drehte sie nur die Tasse in den Händen. »Es gibt wirklich keinerlei konkrete Gründe, dass ich denke, er sei Danas geheimnisvoller Freund gewesen. Nur so ein Bauchgefühl.«

»Machen Sie sich keine Gedanken, Leonie«, sagte Sina. »Wir werden diesen Lehrer befragen, aber dabei natürlich berücksichtigen, was Sie uns gerade gesagt haben.« Sie tippte mit ihrem Kugelschreiber auf das Notizbuch. »Können Sie sich noch an den Namen dieses Lehrers erinnern?«

»Ja, selbstverständlich. Er hieß Felix Jessel. Er war damals vor zwanzig Jahren noch ziemlich jung, auf jeden Fall weit unter vierzig. Er hatte eine Ehefrau und mindestens ein kleines Kind, daran kann ich mich auch noch erinnern.« Leonie runzelte die Stirn. »Dana verschwand ja nicht allzu lange vor den Sommerferien. Im nächsten Schuljahr hatten wir dann einen anderen Lehrer in Erdkunde. Ich glaube, Jessel war dann gar nicht mehr an der Schule, aber ich kann mich täuschen.« Sie sah Sina entschuldigend an. »Es ist alles schon so lange her.«

Allerdings, dachte Sina. *Das wird unser größtes Problem bei dieser Ermittlung sein: die vielen Jahre, die seit dem Mord an Dana Manthey bereits verstrichen sind.*

***

Eine Befragung wollten Sina und Sven an diesem Tag noch vornehmen, bevor sie Feierabend machten. Ihre Wahl fiel auf Irene Fassbender, die damalige Klassenlehrerin von Dana und Leonie.

Sie hofften, dass die jetzige Schuldirektorin ihnen

auch Fragen zu Felix Jessel, dem Erdkundelehrer beantworten könnte. Eine kurze Recherche Svens hatte nämlich ergeben, dass Felix Jessel nicht mehr auf Sylt gemeldet war.

Natürlich konnten sie Irene Fassbender jetzt, am frühen Abend, nicht mehr im Schulgebäude befragen, sondern nur zu Hause.

»Falls sie irgendwelche Informationen in Schulunterlagen nachsehen muss, dann befragen wir sie eben ein zweites Mal«, hatte Sina gemeint, als Sven die Privatadresse von Irene Fassbender heraussuchte.

»Zum Glück ist Sylt eine relativ kleine Insel«, hatte Sven gesagt, als sie sich auf den Weg machten. »Fassbender wohnt ungefähr so weit von den Wilkes entfernt, wie das hier auf Sylt überhaupt möglich ist.«

Trotzdem dauerte die Fahrt von Hörnum nach List nur eine halbe Stunde. Als Sven die Adressdaten abgefragt hatte, hatte er auch gleich bei Fassbender angerufen, sodass die Schuldirektorin nun auf ihr Kommen vorbereitet war.

Das Getränkeangebot der freundlich wirkenden dunkelhaarigen Irene Fassbender, die ihnen die Tür in legerer Freizeitkleidung geöffnet hatte, lehnten sie ab.

Mir schwappt immer noch der Tee von Leonie Wilke im Bauch herum, dachte Sina, als sie Fassbender in ein gemütliches, aber ein wenig zu überladen eingerichtetes Wohnzimmer folgte.

Mit einem leisen Ächzen ließ sich Fassbender, die Sina auf Anfang bis Mitte fünfzig schätzte, auf ein mit dunkelblauem Samt bezogenes Sofa fallen. Mit einer Geste bedeutete sie Sina und Sven, sich ebenfalls zu setzen.

Kurz bewunderte Sina den blau-weißen Kachelofen, dann zog sie sich einen Holzstuhl mit gerader Lehne und blau besticktem Sitzkissen heran. Ihr Notizbuch legte sie auf die Knie.

»Wie Ihnen mein Kollege bereits am Telefon sagte, geht es um Dana Manthey«, begann sie.

»Hach ja, die Dana. Eine furchtbare Sache war das damals«, sagte Irene Fassbender. »Aber das ist so schrecklich lange her, wieso wollen Sie deswegen mit mir sprechen?« Fragend sah sie zwischen Sina und Sven hin und her. »Gibt es etwa Neuigkeiten?«

»Leider wurden vor Kurzem die sterblichen Überreste von Dana Manthey gefunden«, sagte Sina.

Die Schuldirektorin schlug eine Hand vor den Mund. »Wie furchtbar. Dann ist sie also doch nicht von daheim ausgerissen. War sie etwa all die Jahre schon tot?«

»Davon ist auszugehen.«

Kopfschüttelnd beugte Fassbender sich zu einem Beistelltischchen und griff nach einem Brillenetui. »Wie kann ich Ihnen denn da helfen?«, fragte sie, während sie das Etui öffnete und sich die Brille auf die Nase setzte.

»Sie waren damals die Klassenlehrerin von Dana«, sagte Sina. »Können Sie uns zunächst bitte ein wenig über Dana erzählen. War sie eine gute Schülerin? Wie war ihre Art? Erzählen Sie uns einfach alles, woran Sie sich noch erinnern können.«

Irene Fassbender legte Daumen und Zeigefinger ans Kinn und sah Sina nachdenklich an. »Ich hatte Danas Klasse in Deutsch. Das war ihr bestes Fach. Im Jahr ihres Verschwindens war sie Chefredakteurin der Schülerzeitung. Der Storm. Also, das war der Titel der Zeitung. Sie wollte nach dem Abitur Journalismus studieren.«

Die Lehrerin verschränkte die Hände auf den Knien. »Wenn Sie diesen Berufswunsch weiterhin mit so viel Ehrgeiz verfolgt hätte, hätte sie das auch sicher geschafft. Für eine Sechzehnjährige hat sie bereits einige ganz erstaunliche Artikel verfasst. Besonders interessierte sie sich für Sylt und die Geschichte der Insel. Aber auch Politik war ein Gebiet, das sie sehr faszinierte.«

Fassbender seufzte. »Schrecklich, so ein junges Leben. Sie hätte alles noch vor sich gehabt.« Sie schüttelte den Kopf.

»Hatte Dana Probleme mit anderen Schülern?«, fragte Sina.

Das Kopfschütteln wurde vehementer. »Oh, nein, auf keinen Fall. Sie war sehr beliebt. Auch sehr selbstbewusst, sie wusste sich zu behaupten.«

»Sie war sechzehn, als sie verschwand, für viele junge Leute ist das ja ein schwieriges Alter. Könnten Sie sich vorstellen, dass Dana mit Drogen oder Alkohol experimentiert hat? Und wie sah es mit Jungs aus? Wissen Sie, ob sie einen Freund hatte? Zum Beispiel jemanden aus ihrer Klasse?«

Sina formulierte ihre Frage absichtlich so spezifisch. Damit, dass es den vagen Verdacht gab, Dana könnte ein Verhältnis mit einem Lehrer gehabt haben, wollte sie Fassbender nicht konfrontieren. Zumindest heute noch nicht.

»Dana machte stets einen sehr offenen, fröhlichen Eindruck. Sie war sportlich und wirkte immer kerngesund. Jetzt kann ich mich wieder erinnern: Sie hat so gut wie nie wegen Krankheit gefehlt. Bei so einer Schülerin kann ich mir nicht vorstellen, dass Alkohol oder gar Drogen eine Rolle in ihrem Leben spielten.«

Fassbender lächelte. »Sie gehörte auf jeden Fall nicht zu diesen Problemschülern, die man in der großen Pause ständig beim Rauchen erwischt.«

Sina lächelte zurück. Die Schuldirektorin war ihr sympathisch. Sie schien zu der Sorte Lehrer zu gehören, die sich für die ihnen anvertrauten Schüler nicht nur ernsthaft interessierten, sondern sich auch für diese einsetzten.

»Was die Frage nach einem Freund angeht, kann ich Ihnen leider nicht weiterhelfen. Es ist wirklich schon viel zu lange her und diese jungen Leute ... Das ist doch ein ständiges Bäumchen-wechsel-dich-Spiel. Auch damals schon. Helfen Sie mir doch bitte auf die Sprünge: Wie lange ist das genau her, dass Dana verschwand? Es muss Anfang der Nuller Jahre gewesen sein, aber ich weiß nicht mehr, welches Jahr genau.«

»2003. Sie wurde am Freitag, den sechsten Juni zuletzt gesehen.«

»Genau zwanzig Jahre also«, sagte Irene Fassbender leise.

Sina blätterte zu den Notizen zurück, die sie sich während des Gesprächs mit Leonie Wilke gemacht hatte. Es war an der Zeit, die Sprache auf den Erdkundelehrer zu bringen.

Das muss ich möglichst unverfänglich anstellen.

»Es gibt einen weiteren Lehrer, der damals Danas Klasse unterrichtet hat, mit dem wir uns gerne unterhalten würden«, sagte Sina. »Felix Jessel, er gab damals Erdkunde.«

»Felix Jessel«, sagte Irene Fassbender stirnrunzelnd. »Erdkunde. Ach, doch, jetzt. Er war nicht lange bei uns. Ich fürchte, ich kann Ihnen nichts über ihn sagen. Ich kann mir nicht einmal mehr sein Gesicht ins Gedächtnis rufen.«

»Herr Jessel lebt offenbar nicht mehr auf Sylt. Ich würde Sie bitten, dass Sie uns morgen, wenn Sie wieder in der Schule sind, alle Informationen, die Sie über ihn haben, heraussuchen. Uns würde interessieren, von wann bis wann er am Theodor-Storm-Gymnasium arbeitete und wo er hingezogen ist.«

»Das lässt sich machen«, meinte Irene Fassbender.

Sina stand auf und reichte der Schuldirektorin ihre Karte. »Rufen Sie mich einfach an. Auch falls Ihnen noch etwas einfallen sollte. Egal, wie unbedeutend es Ihnen vielleicht erscheinen mag.«

»Ich beneide Sie wirklich nicht um diese Aufgabe«, meinte Fassbender. »Nach so langer Zeit, besteht da überhaupt noch eine Chance, den Verantwortlichen zu finden?«

Sina nickte entschlossen. »Die besteht definitiv. Aber natürlich ist unsere Arbeit viel schwieriger als sonst.«

»Das hast du schön gesagt«, meinte Sven, als sie das Haus der Lehrerin verlassen hatten. »Bist du wirklich so zuversichtlich oder wolltest du nur einer Zeugin gegenüber keinen Pessimismus zeigen?«

Sina lächelte ihren Kollegen an. »Ein bisschen von beidem glaube ich. Wenn ich nicht daran glauben würde, dass wir Danas Tod aufklären können, wie sollte ich es denn dann morgens aus dem Bett schaffen?«

»Da hast du natürlich auch wieder recht.« Sven hob den Autoschlüssel hoch. »Soll ich dich nach Hause fahren oder möchtest du vorher noch aufs Revier?«

»Lass mich schnell mit Jan telefonieren«, meinte Sina. »Wenn du mich bei ihm absetzt, ist es kein

Umweg für dich.«

Sinas Freund Jan war auch ein guter Kumpel von Sven. Die beiden verband ihre große Leidenschaft für das Kitesurfen und sie wohnten nicht weit voneinander entfernt.

»Ich fahre dich aber auch gerne nach Westerland. So ein großer Umweg ist das auch wieder nicht.«

Sina winkte ab. »Wenn ich es mir aussuchen darf, würde ich lieber zu Jan. In meinem Haus ist der Aufzug kaputt.«

»Schon wieder?« Sven war über die ständigen Probleme, die es in Sinas Wohnhaus gab, natürlich bestens informiert.

»Ja, schon wieder«, sagte Sina seufzend, während das Rufzeichen an ihr Ohr drang.

Als Jan sich meldete, hellte sich ihre Stimmung schlagartig auf.

Ein Abend mit Jan, der mich auf andere Gedanken bringt, wäre jetzt genau das, was ich brauche. Das Leben besteht schließlich nicht nur aus Arbeit.

***

»Mein Name ist Josh Keller und das war die neueste Ausgabe von Kellers Abgründe, dem Kriminal-Podcast über wahre Verbrechen. Hat euch dieser Podcast gefallen, dann gebt mir ein Like, empfehlt mich euren Freunden und abonniert meinen Kanal. Bis zum nächsten Verbrechen.«

Joshua nickte zufrieden und klickte auf *Ausgeben.* Gerade hatte er eine weitere Folge seines Podcasts bearbeitet und noch einmal komplett angehört, um zu überprüfen, ob alles in Ordnung war.

Er reckte und streckte sich, dann stand er von seinem Schreibtisch auf und ging in die Küche, wo er eine Dose Red Bull aus dem Kühlschrank holte.

Die Digitaluhr am Backofen zeigte die Uhrzeit als 01:42 an. Keine ungewöhnliche Zeit für Joshua, der eine echte Nachteule war. Sobald die Sonne unterging, wurde er erst richtig munter.

Wenn die Audiodatei fertig ist, lad ich das Ganze noch hoch und geb es frei. Halt, ich hab den Beschreibungstext noch gar nicht geschrieben, das muss ich noch erledigen.

Er nahm einen tiefen Schluck, dann öffnete er den Küchenschrank, in dem er seine Snackvorräte lagerte. Mit einer Tüte Paprika-Chips kehrte er an seinen Schreibtisch zurück.

Der Fortschrittsbalken stand bei 87 Prozent. Joshua griff tief in die Chipstüte und sah kauend zu, wie der Balken sich langsam, aber stetig füllte.

Ich muss auch noch checken, ob's neues Material gibt. Ich habe immer noch kein Thema für die nächste Episode.

Er leckte sich die salzigen Krümel von den Fingern, wischte die Hände an seinen Baggy Jeans ab und wechselte zum Internetbrowser.

Wie jeden Abend scrollte er langsam durch die Ergebnisse seiner Suchanfrage.

Lauter ödes Zeug, das keinen Hund hinter dem Ofen hervorlocken würde.

Joshua klickte die Suchergebnisse weg und nahm sich stattdessen seine Lesezeichenliste vor.

Sylter Bote? Was war das noch mal? Ah ja, die ollen Knochen von der Baustelle. Warum hab ich das überhaupt gebookmarked, die Knochen sind wahrscheinlich aus der Wikingerzeit.

Er nahm noch einen Schluck Red Bull, klickte

dann aber doch auf den Link.

Für meine Show ist das nix, aber ich bin neugierig.

Von dem Artikel, den er gespeichert hatte, klickte er sich durch auf die Homepage des Sylter Boten, um dort nach möglichen Nachfolgestorys zu suchen.

Joshua musste nicht suchen.

Traurige Gewissheit nach zwanzig Jahren: Die verschwundene Dana M. wurde ermordet.

Wie elektrisiert stellte Joshua die Getränkedose beiseite und zog den Laptop ein wenig näher zu sich heran.

Er überflog den Artikel, in dem erläutert wurde, dass dank eines DNA-Tests nachgewiesen werden konnte, dass das auf einer Baustelle gefundene Skelett zu einer 2003 spurlos verschwundenen Sylter Schülerin gehörte.

Dana, sechzehn Jahre alt. Ermordet und verscharrt, nach zwanzig Jahren gefunden. Das ist doch ein Knaller.

Joshua scrollte wieder nach oben, wo sich neben einem Foto der Baustelle auch ein Bild des Mordopfers fand.

Dana M. war hübsch, in Joshuas Augen sogar sehr hübsch, gewesen. Ihre überschulterlangen roten Haare umrahmten in weichen Wellen ein herzförmiges Gesicht. Fröhlich lachte Dana in die Kamera. Laut Bildunterschrift war das Foto kurz vor ihrem Verschwinden aufgenommen worden.

Krass. Sechzehn. Wer bringt so jemanden um. Das auch noch auf Sylt, das ist doch voll die Promi-Insel. Da hätte ich nie gedacht, dass da so was passiert.

Joshua hatte Blut geleckt. Vergessen waren Energy Drink und Chips. Auch an die fertige Podcast-Folge, die darauf wartete, hochgeladen und veröffentlicht zu werden, dachte er nicht mehr.

Stattdessen startete er eine neue Onlinesuche. Dieses Mal nach alten Artikeln aus dem Jahr 2003, die sich mit dem Verschwinden der Sylter Schülerin Dana M. befassten.

Es dauerte nicht lange und Joshua war klar, dass er das nächste Thema für Kellers Abgründe gefunden hatte.

Kapitel vier

Sina saß an ihrem Schreibtisch im Revier und verfasste eine E-Mail an Janine Nyström, geborene Manthey. Sie bat Danas jüngere Schwester um einen Termin, an dem sie sich über Zoom unterhalten könnten.

Sobald sie diese E-Mail versendet hatte, nahm Sina sich die Namensliste vor, die Sven erstellt hatte. Hinter jedem Namen, der in der Ermittlungsakte zu Dana Mantheys Verschwinden aufgetaucht war, hatte er kurz beschrieben, wer die jeweilige Person war.

Sina sah Freunde und Freundinnen, Mitschüler und Lehrer. Keine weiteren Familienangehörigen außer den Eltern und der Schwester.

Haben die Mantheys keine anderen Verwandten hier auf Sylt oder wurden die alle nicht befragt?

Sina machte sich eine Notiz, hier nachzuhaken. Vielleicht gab es ja eine Tante oder eine Cousine oder einen anderen Verwandten, dem Dana nahestand.

Wir müssen auch herausfinden, was Dana kurz vor ihrem Verschwinden bewegt hat. Hatte sie wirklich eine Liebelei mit einem erwachsenen Mann, wie Leonie Wilke vermutet? War dieser Mann der Erdkundelehrer? Gab es etwas anderes in Danas Leben, das schließlich zu ihrem Verschwinden und Tod führte?

Sina verschränkte die Finger und streckte die Arme aus, um ihre Schultern zu lockern.

Da kommt jetzt die Umzugskiste ins Spiel, die mir die Mantheys mitgegeben haben. Sven und ich müssen uns daran machen, Danas Tagebücher durchzugehen.

Sina wollte gerade aufstehen und den großen Karton aus der Ecke ihres Büros holen, in der Sven ihn am Vortag abgestellt hatte, als sie sah, dass sie eine neue E-Mail erhalten hatte.

In Erwartung einer Antwort von Janine Nyström klickte Sina auf ihren Posteingang. Doch die Nachricht kam von Irene Fassbender. Sie enthielt die Informationen über den Erdkundelehrer Felix Jessel, um die Sina gebeten hatte.

Mit großem Interesse las sie, dass Jessel nur zwei Jahre am Theodor-Storm-Gymnasium gearbeitet hatte. Er hatte tatsächlich zum Schuljahresende 2003 Sylt verlassen, um eine Stelle in Kiel anzutreten.

Fassbender nannte nicht nur den Namen der neuen Schule, sondern auch das Geburtsdatum des Lehrers, dass er verheiratet war und eine Tochter hatte.

Er war im Jahr 2003 also 32 Jahre alt. Doppelt so alt wie Dana Manthey. Aber wenn es stimmt, dass Dana mit gleichaltrigen Jungs nichts anfangen konnte, war Jessel vielleicht jemand, der ihr gefiel. Jemand, zu dem sie aufsehen konnte, der Lebenserfahrung hatte und somit so viel aufregender war als ihre Klassenkameraden.

Sina bedankte sich kurz bei Irene Fassbender, dann druckte sie die E-Mail aus. Anschließend rief sie Sven an und bat ihn, in ihr Büro zu kommen.

»Ich brauche deine Hilfe bei der Durchsicht von Dana Mantheys Sachen.«

Eine Minute später tauchte Sven auf und wuchtete den Umzugskarton auf Sinas Schreibtisch.

Gespannt öffnete sie den Pappdeckel. Ordentlich gestapelte Notizbücher und Hefte, ein kleineres Kästchen, das wie ein Schmuckkästchen aussah, ein Fotoalbum.

»Wer hat denn 2003 noch Fotos in Alben geklebt?«, meinte Sven und griff nach dem Album. »Damals war doch schon alles digital, oder?«

»Hm, ich glaube, das war gerade so die Übergangszeit«, sagte Sina. »Ich kann mich nicht mehr so genau erinnern, wann ich meine erste Digitalkamera hatte.«

Sie beugte sich zu ihrem Kollegen, der bereits in dem Album blätterte, um ebenfalls einen Blick auf die Fotos werfen zu können. »Sieht nach alten Familienfotos aus«, meinte sie. »Komisch, dass die Mantheys das Album in den Umzugskarton gelegt haben.«

Sven hielt inne und deutete auf ein Foto. »Dana und Janine als Kleinkinder. Vielleicht wollen sie keine Familienfotos um sich haben, auf denen Dana zu sehen ist? Der Schmerz sitzt wahrscheinlich einfach zu tief.«

»Sie wollen nicht ständig an ihre verschwundene Tochter erinnert werden und deshalb haben sie sogar dieses alte Fotoalbum aus dem Wohnzimmerschrank verbannt? Kann gut sein«, meinte Sina. Sie wandte sich wieder dem Umzugskarton zu. »Am besten, wir räumen alles aus, verschaffen uns einen Überblick und teilen uns dann die Sichtungsarbeit.«

»Verdammt viele Notizbücher«, sagte Sven. »War aber wohl zu erwarten bei einer Sechzehnjährigen, die Journalistin werden wollte.«

Sina hob einen Stapel verschiedenfarbiger Notizbücher aus dem Karton und legte ihn vorsichtig auf der Schreibtischplatte ab. Die Bücher waren alle verschieden dick, verschieden groß und sehr farbenprächtig.

»Hoffentlich hat sie alles datiert. Wir haben nicht genug Zeit, uns alles durchzulesen«, sagte Sven. »Wir müssen uns auf die Zeit kurz vor ihrem Verschwinden konzentrieren.«

»Ich will mir aber erst einen groben Überblick verschaffen«, meinte Sina. »Ich möchte ein wenig mehr über Dana erfahren, bevor wir die nächsten Befragungen vornehmen.«

Außer den Notizbüchern enthielt der Karton noch etliche lose Blätter und Schnellhefter. Darunter kamen einige Exemplare einer Zeitschrift zum Vorschein.

»Der Storm«, sagte Sina. »Die Schülerzeitung.« Neugierig griff sie nach der zuoberst liegenden Ausgabe, sah, dass diese vom Februar 2003 stammte, und schlug sie auf.

Sven beugte sich über ihre Schulter. »Chefredakteurin Dana Manthey«, las er vor. »Sie hat sogar einen Leitartikel geschrieben.«

»Liebe Mitschülerinnen und Mitschüler, in dieser neuen Ausgabe des Storm geht es vor allem um ein großes Thema: die Zwischenzeugnisse.« Sina blätterte weiter zum Inhaltsverzeichnis. »Zeugnisangst, Tipps für besseres Lernen, Abiturvorbereitung, Mathe-Olympiade, Fahrradturnier, Buchtipps, Film- und Serienempfehlungen, Sylter Persönlichkeiten. Ganz schön vollgepackt.«

»Wie oft ist diese Schülerzeitung denn erschienen?«, wollte Sven wissen. »Alle paar Monate oder häufiger?«

Sina hob die restlichen Ausgaben des Storm aus dem Karton und sah sich die Titelblätter an. »Monatlich. Wir haben hier acht Ausgaben, das heißt wohl, dass Dana im Herbst 2002 bei der Schülerzeitung angefangen hat.«

Sven räumte den nun leeren Karton beiseite. »Die Schülerzeitungen können wir wahrscheinlich zurückstellen, da werden wir kaum etwas Interessantes über Dana erfahren. Fangen wir mit den ganzen Notizbüchern an.«

Sina legte die Schülerzeitungen beiseite und teilte den Notizbuchstapel in zwei kleinere Stapel auf. »Alle Tagebücher raussuchen und nach Datum sortieren. Dann können wir uns von hinten nach vorne durcharbeiten.«

Eine Weile arbeiteten sie schweigend, nur das Rascheln von Papier war zu hören.

Sinas Hoffnung, dass Dana die Einträge in ihren Notiz- und Tagebüchern datiert hatte, erfüllte sich. Auch die Handschrift der Schülerin war sehr ordentlich gewesen, sodass Sina alle Einträge problemlos lesen konnte.

Einige der Bücher enthielten Notizen zu Aufsätzen, anderen Schularbeiten oder Ideen für Artikel, die Dana für den Storm schreiben wollte. In anderen befanden sich Tagebuchaufzeichnungen.

Sina legte ein Tagebuch aus dem Jahr 2001 beiseite. Als sie ein weiteres Notizbuch aufschlug, fiel ihr ein zusammengefalteter Zettel entgegen.

Er enthielt nur einige Zeilen in Danas Handschrift.

What I would give for a smile.
To look into your beautiful eyes and
see the world reflected back at me.
What I would give for you to love me as much as I love you.

»Schau dir das mal an.« Sina reichte Sven den Zettel.

»Typisches schmalziges Teenie-Gedicht, oder? Sechzehnjährige schreiben doch alle so was.« Sven schien ziemlich unbeeindruckt.

»Wirklich? Du auch?«, neckte Sina ihn.

Irrte sie sich oder wurde Sven tatsächlich ein wenig rot?

»Nein, ich doch nicht. Okay, ich geb's zu, ich hab mit fünfzehn in einer Band gespielt und Songs geschrieben.« Er reichte Sina den Zettel zurück. »Meine Lyrics waren wahrscheinlich nicht besser als das hier.«

Er überlegte kurz. »Was das Englische angeht, wohl eher sehr viel schlechter. Fremdsprachen waren nie meine Stärke.«

»Du denkst also, das sei einfach nur so ein Gedicht, ohne eine spezielle Person zu meinen?«, fragte Sina.

»Könnte doch gut sein. Klingt ja auch ein wenig wie der Text zu einem Song. Und warum sollte Dana so etwas auf Englisch schreiben, wenn es um einen konkreten Jungen oder Mann ging, den sie kannte?« Sven deutete auf das Notizbuch in Sinas Hand. »Aus welchem Jahr stammt das überhaupt?«

Sina legte den Zettel wieder in das Buch und sah sich den ersten Eintrag an. »Mai 2003. Ein Tagebuch. Volltreffer. Das wird eines der ersten Bücher, die wir uns ganz genau ansehen.«

»Vielleicht gibt's da ja auch ein paar schmalzige Einträge auf Deutsch, in denen sie Namen nennt. Dann wüssten wir, von wessen tiefem Blick sie geträumt hat.« Sven wandte sich wieder seinem eigenen Stapel mit Notizbüchern zu.

Wenig später hatten Sina und Sven die Bücher in eine chronologische Reihenfolge gebracht. Das letzte Tagebuch, das Dana angefangen hatte, war nicht einmal halb voll. Zuletzt hatte sie am fünften Juni etwas notiert.

»Am Tag vor ihrem Verschwinden«, murmelte Sina.

»Sie hat fast täglich Tagebuch geschrieben«, meinte Sven. »Oft nur ein paar Zeilen, manchmal seitenlang.«

»Der Eintrag hier ist kurz«, sagte Sina.

»Lies vor.«

Sina räusperte sich, bevor sie begann. »Morgen ist der große Tag. Oder sollte ich eher sagen, der große Abend. Die große Nacht. Ich kann es gar nicht mehr abwarten, ich zähle die Stunden, die Minuten. Noch 21 Stunden und 33 Minuten. Das sind 1293 Minuten, 77580 Sekunden. Nein, jetzt sind es nur noch 1292 Minuten. Endlose Minuten. Warum schleicht die Zeit, wenn man auf etwas Großartiges wartet? Und warum rennt sie, wenn man doch eigentlich jeden Moment voll auskosten oder gar für immer festhalten möchte? Ich wette, die morgige Nacht wird für mich nur einen Wimpernschlag dauern.« Sie sah auf. »Das ist alles.«

»Wow. Das muss ja ein wahrhaft grandioses Ereignis gewesen sein, dem sie da entgegengefiebert hat.« Sven blies die Backen auf. »Denkst du dasselbe, was ich denke?«

»Falls du denkst, dass Dana es kaum erwarten konnte, Sex zu haben, dann ja, dann denke ich dasselbe wie du«, meinte Sina trocken.

Sven griff nach einem Tagebuch mit hellblauem Einband. »Du liest dich rückwärts durch das letzte Buch, ich beschäftige mich so lange mit dem vorletzten Band. Irgendwo muss sie doch auch mal den Namen ihres Angebeteten erwähnt haben.«

»Ja, hoffentlich.«

***

Sven hatte leider nicht recht behalten. Dana hatte keinen Namen genannt. Sie hatte ihrem Tagebuch auch keine Einzelheiten anvertraut, aus denen man Rückschlüsse auf die Person hätte ziehen können, der ihre Leidenschaft galt.

Sina vergrub das Gesicht in beiden Händen. »Sie hat sich seitenweise darüber ausgelassen, dass sie den großen Unbekannten für ihren Seelenverwandten hält, hat von einer gemeinsamen Zukunft geträumt ...«

»... noch mehr Gedichte geschrieben, alle auf Englisch«, ergänzte Sven.

»Aber nicht mal ein Halbsatz über sein Aussehen, seine Augenfarbe, Haarfarbe, sein Alter oder woher sie ihn kennt«, sagte Sina. »Nur lyrische Ergüsse.«

»Wenn wir nicht Leonie Wilkes Aussage hätten, würde ich ja fast vermuten, das hier sind alles nur Wunschträume«, sagte Sven und pochte mit den Fingerknöcheln auf eines der Tagebücher. »Hitzige Teenagerfantasien vom Traummann.«

»Der in der Realität gar nicht existiert?« Sina runzelte die Stirn, dann griff sie erneut zu dem Tagebuch, das sie gerade durchgesehen hatte, und blätterte darin. »Du hast recht. Es könnte sich genauso gut um eine reine Fantasiegestalt handeln.«

Frustriert legte sie das Buch auf die Tischplatte. »Oder Szenenentwürfe für einen Liebesroman, den sie schreiben wollte.«

»Wenn da nicht der allerletzte Eintrag wäre«, erinnerte Sven sie. »Da geht es ja konkret darum, dass sie am Abend des sechsten etwas ganz Großartiges vorhat. Auch Leonie hat sie erzählt, dass sie sich mit jemandem treffen wollte.«

»Und dann ist sie verschwunden, also gab es einen Mann.« Sina nickte in Richtung der Tagebücher. »Nur die Frage ist: Hat sie über diesen Mann geschrieben? Es könnte ja auch sein, dass sie in ihren Tagebüchern in Fantasien geschwelgt hat und die Realität sah ganz anders aus. Da traf sie sich nicht mit einem Seelenverwandten, sondern mit einem pickligen Mitschüler.«

»Der ihr zu langweilig war, um über ihn zu schreiben?« Sven hob die Schultern. »Könnte alles sein.«

»Es wird wohl Zeit, dass wir uns noch mit einigen anderen Personen unterhalten, die Dana persönlich kannten«, meinte Sina. »Ich muss auch dringendst mal wieder raus an die frische Luft.«

»Okay, ich hole gleich meine Jacke«, sagte Sven und stand auf.

Bevor Sina ihm folgte, überprüfte sie noch einmal ihr E-Mail-Postfach. Janine Nyström hatte geantwortet und 18 Uhr 30 für einen Zoom-Call vorgeschlagen. Sina tippte eine kurze Antwort, um diesen Termin zu bestätigen.

Dann griff sie nach ihrer Handtasche, packte Handy und Notizbuch ein und versetzte den PC in den Schlummermodus.

***

Die erste frühere Freundin Dana Mantheys, die Sina und Sven befragten, arbeitete als Köchin in einem Café am Lister Hafen.

Schön, wenn wir zur Abwechslung mal das Angenehme mit dem Nützlichen verbinden können, dachte Sina, als sie an einem Eiskaffee nippend den Blick über das Meer schweifen ließ.

Eine sanfte Brise wehte und spielte mit ihren Haaren. Energisch strich Sina sich eine Haarsträhne hinter die Ohren, dann wandte sie sich Annika Schwarz zu.

Annika wirkte jünger als ihre 36 Jahre, was nicht nur auf ihre fast faltenlose Haut, sondern auch auf die zierliche Figur zurückzuführen war.

»Dana und ich waren nicht in derselben Klasse«, sagte Annika. »Wir kannten uns, weil wir beide für die Schülerzeitung gearbeitet haben. Ich glaube, wenn Sie mit jemandem reden möchten, der wirklich eng mit Dana befreundet war, dann wäre das Leonie Blom. Die beiden waren ein Herz und eine Seele.«

Sina ging nicht darauf ein, dass sie bereits mit Leonie gesprochen hatten. »Wir möchten uns ein möglichst genaues Bild von Dana machen. Dazu gehört auch, mit Personen zu sprechen, die sie nicht gar so gut kannten. Sie sagten, Sie schrieben auch für den Storm?«

Annika Schwarz nickte. »Ja, aber ich war längst nicht so engagiert bei der Sache wie Dana. Die hat ja regelrechte Reportagen verfasst, für die sie wochenlang recherchierte und Interviews führte.« Sie lächelte. »Meine Beiträge waren mehr wie Aufsätze. Ich habe auch überhaupt nur mitgearbeitet, weil mein Deutschlehrer meinte, das wäre was für mich.«

»Wie war denn Ihr allgemeiner Eindruck von Dana? Erzählen Sie uns einfach alles, was Ihnen noch zu ihr einfällt. Ich weiß, es ist sehr lange her, da verblassen natürlich die Erinnerungen.«

Die Köchin krauste die Nase. »Dana war lustig. Und fröhlich. Ich kann mich an kein einziges Mal erinnern, dass ich sie mit schlechter Laune erlebt hätte.« Sie blinzelte. »Aber sie konnte auch richtig fies sein. Nicht mir gegenüber, aber ich kann mich noch genau erinnern, wie wir einmal die Jungs in unserer Jahrgangsstufe benotet haben.«

Sina sah Annika fragend an.

»Das ist mir jetzt im Nachhinein sehr peinlich, aber das war so eine Sache, die ging an unserer Schule rum. Keine Ahnung, wer damit angefangen hat. Aber irgendwann hatte jemand, ich weiß nicht mehr wer, eine Liste gefunden, auf der irgendwelche Jungs die Mädchen aus ihrer Klasse mit Schulnoten bewertet hatten.«

Das ist ja wirklich abscheulich, dachte Sina, hielt jedoch den Mund. Schließlich war sie nicht hier, um das Verhalten von Teenagern vor zwanzig Jahren zu kommentieren.

Annika zuckte die Schultern. »Also haben wir das auch gemacht. Dana hat die Liste aufgestellt, alphabetisch sortiert, ich glaube, sie hatte dafür eine Excel-Tabelle angelegt. Zusätzlich zu den Namen gab es da noch diverse Spalten mit Kriterien, die zu benoten waren. Aussehen, Benehmen und Ähnliches.«

»Aber die so beurteilten Jungen haben das nicht mitbekommen?«, fragte Sina nach.

Annika schüttelte den Kopf. »So weit ich weiß nicht, nein. Außerdem glaube ich auch nicht, dass so eine zwar gemeine, aber im Endeffekt doch harmlose Aktion jemanden dazu gebracht hätte, Dana zu töten.« Sie überlegte kurz. »Auch wenn sie wirklich keinen einzigen der Jungen positiv bewertet hat.«

Man steckt nicht drin, dachte Sina. *Was, wenn einer dieser Jungen heimlich in Dana verliebt war und diese Liste sehr wohl zu sehen bekommen hat? Gekränkte Gefühle waren schon oft Auslöser für unüberlegte Handlungen. Bis hin zu Totschlag.*

»Sie sagten, Dana hätte nur schlechte Bewertungen abgegeben? Hatte sie denn keinen Freund?«

»Soweit ich weiß nicht, nein. Aber wie gesagt: Das könnte Leonie eher wissen.« Annika sah auf ihre Armbanduhr. »Brauchen Sie mich noch lange? Ich müsste bald zurück in die Küche.«

»Nur noch eine Frage«, meinte Sina. »Haben Sie irgendetwas anderes mitbekommen, womit sich Dana Manthey möglicherweise unbeliebt gemacht hat? Hat sie Drogen genommen, übermäßig Alkohol getrunken, Ladendiebstähle begangen? Irgendetwas in der Art?«

Sina hatte kaum zu Ende gesprochen, da schüttelte Annika Schwarz bereits heftig den Kopf. »Absolut nichts. Außer den fiesen Benotungen war da gar nichts. Sie machte mir den Eindruck einer hübschen, netten Musterschülerin.«

Sie hielt kurz inne. »Als ich gehört habe, dass sie verschwunden war, konnte ich es nicht glauben. Keinen Moment habe ich gedacht, dass sie von zu Hause ausgerissen ist. Sie kam mir immer so perfekt vor. So, als hätte sie keine Probleme auf der Welt.« Annika breitete beide Hände aus. »Ich war mir auch ganz sicher, dass sie später einmal tatsächlich Journalistin werden würde. Soweit ich das beurteilen konnte, war sie richtig gut. Und sie war sehr ehrgeizig.«

***

Joshua sortierte die Ausdrucke, die er in den letzten Stunden angefertigt hatte. Dann lochte er alles und heftete sein Recherchematerial in einen Ordner.

Er hatte die Zeitungsartikel, die sich mit Dana M. befassten, chronologisch sortiert. Zuoberst kamen die

Berichte vom Juni 2003, ganz unten befanden sich alle Berichte, die er online über den Knochenfund und die Identifizierung Danas hatte finden können.

Seine eigene bisherige Zusammenfassung des Falles und Ideen für seinen Podcast hatte er bereits in Google Docs geschrieben und abgespeichert. Das Dokument umfasste immerhin schon zwei Seiten. Auch diese druckte er aus und heftete sie ab.

Dann schaltete er seinen Laptop aus, trennte ihn vom Stromnetz und wickelte das Netzkabel sorgfältig auf.

Er trug Laptop und Recherchematerial ins Schlafzimmer, wo bereits ein geöffneter Rollkoffer auf dem Bett lag.

Zuerst warf Joshua eine Schicht T-Shirts, Socken und Unterwäsche in den Koffer, dann bettete er den Laptop darauf, packte Jeans und ein Hoodie obendrauf, sodass sein Computer gut geschützt war. Aus dem Badezimmer holte er einige Pflegeartikel und seine Zahnbürste, die er erst in eine Plastiktüte und dann in die Innentasche im Kofferdeckel schob.

Der Ordner mit seinen Ausdrucken schließlich wanderte in das Reißverschlussfach an der Außenseite des Koffers.

Dann brauch ich jetzt nur noch meinen Fotoapparat und dann kann ich auch schon Zugticket und Hotel buchen.

Joshua wohnte in einer Kleinstadt bei Hannover. Nicht gerade der Nabel der Welt, was wohl auch einer der Gründe war, dass Joshua auf die Idee für seinen Podcast gekommen war. Mit seinen Recherchen zu aufsehenerregenden wahren Verbrechen holte er sich ein bisschen der großen weiten Welt in sein häusliches Arbeitszimmer. Wenn auch auf sehr makabre

Weise.

Recherchereisen wie der anstehende Trip nach Sylt waren für Joshua erst seit knapp einem Jahr möglich. Seitdem lief sein Podcast nämlich so gut, dass die mageren Tantiemen, die man von den diversen einschlägigen Streaming-Plattformen pro Hörer erhielt, sich zu einer Summe zusammenläpperten, von der Joshua leben konnte.

Trotzdem musste er bei der Suche nach einer Unterkunft auf Sylt sehr genau auf die Preise achten, denn reich geworden war er mit seinem Podcast noch nicht.

Außerdem weiß ich ja noch gar nicht, wie lange ich auf der Insel bleiben muss. Ich buch mich erst mal für drei Nächte ein, verlängern kann ich dann ja immer noch.

Joshua sah sich auf seinem Smartphone alle Zimmerangebote, die im Rahmen seines Budgets lagen, an. Schließlich entschied er sich für eine Pension in Westerland. Dass Westerland die Hauptstadt Sylts war und er von dort aus auch ohne Auto alle Orte auf der Insel bequem per Bus erreichen konnte, hatte er im Laufe seiner Recherchen bereits herausgefunden.

Wenn's gar nicht anders geht, nehm ich mir auch einen Tag lang einen Mietwagen. Aber zu dieser Baustelle komm ich bequem mit dem Bus und da will ich morgen zuallererst hin.

Joshua klickte auf *Buchen* und gab seine Kreditkarteninformationen ein. Dann suchte er auf der Website der Deutschen Bahn nach den nächsten Zugverbindungen. Auch der Fahrkartenkauf war nach wenigen Minuten abgeschlossen. Er speicherte das Ticket auf seinem Handy.

Noch knapp zwei Stunden bis zur Abfahrt. Ich

kann es kaum noch erwarten. Ist ja auch mal wieder Zeit, dass ich vom Schreibtisch wegkomme und ein bisschen was erlebe.

***

»Ehrgeizig, Musterschülerin, manchmal ein bisschen gemein, aber offensichtlich sorgenfrei und fröhlich.« Sina rieb sich die Schläfen. »Was können wir damit anfangen?«

»Nicht viel«, meinte Sven, der neben Sina auf dem Fahrersitz saß. »Mir wäre es auch lieber, wenn mal jemand aussagen würde, sie habe Drogen genommen und sich mit einem örtlichen Dealer angelegt.«

»Ja, dann hätten wir wenigstens einen konkreten Verdächtigen. Aber so? Wir können schlecht sämtliche Männer, die damals im gleichen Jahrgang wie Dana waren, befragen, ob sie etwas von den Benotungen gewusst und sich dadurch gekränkt gefühlt haben.«

»Wenn einer davon der Mörder wäre und diese Schulnoten sein Motiv waren, dann würde er uns das ja auch sowieso nicht erzählen.« Sven hielt an einer roten Ampel.

»Ich hoffe bloß, das Zoom-Gespräch mit Danas Schwester Janine bringt bessere Ergebnisse«, murmelte Sina, während sie durch die Windschutzscheibe die Fußgänger beobachtete, die die Straße überquerten.

»Für die Befragung von Karl Hansen machst du dir keine Hoffnungen?«, fragte Sven.

Sie waren auf dem Weg nach Hörnum, wo Hansen, einer der drei Vorbesitzer des Grundstückes, auf dem Dana Mantheys Skelett gefunden worden war, mittlerweile lebte. Eigentlich hatten sie Karl Hansen bereits befragen wollen, während sie noch auf das Ergebnis des DNA-Tests warteten, doch er war verreist gewesen und erst am Vortag nach Sylt zurückgekehrt.

»Die Befragungen von seinen beiden Geschwistern haben uns doch auch nicht weitergebracht«, meinte Sina düster.

»Aber vielleicht ist ja Karl derjenige, der sich an etwas Entscheidendes erinnern kann«, sagte Sven.

Sina seufzte tief. »Deinen Optimismus möchte ich haben.«

***

»Haus und Grundstück befanden sich seit fast 150 Jahren im Besitz meiner Familie«, erklärte Karl Hansen, während er Sina und Sven Tee aus einer bauchigen Kanne eingoss.

Er setzte sich ihnen gegenüber an den rustikalen Küchentisch aus Holz und goss sich selbst eine Tasse dampfenden Tees ein. »Ich bin dort aufgewachsen. Mit zwanzig bin ich dann für eine Zeit nach Hamburg gegangen, habe dort studiert. Aber nach dem Studium zog es mich doch wieder zurück auf die Insel.«

Sina hob die Tasse und nahm einen winzigen Schluck, bemüht, sich nicht die Zunge zu verbrennen. Dabei musterte sie Karl Hansen. Sie wusste bereits, dass er Anfang fünfzig war, doch sie hätte ihn jünger geschätzt, auf Mitte vierzig. Er war groß und muskulös, schien sich in Form zu halten. Auch die braunen Haare zeigten noch keine Spuren von Grau.

»Als vor vier Jahren mein Vater starb, erbte ich das Haus gemeinsam mit meinen beiden älteren Geschwistern, Susanne und Rüdiger«, fuhr Karl Hansen fort.

Sina wusste, was jetzt kam. Der Sylter Teufelskreis: Der Wert des geerbten Hauses ist so hoch, dass es nur möglich ist, die Erbschaftsteuer zu bezahlen, indem man es verkauft.

Dazu noch das Problem, dass drei Geschwister geerbt haben. Wie sollte es je einer davon schaffen, die anderen beiden auszubezahlen? Und dass alle drei in das Haus einziehen, wäre ja ein wenig zu viel verlangt.

Sinas Ahnung bestätigte sich, als Hansen fortfuhr. »Wir hatten erst überlegt, einen Teil des zum Haus gehörigen Grundstückes zu verkaufen, um damit die Erbschaftssteuer zu begleichen. Der Plan war, eine Pension zu eröffnen und die Gewinne zu teilen. Wir wollten das Haus unbedingt im Familienbesitz halten.«

Er schüttelte betrübt den Kopf. »Aber erstens wurde uns schnell klar, dass das alles nicht funktionieren kann. Meine Geschwister und ich haben insgesamt fünf Kinder. Wie hätte denn da eine Aufteilung in der nächsten Generation aussehen können? Zweitens stand auch der Plan mit der Pension auf brüchigen Füßen. Wahrscheinlich hätte sie nie genug Gewinn erzielt. Aber den endgültigen Todesstoß bekamen unsere Pläne dadurch, dass der Grundstücksteil, den wir verkaufen wollten, ohne Baugenehmigung längst nicht genug Geld eingebracht hätte.«

»Also haben Sie den gesamten Besitz verkauft?«, fragte Sven, der mit aufgeschlagenem Notizbuch neben Sina saß.

Karl Hansen nickte und nahm einen großen Schluck Tee, bevor er weitersprach. »Der Kaufpreis, den wir so erzielen konnten, war wahrlich astronomisch.« Er verzog das Gesicht. »Es ist ja schön, so ein finanzielles Polster auf der Bank zu haben, aber mir wäre es trotzdem lieber gewesen, wenn wir eine Lösung hätten finden können, unser Elternhaus zu halten.« Er seufzte und fuhr sich mit einer Hand durch die Haare. »Aber es hat nicht sollen sein.«

»Wie Sie ja bereits wissen, interessieren wir uns für den Juni 2003«, sagte Sina. »Wer wohnte zu diesem Zeitpunkt in dem Haus?«

Hansen runzelte nachdenklich die Stirn. »Lassen Sie mich überlegen. Da war ich 32, also schon seit einigen Jahren wieder hier auf Sylt. Meine Mutter lebte damals auch noch.« Sein Blick ging ein wenig versonnen ins Leere. »Mein Bruder lebte bereits seit längerem auf dem Festland, meine Schwester hingegen ... Ja, meine Schwester wohnte Mitte 2003 für einige Monate bei meinen Eltern. Sie ließ sich damals gerade scheiden. Es waren also drei Personen, die damals dort gewohnt haben. Meine Eltern und meine Schwester Susanne.«

Aus dem Augenwinkel sah Sina, wie Sven sich entsprechende Notizen machte.

»Können Sie selbst sich daran erinnern, ob Sie im Juni in Ihrem Elternhaus zu Besuch waren und dabei etwas Ungewöhnliches beobachtet haben?«, stellte Sina ihre nächste Frage.

Nachdrücklich schüttelte Hansen den Kopf. »Ich war natürlich entsetzt, als ich von dem Knochenfund gehört habe. Daraufhin habe ich mir heute früh die Baustelle angesehen.«

Er verzog das Gesicht. »Dass mein Elternhaus abgerissen wurde, hat mir natürlich das Herz gebrochen. Aber worauf ich hinauswill: Die Baugrube liegt nicht nur auf dem Teil des Grundstückes, der früher schon bebaut war, sondern umfasst auch einen großen Teil unseres ehemaligen Gartens. Ich kann das natürlich nicht ganz genau abschätzen, aber dort, wo sich heute die Baugrubenwand befindet, in der die Knochen gefunden wurden, könnte sich damals eine Hecke befunden haben.«

Sina nickte nachdenklich. »Wenn die Leiche damals unmittelbar neben der Hecke begraben wurde, wäre es wahrscheinlich niemandem groß aufgefallen, da die Hecke als Sichtschutz gedient hätte.«

»Ganz genau das war auch mein Gedanke«, bestätigte Hansen.

»Ich weiß, das ist jetzt eine Frage, die Sie wahrscheinlich nicht beantworten können, da Sie vor zwanzig Jahren nicht mehr in Ihrem Elternhaus wohnten«, sagte Sina. »Aber wäre es möglich herauszufinden, ob damals, im Juni 2003, größere Arbeiten im Garten Ihrer Eltern vorgenommen wurden? Neue Anpflanzungen, wurde vielleicht ein Teich angelegt oder eine Gartenlaube gebaut? So etwas in der Art?«

»Zumindest teilweise kann ich Ihnen diese Frage sehr wohl beantworten«, meinte Hansen. »Einen Teich oder etwas Ähnliches gab es im Garten meiner Eltern nie, auch keine Gartenlaube, nur einen kleinen Geräteschuppen. Der stand aber genau wie die Hecke im Juni 2003 bereits und zwar schon seit langem. Der Garten hatte sich eigentlich seit meiner Kindheit so gut wie gar nicht verändert.«

Er legte die Hände um seine Teetasse. »Was Anpflanzungen angeht, müssten Sie meine Schwester fragen. Aber ich bezweifle, dass meine Eltern neue Büsche angepflanzt oder neue Beete angelegt haben. Der Garten war mehr zur Zierde da, es gab Blumen und ein paar Büsche mit Beeren, nichts Großartiges.«

Sina nickte, dann zog sie ein Foto von Dana Manthey aus der Tasche. »Das ist die junge Frau, die ermordet wurde. Kannten Sie sie?«

Karl Hansen nahm das Foto entgegen und betrachtete es gründlich. Schließlich schüttelte er den Kopf. »Wenn ich dieses Mädchen jemals gesehen habe, dann kann ich mich nicht daran erinnern. Sie ist mir vollkommen fremd.«

Er gab das Bild zurück. »Auch der Name Dana Manthey hat mir nichts gesagt, bis ich ihn im Sylter Boten gelesen habe.«

Sina steckte das Foto wieder ein und bedankte sich bei Karl Hansen. »Falls Ihnen doch noch etwas einfallen sollte, melden Sie sich bitte bei uns.«

***

Zur vereinbarten Zeit saß Sina am Schreibtisch vor ihrem PC und öffnete Zoom. Janine Nyström, geborene Manthey, sah ihrer Schwester, die Sina natürlich nur von Fotos kannte, nicht im Geringsten ähnlich.

Die blonden Haare trug sie kurz, sie war nicht geschminkt und in ein locker sitzendes graues T-Shirt gekleidet. Im Hintergrund war ein Fenster mit zartgelben Vorhängen zu sehen. Janine wirkte gefasst, als sie mit ernstem Gesicht in die Kamera blickte.

»Danke, dass Sie heute Zeit für mich haben«, begann Sina.

Janine nickte knapp. »Selbstverständlich. Wenn es irgendetwas gibt, womit ich Ihnen bei der Aufklärung von Danas Tod helfen kann, werde ich das tun.«

Sie hat Tod gesagt, nicht Mord. Will sie das Wort nicht aussprechen oder kann sie einfach nicht glau-

ben, dass ihre Schwester ermordet wurde?

Sina stellte Janine zuerst einige allgemeine Fragen. Sie interessierte vor allem, ob die Schwester von Dana Manthey ein anderes Bild von der Toten zeichnen würde als Freunde, Schulkameraden und Lehrer.

Doch auch von Janine bekam Sina überwiegend dieselben Adjektive zu hören wie von den bisher bereits befragten Personen: fröhlich, liebenswert, intelligent und ehrgeizig.

Auch Streitereien mit Freunden, Schwierigkeiten in der Schule oder andere Probleme hatte es laut Janine nicht gegeben.

»Dana war also allgemein beliebt, würden Sie das so sagen?«, hakte Sina nach.

»Ja, ganz genau. Als ich von Mama und Papa gehört habe, dass Dana getötet worden ist, war ich unglaublich geschockt. Das hat mir den Boden unter den Füßen weggezogen. Ich kann es auch jetzt noch gar nicht fassen. Wer sollte das getan haben?« Mit weit geöffneten Augen starrte Janine Nyström in die Kamera ihres Computers.

Obwohl sie Hunderte Kilometer entfernt war und ihr nicht gegenübersaß, fühlte Sina sich unter diesem Blick unwohl.

Rasch leitete sie zum nächsten Thema über. »Wir haben bei Danas Sachen Tagebücher und Gedichte gefunden. Dabei waren auch Liebesgedichte. Wir fragen uns nun, ob diese Gedichte vielleicht für eine bestimmte Person verfasst worden sind oder ob es sich um reine Fantasieprodukte Danas handelt.«

»Dana hat eigentlich ständig irgendetwas geschrieben. Aufsätze für den Deutschunterricht, Artikel für die Schülerzeitung, Tagebuch. Und wenn sie gerade einmal tatsächlich nicht geschrieben hat, dann hatte sie die Nase in einem Buch. Von den Gedichten wusste ich nichts, die hat sie natürlich vor ihrer neugierigen kleinen Schwester gut versteckt. Ich kann Ihnen in dem Hinblick also leider nicht weiterhelfen.«

»Wir gehen bei unseren Ermittlungen unter anderem der Frage nach, ob Dana einen Freund hatte. Bislang erfolglos. Wissen Sie da vielleicht etwas? Hat Dana sich Ihnen anvertraut?«

Janine schüttelte den Kopf. »Ganz ehrlich, ich habe mich ein wenig gewundert, dass Dana keinen Freund hatte«, meinte sie. »Ich war damals zwar erst vierzehn, aber schon ziemlich frühreif. Ich konnte es kaum erwarten, erste Erfahrungen mit Jungs zu sammeln. Ich dachte immer, wenn ich schon sechzehn wäre und so gut aussehen würde wie Dana und überall so beliebt wäre wie sie, dann hätte ich an jedem Finger einen.«

Sie lachte leise. »Tatsächlich habe ich es dann später nicht ganz so wild getrieben. Aber mit sechzehn hatte ich tatsächlich schon einen festen Freund.«

»Aber Dana hat nie einen Jungen erwähnt, der ihr besonders gut gefiel? Oder umgekehrt einen Jungen, dem sie gefiel?«, fragte Sina.

Wieder schüttelte Nyström den Kopf. »Für so etwas wäre ich als ihre kleine Schwester nicht die geeignete Vertraute gewesen. So etwas hätte sie mit Leonie besprochen.«

Sina nickte. *Das macht Sinn. Keine Sechzehnjährige würde mit ihrer zwei Jahre jüngeren Schwester über Jungs sprechen. Und erst recht nicht darüber, dass sie etwas mit einem älteren, womöglich sogar verheirateten Mann hatte. Hätte ja schließlich auch passieren können, dass die kleine Schwester den*

Eltern gegenüber plaudert.

Sina prüfte ihre Notizen, doch sie hatte keine weiteren konkreten Fragen an Janine Nyström. Sie beendete den Zoom-Call mit der Bitte, dass Janine sich bei ihr melden möge, falls ihr doch noch etwas einfiele.

Janine seufzte leise. »Glauben Sie mir, ich habe seit der Neuigkeit, dass Dana gefunden wurde, kaum an etwas anderes gedacht. Ich fürchte, da gibt es nichts, was mir jetzt noch einfallen könnte. Aber melden Sie sich bitte jederzeit sofort bei mir, falls Sie weitere Fragen haben.«

»Das werde ich tun.«

Janine nickte Sina ein letztes Mal zu, dann streckte sie die Hand in Richtung der Kamera aus und verließ die Unterhaltung. Der Bildschirm wurde schwarz.

Nachdenklich sah Sina auf die Notizen, die sie sich im Verlaufe des Gespräches gemacht hatte. *Ich komme einfach nicht weiter. Je mehr ich über Dana Manthey erfahre, desto weniger glaube ich, dass der Täter in ihrem sozialen Umfeld zu finden ist.*

Sie legte die Fingerspitzen unter ihrem Kinn aneinander. *Außer es war der geheimnisvolle Mann, mit dem sie sich laut Leonie treffen wollte. Aber selbst wenn Dana ein Verhältnis mit einem älteren, verheirateten Mann hatte, warum hätte der sie töten sollen? Wenn Dana wirklich so unkompliziert war, wie alle behaupten, hätte sie ihm doch kaum Ärger gemacht, oder? Dass sie von ihm verlangt hätte, seine Frau wegen ihr zu verlassen, ist ja mehr als unwahrscheinlich. Gut, in ihrem Tagebuch hat sie von einer gemeinsamen Zukunft geträumt, aber das kann sie ja kaum ernst gemeint haben. Sie war ge-*

rade mal sechzehn.

Gedankenverloren schlug Sina ihr Notizbuch zu und schaltete den Computer aus. Es war Zeit für den Feierabend. Wie bereits am Vorabend wollte sie Jan anrufen und sich mit ihm verabreden. Ob zum Abendessen oder zu einem gemeinsamen Fernsehabend war ihr dabei egal.

Hauptsache ein wenig Ablenkung von diesem Fall. Ich muss dringend meine Akkus aufladen. Hoffentlich kommen mir dann morgen frische Ideen.

Kapitel fünf

Joshuas Kamera klickte. Er achtete darauf, dass er den Bagger in der Bildmitte hatte, aber nicht so nahe heranzoomte, dass man die Wände der Baugrube nicht mehr sah.

Trotzdem war er mit dem Bildmotiv nicht zufrieden.

Das könnte jede x-beliebige Baustelle sein. Wenn hier wenigstens noch Polizeiabsperrband wäre. Oder irgendwelche Forensiker in weißen Schutzanzügen, die buddeln.

Im Sylter Boten hatte Joshua gelesen, dass auch das restliche Baugrundstück akribisch untersucht worden war. Doch außer den sterblichen Überresten von Dana Manthey waren keine weiteren Knochen gefunden worden.

Den vollen Nachnamen der ermordeten Sechzehnjährigen hatte Joshua im Zuge seiner Nachforschungen bereits online herausfinden können. Auch wenn die Zeitungen und anderen Medien noch so sensibel im Umgang mit derartigen Informationen waren, irgendwo im Netz fand sich immer jemand, der meinte, sein Wissen mit der Welt teilen zu müssen.

Im Fall von Dana war es ein früherer Klassenkamerad gewesen, der sich wohl damit brüsten wollte, dass er das Opfer gekannt hatte. Dabei hatte er auch den vollständigen Namen angegeben, ob aus Taktlosigkeit oder Gemeinheit, wusste Joshua natürlich nicht zu beurteilen.

Die Eltern und die Schwester wären auf jeden Fall nicht begeistert, wenn sie wüssten, wie leicht ihre Identität festzustellen ist, wenn man nur weiß, wie und wo man suchen muss.

Auf der Festplatte von Joshuas Laptop waren auch bereits ein paar alte Klassenfotos von Dana Manthey gespeichert, die er im Netz gefunden hatte. Soziale Netzwerke und Seiten, auf denen man alte Schulfreunde finden konnte, zu denen man wieder Kontakt aufnehmen wollte, erleichterten jemandem wie Joshua die Arbeit wirklich ungemein.

Kritisch betrachtete Joshua seine Fotos der Baustelle auf dem Kameradisplay. *Kalter Kaffee, zum Glück hab ich schon Fotos von Dana, die werden sich auf meinem Blog besser machen.*

Natürlich betrieb Joshua auch einen Blog für seinen True Crime-Podcast, schließlich musste man alle Möglichkeiten ausschöpfen, um Hörer zu finden.

Er trat einige Schritte zurück und machte erneut mehrere Fotos. *Irgendein Foto vom Fundort will ich auf dem Blog haben und wenn es nur der Vollständigkeit halber ist.*

Joshua wandte sich ab und schaltete die Kamera aus. Sein nächstes Ziel war das Theodor-Storm-Gymnasium. Dort wollte er nicht nur Fotos machen, sondern auch versuchen, ob er alte Ausgaben der Schülerzeitung einsehen konnte.

Mit etwas Glück würde er vielleicht sogar einen älteren Lehrer finden, mit dem er sprechen könnte. Zitate von in irgendeiner Weise beteiligten oder gar betroffenen Personen kamen bei seinen Podcast-Hören nämlich besonders gut an. Das wusste Joshua aus den zahlreichen Kommentaren seiner Fans.

»Was zum Geier machen Sie da?«

Joshua, der gerade seine Kamera wieder in die Tasche packen wollte, zuckte zusammen. Er drehte sich so hastig in die Richtung, aus der die wütende Stimme gekommen war, dass er fast ausgerutscht wäre.

Ein Mann mit puterrotem Gesicht stapfte auf Joshua zu. Er trug einen Anzug und für das Terrain gänzlich ungeeignete Schuhe.

Was ist das denn für ein HiPo? Was geht den das an, wer sich hier mal eben die Baustelle anschaut?

Joshua öffnete seine Tasche, verstaute die Kamera und zog den Reißverschluss der Tasche wieder zu. Dann richtete er den Blick erneut auf den wütenden Mann, der jetzt bis auf wenige Schritte an ihn herangekommen war.

»Ich habe Sie etwas gefragt!« Der aggressive Tonfall passte zur cholerisch roten Gesichtsfarbe.

Joshua hob beide Hände. »Ich schau doch nur. Wo ist das Problem?«

Mit einem Zeigefinger stach der Mann in Joshuas Richtung. »Sie befinden sich auf meinem Grund und Boden. Das ist Landfriedensbruch.«

Joshua konnte gerade noch an sich halten, nicht die Augen zu verdrehen. *So ein aufgeblasener Wicht.*

»Sorry, Mann, konnte ich ja nicht ahnen. Bin schon weg.«

Doch als Joshua an dem wütenden Landbesitzer vorbei in Richtung Straße gehen wollte, stellte dieser sich ihm in den Weg.

»Sie sind doch auch wieder so ein Reporter. Ich hab genug von euch Geiern. Das gibt eine Anzeige«, keifte er.

»Wo steht denn hier ein Schild, dass das Betreten verboten ist?«, gab Joshua kühl zurück. *Dieser Macker geht mir echt auf den Keks.*

Er stemmte die Hände in die Hüften. »Lassen Sie mich jetzt vorbei oder wollen Sie eine Anzeige wegen Belästigung?«

Der Mann schnappte nach Luft. »Also, das ist ja ...

eine Unverschämtheit.«

Joshua machte zwei schnelle Schritte zur Seite und eilte an dem aufgebrachten Bauherren vorbei in Richtung Straße, wo er sein Fahrrad abgestellt hatte.

Gut, dass ich mir ein Leihrad genommen habe, sonst könnte ich jetzt zur nächsten Bushaltestelle rennen.

Als er sich auf das Rad schwang, warf er einen Blick über die Schulter.

Der erboste Besitzer des Grundstückes, auf dem Dana Mantheys Skelett gefunden worden war, starrte Joshua hinterher, machte aber glücklicherweise keinerlei Anstalten, ihm nachzulaufen.

Joshua trat in die Pedale und machte, dass er wegkam.

Zum Glück hat der nicht versucht, mir die Kamera wegzunehmen.

Sobald Joshua einen seiner Meinung nach ausreichenden Abstand zwischen sich und den Wüterich gebracht hatte, hielt er am Straßenrand und zog sein Smartphone hervor.

Er ließ sich den schnellsten Weg zu seinem nächsten Ziel anzeigen, dem Theodor-Storm-Gymnasium.

Hoffentlich läuft's da besser und die sind nicht genauso feindselig wie Mister mein-Grund-und-Boden.

***

Es war schon früher Nachmittag, aber die von Sina erhofften frischen Ideen waren bislang leider ausgeblieben.

Sina und Sven hatten im Laufe des Tages zahlreiche Befragungen von ehemaligen Mitschülern und

Lehrern Dana Mantheys durchgeführt. Doch keiner der Befragten hatte ihnen neue Erkenntnisse liefern können. Niemand wusste etwas über Probleme mit Lehrern oder Mitschülern zu sagen. Kein Bullying, keine Streitereien, nichts.

»Nicht einmal Zoff mit Mitstreitenden bei der Schülerzeitung gab es«, meinte Sven, als sie einen weiteren Namen von ihrer Liste abhakten.

Sie waren in Keitum bei Danas früherer Geschichtslehrerin, Sonja Fischer, gewesen. Die mittlerweile pensionierte Lehrerin hatte ihnen nichts erzählt, was nicht auch schon in der alten Akte zu Danas Verschwinden gestanden hatte.

Nach dem leider unergiebigen Gespräch waren Sina und Sven zu ihrem Wagen zurückgekehrt, wo Sina nun auf dem Beifahrersitz saß und die Namensliste durchging, die Sven anhand der Ermittlungsakte von 2003 zusammengestellt hatte.

»Wir haben noch nicht mit Matthias Wilke, dem damaligen Fotografen der Schülerzeitung und Leonie Bloms jetzigem Ehemann, gesprochen«, sagte Sina. »Er ist der Letzte auf unserer Liste. Dann fehlt uns eigentlich nur noch der Erdkundelehrer.« Sie ließ die Liste in ihren Schoß sinken.

»Bei der Befragung von Leonie vor zwei Tagen wollte ich sie ja eigentlich fragen, ob es damals wegen Matthias Eifersüchteleien zwischen ihr und Dana gab. Aber dann kam sie mit dieser Vermutung an, dass Dana etwas mit einem Erwachsenen laufen hatte. Da habe ich diese Frage gar nicht weiterverfolgt.«

»Das können wir ja jetzt nachholen«, meinte Sven und hielt an einer roten Ampel.

»Hoffentlich sind die beiden zu Hause«, meinte Sina. »Aber ich möchte mich mit Matthias allein unterhalten, ohne Leonie. Nicht dass es selbst jetzt nach zwanzig Jahren noch irgendwelche Dinge gibt, von denen er nicht will, dass Leonie sie zu hören bekommt.«

Sven nickte. »Klar, wer würde schon im Beisein der Ehefrau zugeben, dass er als Sechzehnjähriger auf deren beste Freundin stand.«

»Falls das denn der Fall war«, meinte Sina. »Ich bin auf jeden Fall gespannt, ob Leonie und Matthias damals schon ein Paar waren.«

»Verheiratet sind die beiden seit zwölf Jahren.« Sven sah konzentriert auf die Straße, als er wieder anfuhr. »Aber selbst wenn sie 2003 schon zusammen waren und es Eifersüchteleien gab, wäre das doch wohl kein ausreichendes Motiv für Leonie, ihre beste Freundin zu erwürgen und zu vergraben. Das traue ich einer Sechzehnjährigen nicht zu.«

»Ich auch nicht«, murmelte Sina. »Aber ich werde den Gedanken einfach nicht los, dass es damals vielleicht eine Dreiecksgeschichte gab.«

Wenig später parkten sie vor dem Haus der Wilkes, das ihnen ja bereits von ihrem ersten Besuch bekannt war.

Sina wusste, dass Matthias Wilke als Marketing-Manager in einem großen Hotel arbeitete. Da es mittlerweile schon nach 18 Uhr war, ging sie davon aus, dass er bereits zu Hause sein würde.

Sie behielt recht. Auf ihr Klingeln öffnete ihnen ein dunkelblonder Mann mit tiefen Lachfalten um die hellblauen Augen. Fragend sah er Sina und Sven an.

Sina hielt ihm ihren Ausweis hin und stellte auch Sven kurz vor. »Wir hatten ja vor zwei Tagen bereits mit Ihrer Ehefrau gesprochen. Jetzt würden wir uns gerne auch mit Ihnen unterhalten.«

»Wegen Dana? Kommen Sie herein.«

Im Gegensatz zu seiner Ehefrau, die Sina und Sven in die Küche geführt hatte, brachte Matthias Wilke die beiden Polizisten ins Wohnzimmer.

»Schatz, wer war ...?« Leonie Wilke brach ab, als sie Sina und Sven erblickte. Sie stand in der Tür zur Küche, einen Topflappen in der Hand, eine Schürze um die Hüften.

»Tut mir leid, dass wir Sie so kurz vor dem Abendessen stören«, sagte Sina. »Wir möchten auch vorerst nur mit Ihrem Mann sprechen.«

Ein wenig unschlüssig blieb Leonie stehen, dann nickte sie und ging zurück in die Küche.

Matthias Wilke hatte sich in der Zwischenzeit in einen Sessel gesetzt und die Beine übereinandergeschlagen. Trotzdem machte er einen offenen, entspannten Eindruck. Er deutete auf einen weiteren Sessel und eine Couch, alles mit einem cremefarbenen Leinenstoff bezogen. »Bitte setzen Sie sich doch. Was haben Sie denn für Fragen?«

»Sie haben damals vor zwanzig Jahren für die Schülerzeitung fotografiert?«, begann Sina.

Wilke nickte. »Ja, Fotografie ist auch immer noch mein großes Hobby. Das ging los, als ich vierzehn war und den alten Fotoapparat meines Großvaters geschenkt bekommen habe. Ich bin stundenlang kreuz und quer über die Insel geradelt und habe alles fotografiert, was mir auch nur halbwegs fotografierenswert erschien.«

Er lachte. »Ungefähr ein Jahr später kam ich auf die Idee, dass die Schülerzeitung mit meinen Fotos doch gleich viel cooler wäre.«

»War Dana Manthey zu diesem Zeitpunkt bereits Chefredakteurin?«, wollte Sina wissen.

»Das weiß ich nicht mehr so genau. Aber sie hat auf jeden Fall früher beim Storm mitgemacht als ich. Wir waren ja nicht in einer Klasse, also habe ich keine Ahnung, wie lange sie schon für den Storm schrieb.« Er legte die Stirn in Falten. »Seit wann sie Chefredakteurin war, kann ich Ihnen leider wirklich nicht sagen. Ich kann mich nicht mehr erinnern, es ist einfach zu lange her.«

»Wie erlebten Sie die Zeit kurz nach Danas Verschwinden?«, fragte Sina.

»Es war ein großer Schock. Ich habe erst am Montag früh in der Schule davon erfahren. Anfangs konnte ich es gar nicht glauben, aber dann habe ich natürlich mitbekommen, was für eine große Suchaktion nach ihr lief und dass niemand auch nur den Hauch einer Ahnung hatte, wo sie sein könnte. Das war sehr surreal, es fühlte sich alles so unwirklich an.«

»Sie selbst konnten sich auch nicht vorstellen, wo Dana sein könnte?«

Wilke schüttelte den Kopf. »Absolut nicht. Ein paar Tage vor ihrem Verschwinden waren wir noch gemeinsam bei einem Künstler, den sie für den Storm interviewt hat. Sie hatte eine Serie gestartet, in der sie prominente Sylter vorstellte. Ich war dabei, um die Fotos zu machen. Aus dem Artikel wurde dann natürlich nichts mehr.«

Er seufzte. »Das wäre erst der dritte Teil dieser Serie gewesen. Es dauerte ein paar Monate, bis wir mit dem Storm weitergemacht haben. Aus Respekt für Dana haben wir anderen eine Pause eingelegt.«

»Waren Sie damals schon mit Leonie zusammen?«, fragte Sina unverblümt.

Matthias Wilke schüttelte den Kopf. »Wir kamen erst kurz vor dem Abitur zusammen, also über zwei

Jahre später.« Er lächelte. »Ich muss gestehen, dass ich mich mit sechzehn noch nicht für Mädchen interessiert habe. Ich war in der Hinsicht ein extremer Spätstarter.«

»An Dana waren Sie also auch nicht interessiert?«, hakte Sina nach.

Abwehrend hob Wilke beide Hände. »Wo denken Sie hin? Absolut nicht. Wir haben uns gut verstanden, aber nur auf die Kumpeltour. Mit Dana konnte man Pferde stehlen. Es hat wirklich viel Spaß gemacht, mit ihr zusammen bei der Schülerzeitung zu arbeiten.«

»Gab es denn jemand anders, der an Dana interessiert war? Einen anderen Jungen aus Ihrer Klasse zum Beispiel?«

Wieder schüttelte Wilke den Kopf. »Wenn es da jemanden gab, dann habe ich das nicht mitbekommen.« Er sah Sina bedauernd an. »Tut mir wirklich leid, ich glaube, ich kann Ihnen nicht helfen, Licht in das zu bringen, was damals vor zwanzig Jahren mit Dana geschehen ist.«

***

»Danas Verschwinden ist zwanzig Jahre her«, sagte Sina, als sie das Haus der Wilkes verließen. »Und bis auf Leonie hat uns noch niemand irgendetwas erzählt, was er oder sie uns 2003 verschwiegen hat.«

»Du hattest darauf gehofft, dass die Leute nach so langer Zeit offener sind, oder?«, fragte Sven.

»Ja, allerdings. Aber wahrscheinlich waren damals sämtliche Zeugen vollkommen offen und ehrlich. Keine Freunde oder Mitschüler, die gemeinsam mit Dana Drogen genommen oder Ladendiebstähle begangen haben. Keine zuvor verdrängten Erinnerungen, die jetzt wieder hochkommen.« Sina seufzte und stieß das Gartentor auf.

»Es hängt jetzt also wohl alles an diesem Erdkundelehrer«, meinte Sven. »Wie hieß der noch mal?«

»Felix Jessel«, meinte Sina ein wenig geistesabwesend. »Mit dem müsste ich wohl vorab telefonisch einen Termin ausmachen. Ich habe keine Lust, bis nach Kiel zu fahren, nur um dann festzustellen, dass er vielleicht gerade im Urlaub ist.«

»So kurz vor Pfingsten wäre das bei einem Lehrer aber eher unwahrscheinlich«, sagte Sven. Er drückte auf den Autoschlüssel, die Türen entriegelten sich mit einem lauten Klacken. »Die Schulferien haben schließlich noch nicht begonnen.«

»Stimmt auch wieder«, sagte Sina und zog die Beifahrertür auf. Sie stellte ihre Handtasche in den Fußraum, bevor sie sich setzte. »Lass uns noch kurz aufs Revier zurückfahren und versuchen, ein wenig mehr über Felix Jessel in Erfahrung zu bringen.«

***

Zurück am Schreibtisch nahm Sina sich zunächst erneut die Informationen vor, die sie von Irene Fassbender erhalten hatte.

Jessel ist mittlerweile 52, ich bin gespannt, ob er in Kiel immer noch als Lehrer an derselben Schule arbeitet, die Fassbender mir genannt hat.

Sina loggte sich in die Datenbank ein und gab Jessels Namen und Geburtsdatum ein. Tatsächlich war der ehemalige Erdkundelehrer von Dana Manthey immer noch in Kiel gemeldet, allerdings nicht mehr unter derselben Adresse, die Sina von der Sylter

Schuldirektorin erhalten hatte.

Sieh an, in Kiel ist er sesshaft geworden. Auf Sylt hat er es nur zwei Schuljahre lang ausgehalten. Lag es an Danas Verschwinden, dass er von hier wegwollte? Oder hat es ihm auf der Insel einfach nicht gefallen?

Sina überlegte, trommelte dabei mit ihrem Kugelschreiber auf die Schreibtischplatte. Sie hatte zwar zu Sven gesagt, dass sie einen Termin mit Jessel ausmachen wollte, doch jetzt, da sie dessen Telefonnummer vor sich auf dem Bildschirm hatte, sperrte sich alles in ihr gegen dieses Vorgehen.

Wenn ich ihn jetzt anrufe und um ein Gespräch bitte, will er wissen, worum es geht. Wenn ich ihm sage, dass ich ihn zu Dana Mantheys Verschwinden befragen will, hat er bis morgen reichlich Zeit, sich zu überlegen, wie er auf meine Fragen antwortet. Das will ich nicht, ich will ihn unvorbereitet treffen. Vor allem, wenn Leonie mit ihrer Vermutung richtig liegt.

Sina legte den Kugelschreiber weg und verschränkte die Hände unter dem Kinn. *Wenn ich Jessel nicht sage, worum es geht, gibt es zwei Möglichkeiten: Entweder ich bereite einem absolut unschuldigen, harmlosen Lehrer eine schlaflose Nacht oder er ist Danas Mörder, weiß genau, dass es nur um sie gehen kann und hat bis morgen Zeit, sich auf die Befragung vorzubereiten.*

Sina seufzte, starrte auf den Bildschirm. Doch dann hatte sie die rettende Idee.

Sie griff nach dem Telefonhörer und ließ sich von der Auskunft die Nummer der Schule geben, an der Jessel arbeitete. Sie würde am nächsten Morgen in aller Frühe dort anrufen und im Schulsekretariat nach Jessels Stundenplan fragen. Dann könnte sie abschätzen, wann er nach der Arbeit zu Hause sein würde.

Sina klebte den gelben Haftzettel, auf dem sie die Telefonnummer notiert hatte, an den Rand ihres PC-Monitors und rief Sven in ihr Büro.

»Jessel arbeitet immer noch in Kiel.« Während sie sprach gab Sina die Privatanschrift des Lehrers und die Adresse der Schule in einen Online-Routenplaner ein.

»Mit dem Auto braucht man von der Schule zu ihm nach Hause knapp zwanzig Minuten«, sagte sie.

»Wenn wir zwischen eins und zwei bei ihm zu Hause auflaufen, dürften wir ihn also antreffen«, meinte Sven.

»So etwas Ähnliches habe ich auch gedacht. Ich rufe morgen früh noch in der Schule an und frage, bis wann er Unterricht hat. Such uns bitte trotzdem jetzt schon die Autozugverbindungen raus. Von Niebüll nach Kiel fahren wir ungefähr anderthalb Stunden, wir müssten also auf jeden Fall am Vormittag los«, sagte Sina.

»Wird erledigt«, meinte Sven. »Sonst noch etwas?«

»Nein«, sagte Sina. »Ich fange damit an, die Fragen für Jessel zusammenzustellen. Aber die können wir morgen gemeinsam durchgehen.«

Sie lächelte ihren Kollegen an. »Sobald du die Zugverbindungen herausgesucht hast, kannst du Feierabend machen.«

Sie sah demonstrativ zum Fenster hinaus. »Der Wind dürfte ja heute mal wieder gut stehen.«

»Auf jeden Fall.« Sven grinste, als er Sinas Büro verließ.

***

Joshua war nicht sonderlich zufrieden mit dem, was er bisher auf Sylt erreicht hatte. Er hatte langweilige Fotos vom Fundort des Skeletts und der ehemaligen Schule des Mordopfers.

Er hatte noch niemanden gefunden, der Dana Manthey gekannt hatte und mit ihm über sie sprechen wollte. Bei seinem Besuch im Theodor-Storm-Gymnasium hatte er aber immerhin die Bibliothek der Schule besuchen und sich alte Ausgaben der Schülerzeitung ansehen dürfen.

Dabei hatte er mit seinem Handy Fotos aller Artikel gemacht, die Dana verfasst hatte. Diese sah er im Moment auf dem Bett in seinem Pensionszimmer sitzend durch.

Nichts als kalter Kaffee. Zeugnisangst, Schulfeste, Sylter Persönlichkeiten, damit kann ich in meinem Podcast grad mal einen Nebensatz bestreiten. Der lautet dann ungefähr so: schrieb als Chefredakteurin der Schülerzeitung nur langweiliges Zeugs.

Joshua seufzte und ließ das Handy sinken.

Aber was hatte ich auch anderes erwartet? Eine sechzehnjährige Gymnasiastin, die für die Schülerzeitung schreibt, das kann ja nur langweilig sein. Wahrscheinlich war Dana die letzte Streberin und hat das nur gemacht, um sich bei ihrem Deutschlehrer lieb Kind zu machen.

Kurz starrte er auf die geblümte Tapete seines Zimmers, die zum Bettüberwurf passte. Natürlich war dieses Zimmer für seinen Geschmack viel zu schnuckelig ausgestattet, aber bei seinem begrenzten Budget hatte er nicht allzu wählerisch sein können.

Joshua sah wieder auf das Smartphone in seiner Hand, erhob sich dann schwerfällig vom Bett und ging zu dem winzigen Schreibtisch, auf dem sein Laptop stand.

Er fuhr ihn hoch und lud die Fotos der Artikel von seinem Handy in die Cloud, dann öffnete er ein neues Google Doc.

Eine halbe Stunde benötigte Joshua, um eine Liste aller Personen anzulegen, die in Dana Mantheys Artikeln namentlich genannt wurden. Hinter den Namen beschrieb er stichwortartig, um was für eine Person es sich handelte. Dann notierte er sich noch die anderen Schüler, die im Impressum der Schülerzeitung aufgeführt waren.

So, mal sehen, ob ich davon irgendjemanden aufspüren und befragen kann.

Im Internetbrowser öffnete er *dasoertliche.de* und tippte den ersten Namen von seiner Liste ein.

Methodisch arbeitete Joshua sich durch die ganze Liste. Nach einer knappen Stunde hatte er Telefonnummern und teilweise auch Adressen für fast die Hälfte der Namen auf seiner Liste gefunden.

Da sollte ich doch wenigstens einen finden, der mit mir redet.

Er speicherte die Liste und vergewisserte sich, dass er sie problemlos auf seinem Handy öffnen konnte.

Das wäre schon mal das. Dann gibt's da noch zwei Adressen, die ich gerne hätte.

Er wandte sich wieder dem immer noch auf seinem Laptop geöffneten Telefonbuch zu und gab den Namen Jakob Manthey ein.

»Yes«, rief er und boxte in die Luft, als tatsächlich ein Ergebnis auf seinem Bildschirm erschien. Er kopierte Adresse und Telefonnummer in ein neues Dokument.

Dann startete er die letzte Suchabfrage. Sorgfältig tippte er den Namen ein: Sina Marten.

Joshua war klar, dass er keine Chance hatte, mit der ermittelnden Kommissarin zu sprechen. Sie würde ihm natürlich keine Fragen über den Stand ihrer Ermittlungen beantworten und erst recht kein Interview geben.

Aber ein Foto für meinen Blog, das wär doch was. Morgen zieh ich aber erst mal los und schaue, ob ich bei den Eltern was ausrichten kann.

Kapitel sechs

Sina drückte die Autotür zu, dann drehte sie ihren Oberkörper mit angewinkelten Armen einige Male hin und her.

»Ich bin ganz verspannt vom langen Sitzen«, sagte sie zu Sven. »So lange Autofahrten bin ich gar nicht mehr gewöhnt.«

»Das kommt davon, wenn man auf einer Insel arbeitet.« Ihr Kollege deutete auf das Haus, vor dem sie gerade geparkt hatten.

Es handelte sich um ein vierstöckiges Mehrfamilienhaus aus rotem Backstein in einer Nebenstraße eines ruhigen Wohnviertels. Das Gebäude wirkte relativ neu, verströmte auf jeden Fall nichts vom Charakter eines Altbaus.

»Zu mehr als einer Mietwohnung hat es bei Jessels nicht gereicht«, meinte Sven. »Ich hätte gedacht, die wohnen in einem Einfamilienhaus.«

»Vielleicht ist er der Einzige, der ein Gehalt mit nach Hause bringt«, meinte Sina. »Könnte doch sein, dass seine Frau sich ganz auf die Familie konzentriert.«

»Zumindest die ältere Tochter dürfte ja mittlerweile ausgezogen sein«, sagte Sven. »Die ist jetzt Anfang zwanzig.«

»Und die jüngere Tochter ist achtzehn. Vielleicht sind die ja beide bereits ausgeflogen, Jessels hatten früher ein Haus und haben sich jetzt verkleinert, weil sie nicht mehr so viel Platz benötigen«, spekulierte Sina. »Aber das werden wir sicher gleich erfahren.«

Sie studierte die Klingelschilder neben der Haustür. Den Namen Jessel fand sie in der Reihe für die zweite Etage.

Kurz nachdem Sina geklingelt hatte, erwachte die Gegensprechanlage zum Leben. »Ja, bitte?«, ertönte eine weibliche Stimme.

»Sina Marten und Sven Haycken von der Kripo Sylt, wir würden gerne mit Felix Jessel sprechen«, erklärte Sina.

»Kripo?« Die Stimme klang trotz der Verzerrung durch die Gegensprechanlage entsetzt. »Ist etwas passiert? Oh mein Gott, ist etwas mit Eva oder Amelie?«

Eva und Amelie waren die Namen der beiden Töchter der Jessels, dies hatte Sina bereits bei der Überprüfung von Felix Jessel herausgefunden.

»Nein, Frau Jessel, es gibt keinen Grund zur Beunruhigung. Es handelt sich um einige Routinefragen.«

Der Türsummer ertönte.

Sina steuerte auf den Lift zu, doch noch bevor sie auf den Rufknopf drücken konnte, begann Sven bereits, die Treppe hinaufzusteigen.

Mit einem leisen Seufzer folgte Sina ihm. *Ich wünschte, er würde nicht ständig seine Sportlichkeit raushängen lassen.*

Sie bemühte sich, mit Sven Schritt zu halten und erreichte ein wenig außer Atem den zweiten Stock. Es gab drei Wohnungstüren auf dieser Etage, alle waren geschlossen.

Sieht so aus, als sei Frau Jessel eine von der misstrauischen Sorte.

Sina zog ihren Polizeiausweis hervor, während Sven die Klingel an der rechten Tür betätigte, die das Namensschild *Jessel* trug.

Ein Mann in Jeans und Sakko öffnete die Tür. Die kurzen dunklen Haare waren von einigen wenigen silbernen Strähnen durchzogen. Sein Gesicht mit den markanten Zügen wäre attraktiv gewesen, hätte er nicht die Stirn in Falten gelegt und den Mund zu einem schmalen Strich zusammengekniffen.

»Herr Jessel? Sina Marten und Sven Haycken von der Kripo Sylt.« Sina hielt dem Mann ihren Ausweis entgegen.

Nach einem kurzen Blick darauf nickte er und trat ein wenig zurück. »Bitte kommen Sie herein.«

Als Sina und Sven eintraten, streckte eine Frau den Kopf durch eine der Türen, die von dem schmalen Wohnungsflur abgingen.

»Worum geht es denn?«, fragte sie. Ihre Stimme klang nervös.

»Frau Jessel, wir würden uns gerne alleine mit Ihrem Mann unterhalten«, sagte Sina mit fester Stimme. »Er wird Ihnen anschließend berichten.«

Die Frau verschwand ohne ein weiteres Wort und zog die Tür hinter sich zu.

Felix Jessel räusperte sich. »Gehen wir ins Wohnzimmer.«

Das Wohnzimmer war hell und modern eingerichtet. Statt der in so vielen Wohnungen üblichen Polstergarnitur, einer Schrankwand und einem den Raum dominierenden Flachbildfernseher fanden sich hier klassische Designermöbel.

Sina erkannte den berühmten Barcelona Chair von Mies van der Rohe, von dem sich gleich zwei Exemplare und eine dazu passende Liege um einen niedrigen Glastisch gruppierten.

Die Wände zierten gerahmte Schwarz-Weiß-Fotos, einen Fernseher suchte man jedoch vergeblich.

Die Möbel müssen Kopien sein, Originale kosten doch Tausende Euro. So viel verdient man als Erd-

kundelehrer garantiert nicht.

Sina ließ sich auf einem der Barcelona Chairs nieder und fuhr mit der Hand über das schwarze Leder. Es fühlte sich glatt und kühl an.

Würde mir auch gefallen, aber in meiner kleinen Wohnung wären so edle Möbel fehl am Platze. Egal ob Kopie oder Original.

Sina schob ihre Gedanken zur Inneneinrichtung beiseite und holte ihr Notizbuch hervor. »Herr Jessel, Sie haben vor zwanzig Jahren kurze Zeit am Theodor-Storm-Gymnasium auf Sylt gearbeitet.«

»Ja, zwei Jahre lang.«

Sina tippte mit ihrem Kugelschreiber auf das Notizbuch. »Warum haben Sie nach so kurzer Zeit bereits die Stelle gewechselt?«

Felix Jessel, der stocksteif als hätte er einen Besenstiel verschluckt am Rand der Mies van der Rohe-Liege saß, verschränkte die Arme. Er bot ein Bild der puren Abwehr. »Sylt war nichts für uns. Sylvia, das ist meine Frau, und ich konnten uns einfach nicht vorstellen, dort unsere Kinder groß zu ziehen.«

Er machte eine Geste, die den ganzen Raum einschloss. »Auf Sylt haben wir in einer kleinen Dreizimmerwohnung gelebt, deren Miete astronomisch hoch war. Wir hatten bereits eine kleine Tochter, wollten aber ein zweites Kind. Dafür hätten wir eine größere Bleibe gebraucht. Die hätten wir uns auf Sylt nicht leisten können.«

Sina nickte. Das Problem des Mangels an bezahlbarem Wohnraum auf Deutschlands nördlichster Insel kannte sie selbst nur zu gut.

»Also bewarb ich mich um die Stelle, die ich auch heute noch habe. Hier in Kiel am Clara-Schumann-Gymnasium. Wir konnten uns problemlos ein Haus leisten, obwohl meine Frau ihre Karriere zugunsten der Kinder beendet hatte. Das Haus gaben wir letztes Jahr auf und nahmen uns diese Wohnung. Eva studiert in den USA und Amelie macht eine Ausbildung in Hamburg.«

Dann lag ich ja genau richtig mit meiner Vermutung, dachte Sina und kritzelte die Namen und Ausbildungsorte der beiden Töchter in ihr Notizbuch.

Dann richtete sie ihren Blick wieder auf Felix Jessel, der immer noch in verkrampfter Haltung dasaß.

»Herr Jessel, wir haben einige Fragen an Sie in Bezug auf eine Ihrer ehemaligen Schülerinnen. Dana Manthey.«

Täuschte Sina sich oder hatte sich Jessels Haltung bei der Erwähnung von Danas Namen noch mehr verkrampft?

»Dana Manthey?« Seine Stimme klang rau. Er räusperte sich hinter vorgehaltener Hand, bevor er weitersprach. »Ich hatte sie in Erdkunde. Neunte oder zehnte Klasse, ich kann mich nicht genau erinnern. Sie verschwand einige Monate, bevor wir hierher nach Kiel gingen.«

»Dana verschwand am sechsten Juni 2003«, sagte Sina. »War Ihr Umzug da bereits geplant? Hatten Sie die Stelle am Clara-Schumann-Gymnasium schon sicher?«

Jessel nickte. »Ja, die Stelle hatte ich seit Jahresbeginn. Wenn ich mich recht entsinne, waren wir aber noch auf der Suche nach einem Haus.«

Er hielt kurz inne, dann schüttelte er den Kopf. »Sie müssen entschuldigen, das ist alles so lange her. Zwanzig Jahre.«

»Uns würde interessieren, was Sie persönlich für einen Eindruck von Dana hatten. Soweit Sie sich noch erinnern können, natürlich.«

Felix Jessel verschränkte die Hände auf den Knien. »Daran kann ich mich wirklich nicht mehr erinnern. Der einzige Grund, aus dem mir Danas Name noch geläufig ist, ist ihr Verschwinden. Ich hatte unzählige Schüler in den weit über zwanzig Jahren meiner Tätigkeit als Lehrer.«

Sina zog ein Foto von Dana Manthey zwischen den Seiten ihres Notizbuchs hervor und reichte es Jessel. »Vielleicht hilft das Ihrer Erinnerung ein wenig auf die Sprünge.«

»Ist sie das?« Jetzt klang sogar die Stimme des Lehrers verkrampft.

Passend zu seiner Körperhaltung, dachte Sina. *Meine Fragen gefallen ihm überhaupt nicht.*

»Ja, das ist Dana Manthey, aufgenommen kurz vor ihrem Verschwinden«, sagte sie.

»Hm, ja. Das Gesicht erscheint mir noch vage vertraut. Ich denke, sie war eine von der unauffälligen Sorte. Eine, die im Unterricht keinen Ärger macht, nicht schwätzt, bei Prüfungen nicht abschreibt und immer pünktlich und mit gemachten Hausaufgaben an ihrem Platz sitzt.«

Jessel zog die Mundwinkel nach oben und gab Sina das Foto zurück. »Die guten Schüler sind leider die, die man am schnellsten vergisst. Im Gedächtnis bleiben einem nur die aufsässigen Störenfriede.«

Sein falsches Lächeln muss er aber auch noch mal vor dem Spiegel üben, das sitzt reichlich schief.

Kommentarlos nahm Sina das Foto entgegen und schob es wieder in ihr Notizbuch. Dann blätterte sie einige Seiten um, tat so, als suche sie nach einer bestimmten Notiz. Tatsächlich wollte sie nur Felix Jessel ein wenig schmoren lassen.

Schließlich sah sie auf. Jessel machte einen deutlich nervösen Eindruck, saß immer noch stocksteif da, die Hände hatte er erneut gefaltet. In seinen wasserblauen Augen meinte Sina den Wunsch zu lesen, dass dieses für ihn so unangenehme Gespräch möglichst schnell ein Ende finden möge.

»Dass Dana Manthey für Sie geschwärmt hat, ist Ihnen nicht aufgefallen?«

Jessel riss die Augen auf. Ob aus echter Überraschung oder aus Entsetzen, konnte Sina nicht beurteilen.

»Wie kommen Sie denn auf die Idee?«, rief Jessel. Seine Stimme klang unnatürlich hoch.

»Wollen Sie damit sagen, dass Sie nicht bemerkt haben, wie Dana Sie während des Unterrichts angehimmelt hat?«, fragte Sina. »Das hätte sie doch von den ganzen anderen ach so unauffälligen Schülerinnen, die Sie in den vergangenen über zwanzig Jahren unterrichtet haben, abgehoben, oder nicht?«

Felix Jessel schluckte, sagte jedoch nichts.

»Also?«, hakte Sina nach.

»Nein, ich habe nichts dergleichen bemerkt.« Wieder verzog Jessel die Mundwinkel nach oben, wieder ähnelte der Versuch eines Lächelns eher einer Grimasse. »Wie hätte ich denn auch auf die Idee kommen sollen, dass eine Schülerin, die nur halb so alt ist wie ich ... Nein, vollkommen abwegig. Allein der Gedanke.«

Sina kniff ein wenig die Augen zusammen. Felix Jessel protestierte ein wenig zu nachdrücklich für ihren Geschmack. Sie beschloss, aufs Ganze zu gehen und den Lehrer noch ein wenig mehr unter Druck zu setzen.

»Wir haben Grund zu der Annahme, dass Dana

Manthey sich am Tag ihres Verschwindens mit einem Mann treffen wollte, um die Nacht mit ihm zu verbringen.« Während sie sprach, ließ Sina Jessel nicht aus den Augen.

Seine Gesichtszüge versteinerten, er starrte Sina ausdruckslos an, blinzelte nicht einmal mehr.

Sina beugte sich ein wenig vor, senkte die Stimme. »Dieser Mann waren nicht zufällig Sie?«

Jessel zuckte zusammen, riss beide Hände nach oben. »Oh, nein, natürlich nicht. Ich hätte, ich würde niemals ... mit einer Schülerin ... nein, auf keinen Fall.«

Sina musterte Felix Jessel durchdringend, doch der Lehrer verstummte, verschränkte die Arme und sah Sina mit leicht vorgerecktem Kinn an.

»Ich denke, es wäre jetzt besser, wenn Sie gehen. Ich kann Ihnen nichts über Dana Manthey sagen. Nicht das Geringste.« Das leise Zittern, das in seiner Stimme mitschwang, raubte seinen Worten die Bestimmtheit.

Doch Sina nickte nur, sah kurz zu Sven und stand auf. »Vielen Dank für Ihre Zeit, Herr Jessel.«

***

Christiane Manthey hatte ihm die Tür vor der Nase zugeschlagen.

Geschieht mir ja auch recht. Ich hätte das Ganze subtiler angehen müssen. Wahrscheinlich haben die ihre Story schon längst exklusiv an irgendeine Wochenzeitschrift verkauft und dürften gar nicht mehr mit mir reden, selbst wenn sie das wollten.

Joshua hatte sein Leihfahrrad an der Pension stehen lassen und war mit dem Bus nach Keitum gefahren, wo die Mantheys wohnten. Für die Schönheit des Ortes mit seinen prächtigen Kapitänshäusern hatte der Podcaster keinen Blick, schließlich war er nicht im Urlaub, sondern hatte eine Aufgabe zu erledigen.

Gerade sah er sich das Google-Dokument mit seiner Namensliste an, auf der Suche nach weiteren Adressen in Keitum. Er wurde fündig, ein ehemaliger Mitschüler von Dana Manthey wohnte nur einige Straßen entfernt.

Ein kurzer Kommentar, wie entsetzt er doch über den Knochenfund war und dass er sich damals nicht vorstellen konnte, was denn mit seiner Klassenkameradin geschehen sein könnte, sollte da doch drin sein.

Joshua verdrängte jeden Gedanken an seinen Misserfolg bei Danas Eltern und machte sich frohen Mutes auf den Weg zu Jens-Uwe Dahlke.

***

»Ich glaube ihm kein Wort«, sagte Sven.

»Ich auch nicht«, meinte Sina. »Aber es gibt nichts, was wir tun können.«

»Wir müssten einen Zeugen finden, der die beiden zusammen gesehen hat«, sagte Sven. »Aber wie wir das nach zwanzig Jahren anstellen sollen, ist mir ein Rätsel.«

Sina und Sven saßen in einem Café in Kiel, wo sie sich ein wenig stärken wollten, bevor sie sich auf den Heimweg machten.

Gedankenverloren rührte Sina in ihrer Kaffeetasse. »Wenn die Kollegen damals keine Zeugen finden konnten, die Dana und Jessel zusammen gesehen haben, dann werden wir das jetzt leider erst recht nicht schaffen.«

»Außer es gab damals jemanden, der Jessel schützen wollte, dessen Loyalität sich aber mittlerweile erledigt hat.« Sven trank einen großen Schluck von seinem Mineralwasser.

»Wer sollte das schon sein? Die Ehefrau? Die beiden sind ja offenbar immer noch verheiratet. Falls er sie damals tatsächlich mit Dana betrogen hat, hat sie das wahrscheinlich nicht mitbekommen.«

Sven nickte mit düsterem Gesichtsausdruck. »Oder sie hat es mitbekommen und verdrängt. Aber ja, die Ehefrau wird uns auf keinen Fall irgendetwas erzählen, was ihren Mann belasten könnte.«

Nachdenklich führte Sina ihre Tasse an den Mund und atmete tief das duftende Aroma des Kaffees ein. »Wenn ein Kollege von Jessel etwas mitbekommen hätte, wäre der sicher mit seinem Wissen zur Polizei gegangen. Wir könnten höchstens versuchen, damalige Freunde Jessels aufzutreiben.«

»Ich bin mir nicht so sicher, dass ein Kollege mit einem solchen Verdacht zur Polizei gegangen wäre«, meinte Sven. »Wenn das ein guter Kumpel von Jessel war, hätte der seine Vermutung schön für sich behalten. Vor allem, wenn er sich nicht ganz sicher war.«

Sina verzog das Gesicht. »Wenn es außerhalb der Schule Kontakt zwischen Jessel und Dana gab, hätte er sich aber auf keinen Fall damit herausreden können, dass er ihr Nachhilfe gegeben hat. Sie hatte eine Eins in Erdkunde.«

Sven zucke die Schultern. »Er hätte behaupten können, dass er ihr bei einem Artikel für die Schülerzeitung geholfen hat. Oder dass sie ihn dafür interviewt hat. Sie war ja schließlich weg und konnte dem nicht mehr widersprechen.«

Sina seufzte. »Wenn er sie getötet hat, hätte er auch gewusst, dass sie nie wieder auftauchen würde, um eine solche Behauptung zu widerlegen.«

»Glaubst du denn, dass er sie getötet hat?« Sven verstummte abrupt, weil die Bedienung mit ihrer Essensbestellung an den Tisch trat.

Als die Teller mit dampfender Pasta vor ihnen standen und die Kellnerin sich außer Hörweite befand, antwortete Sina. »Ich weiß es nicht. So sicher ich mir bin, dass er lügt, so unsicher bin ich mir, ob ich ihm einen Mord zutraue.«

Sie griff nach Gabel und Löffel, drehte eine Portion Spaghetti auf. »Aber nach zwanzig Jahren ... Er wird sich in dieser Zeit stark verändert haben. Wenn ich ihn damals befragt hätte, wäre mein Bauchgefühl vielleicht ein ganz anderes gewesen.«

Sven grinste und deutete mit seiner Gabel auf Sina. »Vor zwanzig Jahren hast du noch niemanden befragt, da bist du ja selbst noch zur Schule gegangen.«

Sina lächelte. »Stimmt, vor zwanzig Jahren wusste ich noch nicht einmal, dass ich später zur Polizei gehen will.«

Sven zog eine Augenbraue hoch. »Was wolltest du denn früher werden? Ich wollte schon als Kind entweder Polizist oder Feuerwehrmann werden.«

»Hauptsache Uniform und Action, was?«, zog Sina ihren Kollegen auf.

»Sieht so aus«, meinte Sven, und schob sich eine Gabel Pasta in den Mund.

»Bei mir hat das ständig gewechselt«, meinte Sina und griff nach dem Parmesanstreuer, der in der Tischmitte stand. »Die Klassiker Tierärztin und Lehrerin hatte ich schnell durch. Als Teenager wollte ich irgendwas mit Sport machen. Also nicht als aktive Athletin, aber als Trainerin oder vielleicht Physiotherapeutin, so was in der Art.«

»Eine Freundin von mir hat mal gesagt, Physiotherapeut werden die ganzen Leute, die nicht wissen, was sie beruflich machen sollen«, sagte Sven kauend.

Sina lachte auf. »Ich glaube, bei mir war das ähnlich. Kurz vor dem Abitur habe ich mir dann mal ernsthaft Gedanken gemacht. Ich war sogar bei einer Berufsberatung. Da wurde mir klar, dass ich nicht studieren will.«

Sie bestreute ihre Spaghetti großzügig mit Parmesan. »Auf die Polizeischule zu gehen, schien mir damals eine gute Idee.«

»Und? War es eine gute Idee?«

Sina grinste, während sie die nächste Ladung Spaghetti aufdrehte. »Bereut habe ich meinen Entschluss auf jeden Fall nie.«

***

Jens-Uwe Dahlke war ein Erfolg auf der ganzen Linie gewesen. Als Joshua sich vorgestellt und erklärt hatte, was er von Dahlke wollte, war er sofort mit überschwänglicher Freundlichkeit in die gute Stube gebeten worden.

Dort hatte Danas früherer Klassenkamerad nicht nur bereitwillig sämtliche Fragen beantwortet, die Joshua ihm stellte, sondern war auch damit einverstanden gewesen, dass Joshua das Gespräch aufzeichnete.

Dass ein Teil dieser Aufzeichnung möglicherweise in Joshuas nächstem Podcast zu hören sein würde, hatte Dahlke regelrecht begeistert.

»Wo kann man das denn dann hören?«, hatte er wissen wollen. »Auf Spotify?«

Joshua hatte ihm einen seiner Werbe-Flyer übergeben und erklärt, dass Kellers Abgründe auf allen einschlägigen Streaming-Plattformen kostenlos verfügbar sei.

Als er sich schließlich nach zwei Tassen Tee und einem ausführlichen Interview von Dahlke verabschiedete, war Joshua deutlich besserer Laune.

Endlich ein paar Zitate für den Podcast und einen neuen Hörer hab ich auch noch gewonnen. So könnte es immer laufen.

Allzu viel hatte Dahlke zwar nicht zu erzählen gehabt, aber er hatte genau das betroffene Statement über Danas rätselhaftes Verschwinden und ihren tragischen Tod geliefert, das Joshua sich gewünscht hatte.

Außerdem hatte er Joshua seine persönliche Einschätzung von Dana als Person mitgeteilt.

Allseits beliebt, immer fröhlich, gute Schülerin. Wer würde so jemanden töten wollen? Gnadenlos guter Aufmacher für meinen Podcast.

Joshua setzte sich auf eine Parkbank und nahm sich erneut seine Liste mit Namen möglicher Interviewpartner vor. Er fand keine weitere Adresse in Keitum. Außerdem grummelte es in seinem Magen. Mit einem Blick auf die Uhr auf seinem Handy stellte er fest, dass es höchste Zeit war, etwas zu essen.

Ich fahre jetzt erst mal zurück zur Pension und hole mein Fahrrad. Dann besorge ich mir irgendwo in Westerland ein Sandwich oder was anderes auf die Hand.

In Westerland wohnten mehrere mögliche Interviewpartner. Davon wollte er heute noch so viele wie möglich abklappern, in der Hoffnung, dass sich wenigstens einer auf ein Gespräch einlassen würde.

***

Müde nach der langen Rückfahrt hatte Sina auf dem Revier eine der Schubladen ihres Schreibtisches geöffnet und die Füße darauf abgelegt.

So eine Liege wie Jessels sie im Wohnzimmer stehen haben, wäre was für mein Büro, dann könnte ich mich zwischendurch kurz entspannen.

Direkt in Sinas Blickrichtung stand in einer Ecke des Büros immer noch der Umzugskarton mit Dana Mantheys Habseligkeiten. Einige ihrer Notizbücher lagen sogar noch auf Sinas Schreibtisch.

Ein wenig mutlos sah Sina zwischen dem Stapel Notizbüchern und dem Karton hin und her.

Ich habe Angst, dass wir hier etwas übersehen. Aber alles ganz genau durchzugehen, würde Tage dauern.

Die Notizbücher hatten Sina und Sven alle mit Haftnotizen versehen, auf denen die Daten standen, von denen die darin enthaltenen Einträge stammten.

Sina nahm sich zuerst die Bücher vor, die schon etwas älter waren. Blätterte sie rasch durch, um zu sehen, ob vielleicht Zettel oder Fotos zwischen den Seiten steckten. Sie fand nichts.

Die vier Notiz- und Tagebücher, die aus den drei Monaten vor Danas Verschwinden stammten, ließ sie noch auf dem Schreibtisch liegen, die Bücher, die sie gerade durchgesehen hatte, legte sie auf dem Fußboden neben dem Karton ab.

Dann setzte sie sich kurzerhand auf den Boden und zog den Umzugskarton zu sich heran. Das Fotoalbum, das sie gemeinsam mit Sven bereits als für die Ermittlungen uninteressant befunden hatte, legte sie ebenfalls auf den Fußboden. Jetzt lagen noch das Schmuckkästchen, ein Packen Schnellhefter und lose Blätter sowie die Ausgaben des Storm mit Danas Artikeln im Karton. Diese hatten Sina und Sven bisher nur sehr flüchtig gesichtet, sie hatten sich auf die Tagebücher konzentriert.

Zuerst griff Sina nach den Schnellheftern. Sie nahm sich ein wenig mehr Zeit als für die Notizbücher, die sie gerade durchgesehen hatte, doch schnell wurde ihr klar, dass es sich hauptsächlich um Aufsätze handelte, die Dana für die Schule geschrieben und aufbewahrt hatte.

Die untersten Schnellhefter enthielten schließlich Ausdrucke ihrer Artikel für den Storm und einige Kurzgeschichten.

Die Kurzgeschichten lese ich heute Abend. Vielleicht hat sie da ja etwas aus ihrem Leben verarbeitet, das für unsere Ermittlungen wichtig sein könnte.

Sina stand auf, streckte ihre vom Sitzen schon ein wenig steif gewordenen Beine und legte den Hefter mit den Short Storys auf ihren Schreibtisch.

Ächzend ließ sie sich wieder auf dem Boden nieder und begann, die losen Blätter durchzusehen. Ausdrucke, Zettel mit handschriftlichen Notizen, aus Zeitungen und Zeitschriften herausgerissene Seiten, Fotos, alles wild durcheinander.

Alles, was Sina als uninteressant erachtete, legte sie direkt wieder in den Umzugskarton. Sie kam zu einem zusammengefalteten weißen DinA4-Blatt. Als sie es auseinanderfaltete, erblickte sie eine ausgedruckte Tabelle, die handschriftlich ausgefüllt worden war.

In fetten Buchstaben stand ganz oben mittig auf der Seite: *Benotungsbogen Klasse 10a des Theodor-Storm-Gymnasiums.*

In der linken Spalte standen alphabetisch sortiert Namen, die rechte Spalte hatte Dana mit ihrer ordentlichen Handschrift, die Sina mittlerweile nur allzu vertraut war, ausgefüllt.

Ach du meine Güte, das sind die Schulnoten, die Dana und einige ihrer Mitschülerinnen für die Jungs aus ihrer Klasse verteilt haben.

Sina lehnte sich gegen die Wand und streckte die Beine aus, ihr linker Fuß war eingeschlafen. Während sie den Fuß so lange hin und her bewegte, bis das unangenehme Kribbeln nachließ, las sie Danas Kommentare.

Note 4, sollte Sport machen und mehr auf sein Äußeres achten.

Note 3-. Sieht ja ganz gut aus, ist aber unglaublich eingebildet.

Sina schüttelte den Kopf. *Annika Schwarz hatte recht, als sie uns erzählt hat, dass Dana auch fies sein konnte. Die hatte ja wirklich über niemanden etwas Nettes zu sagen.*

Sina überflog die Schulnoten, keiner der Mitschüler hatte eine bessere Note als 3- erhalten. Ihr Blick blieb an einer 6 hängen. Einer 6, die mit besonders dicken Strichen förmlich auf das Papier gemalt worden war.

Wow, den konnte sie ja offenbar gar nicht leiden.

Sina löste ihren Blick von der vernichtenden Benotung und las den dazugehörigen Kommentar. *Dick, dumm, geschwätzig, schleimig. Ich wünschte, er würde aufhören, mir nachzustellen. Selbst wenn er der letzte Mann auf dieser Welt wäre, würde ich ihn nicht einmal mit einer Kneifzange anfassen.*

Scharf atmete Sina durch. Die Theorie, dass es vielleicht an Danas Schule jemanden gegeben hatte, den sie zurückgewiesen hatte, fiel ihr wieder ein.

Wenn ein Sechzehnjähriger, der in eine Mitschülerin verliebt ist, mitbekommt, dass er bei ihr nicht nur keine Chance hat, sondern dass sie ihn auch noch für einen Schleimer hält, wäre das schon ein ausreichend starkes Motiv für einen Mord?

Sina rappelte sich vom Boden hoch und ging zu ihrem Schreibtisch. Sie notierte sich den Namen des von Dana so verachteten Klassenkameraden in ihr Notizbuch. Befragen mussten sie ihn auf jeden Fall.

Jens-Uwe Dahlke, bin ja mal gespannt, was das für ein Typ ist.

Die restlichen Kommentare von Danas *Benotungsbogen* las Sina am Schreibtisch sitzend.

Auch wenn keine der Bewertungen positiv war, so stach doch der vernichtende Kommentar zu Jens-Uwe Dahlke besonders hervor.

Sinas Gedanken wanderten zurück zu Felix Jessel. Der Erdkundelehrer war sogar jetzt, mit Anfang fünfzig, noch ziemlich attraktiv.

Ich müsste mir mal ein älteres Foto von ihm besorgen. Ob das Gymnasium Fotos der Lehrer von 2003 hat?

Sina machte sich eine Notiz. Es war zwar für die Ermittlungen nicht von primärer Wichtigkeit, aber sie wüsste zu gerne, ob Jessel vielleicht Danas Idealbild eines Mannes entsprochen hatte.

Sie hat ihn sicher als intelligent angesehen, als erfahren, vielleicht sogar weltgewandt. Ganz anders als die pickligen Gleichaltrigen in ihrer Klasse. Wenn er dazu noch sportlich durchtrainiert und gutausse-

hend war ...

Ein Klopfen riss Sina aus ihren Gedanken. Sie blickte auf und sah Sven mit fragendem Gesichtsausdruck im Türrahmen stehen.

»Ich habe den Bericht über unsere Befragung von Felix Jessel fertig. Was soll ich als Nächstes machen?«

Sina kritzelte den Namen Jens-Uwe Dahlke auf ein Post-it. »Versuche bitte, diesen Mitschüler von Dana Manthey ausfindig zu machen. Außerdem würde ich zu gerne wissen, wie Felix Jessel damals aussah. Versuch doch bitte über das Theodor-Storm-Gymnasium, ein Foto von ihm aufzutreiben.«

Sven nahm das Post-it entgegen. »Was hat es mit diesem Dahlke auf sich?«

»Annika Schwarz hatte uns doch erzählt, dass sie die Jungs aus ihrer Klasse mit Schulnoten bewertet haben«, erklärte Sina. »Ich habe diese Bewertung unter Danas Sachen gefunden. Dahlke kam dabei am schlechtesten weg.«

»Ich klemm mich sofort dahinter«, versprach Sven und verschwand zurück in sein eigenes Büro.

Sina sah ihm nachdenklich hinterher.

Ob uns dieser Dahlke auf die richtige Spur bringen kann? Auf jeden Fall bin ich gespannt, was der über Dana zu sagen hat. Vielleicht wird er ja der Erste, der uns nicht nur erzählt, wie toll sie doch war.

***

Wenn man schon mal auf Sylt ist, dann sollte man sich auch an die örtlichen Gepflogenheiten anpassen, dachte Joshua und biss in sein Fischbrötchen.

Das üppig mit Matjes belegte Brötchen hatte er sich bei Gosch am Strand geholt und anschließend Position quer gegenüber dem Sylter Polizeirevier bezogen.

Er kam sich ein wenig exponiert vor, denn es gab für ihn keinen Grund, hier herumzustehen. Keine Parkbank, auf die er sich hätte setzen können, keine Bushaltestelle, an der er so tun könnte, als warte er auf den nächsten Bus und auch keine Schaufenster, die er sich hätte ansehen können.

Lang kann ich hier nicht rumstehen, so viel ist klar. Er nahm einen weiteren Bissen. *Sobald ich aufgegessen habe, werde ich mich vom Acker machen müssen. Und wie groß stehen die Chancen, dass in den paar Minuten die Kommissarin rauskommt, die im Fall Manthey ermittelt? Wahrscheinlich gleich null.*

Kauend äugte er auf die andere Straßenseite. Er stand noch nicht lange hier, aber in der Zeit hatte überhaupt niemand das Polizeirevier betreten oder verlassen.

Hier ist wahrscheinlich nie was los. Dieser alte Mordfall wird die einzige Arbeit sein, die die hier haben.

Erneut biss Joshua in sein Brötchen, dieses Mal nahm er einen kleineren Bissen, um den Moment ein wenig hinauszuzögern, in dem er das Einwickelpapier zusammenknüllen und sich wieder auf sein Leihfahrrad schwingen würde.

Ich könnte vielleicht noch so tun, als müsse ich etwas an meinem Rad reparieren, dachte er. *Aber das bringt mich auch nicht weiter. Hier rumlungern ist reine Zeitverschwendung, ich werde diese Kommissarin Marten anrufen müssen. Ist wahrschein-*

lich eh besser, dann kommt sie sich nicht so überrumpelt vor. So wie ich hier rumstehe, benehme ich mich ja wie der letzte Stalker.

Kurz entschlossen schob er sich den Rest des Fischbrötchens in den Mund und sah sich nach einem Mülleimer für das Papier um.

Nicht mal 'nen Abfalleimer gibt's hier. Er schob das Einwickelpapier in seine Jackentasche, dann zog er sein Smartphone hervor und machte ein Foto vom Polizeirevier.

Hübsch ist es ja mit dieser roten Backsteinoptik. Macht sich vielleicht gut auf meinem Blog, falls ich keine besseren Fotos zusammenkriege.

Während Joshua das Schloss seines Leihrades aufsperrte, fing er an, Überlegungen darüber anzustellen, was er Kommissarin Marten am Telefon für einen Vorwand präsentieren könnte.

***

Sina blätterte durch die von Dana Manthey verfassten Kurzgeschichten, die sie mit nach Hause genommen hatte.

Sie lag auf der Wohnzimmercouch, eine Tasse mit dampfendem Tee auf dem Beistelltisch neben sich.

Wenn Dana wenigstens Liebesgeschichten geschrieben hätte, in denen sie von einem dunkelhaarigen Mann mit hellblauen Augen und markanten Gesichtszügen schwärmt. Aber von Liebe gibt es in diesen Storys keine Spur.

Stattdessen hatte Dana ihre Gedanken über globale Ereignisse in Worte gefasst. Da ging es um eine Entwicklungshelferin in Afrika, eine durch den Konflikt im Nahen Osten zerrissene Familie und eine

Gruppe Umweltschützer, die auch vor drastischen Aktionen nicht zurückschreckten, um ihre Mitmenschen aufzurütteln.

Nicht die ganz große Erzählkunst, aber für eine gerade mal Sechzehnjährige durchaus bemerkenswert, dachte Sina und legte den letzten Ausdruck beiseite.

Sie schloss die Augen, ließ den Tag Revue passieren und machte sich Gedanken über das, was am nächsten Tag anstand.

Zuerst gehen wir diesen Dahlke befragen. Wenn sich da nichts Neues ergibt, gehe ich anschließend noch einmal genau die Tagebücher durch, vielleicht hat sie ja doch irgendwo etwas über Jessel geschrieben. Er war zwei Jahre am Theodor-Storm-Gymnasium, vielleicht findet sich ja ein Hinweis in einem Tagebuch aus dem Jahr 2002.

Sinas Handy klingelte. Nicht der übliche, langweilige Klingelton, sondern einer ihrer beiden Spezialklingeltöne, anhand derer sie den Anrufer identifizieren konnte, ohne auf das Display zu sehen. Der eine dieser beiden Klingeltöne war Lady Marmalade und kündigte einen Anruf von Sinas bester Freundin an. Doch im Moment erklang Here Comes the Sun von den Beatles.

Sina lächelte und griff nach dem Telefon. Diesen Klingelton hatte sie Jan zugewiesen.

»Na du?«, begrüßte er sie. »Was machst du gerade?«

»Ich liege auf der Couch und denke über unseren aktuellen Fall nach.«

»Wie wäre es, wenn du dich jetzt endlich mal entspannst? Es ist gleich halb sieben.« Sina konnte das Lächeln in Jans Stimme deutlich hören. »Das mit der so oft zitierten Work-Life-Balance kriegst du nicht hin, oder?«

»Klingt so, als hättest du schon eine Idee, wie ich mich am besten entspannen könnte«, gab Sina zurück.

»Die habe ich tatsächlich. Ich habe hier eine Flasche Rotwein, die schreit danach, dass ich sie mit dir teile.«

»Wann kannst du hier sein?«, fragte Sina.

»In einer Viertelstunde. Bestellst du uns Pizza?«

Sina setzte sich auf. »Prosciutto für dich?«

»Genau. Bis gleich.«

Immer noch lächelnd wählte Sina die Nummer des Pizzadienstes. Jan hatte recht, sie musste sich wirklich mehr Zeit für ihr Privatleben nehmen.

Kapitel sieben

Jens-Uwe Dahlke führte gemeinsam mit seiner Ehefrau eine kleine Pension in Keitum, in der die beiden auch wohnten. Während Frau Dahlke ihren Mann an der Rezeption vertrat, setzte er sich mit Sina und Sven in das gemütlich eingerichtete Wohnzimmer im obersten Stockwerk.

»Die Dana, so tragisch, das Ganze. Ich muss gestehen, ich hatte schon seit Jahren nicht mehr an sie gedacht. Bis ich dann plötzlich von diesem schrecklichen Fund in der Zeitung gelesen habe.« Er schüttelte den Kopf, wirkte allerdings nicht sonderlich betrübt, sondern eher wie jemand, der sich freute, dass zur Abwechslung einmal etwas Aufregendes passierte.

»Sie waren in derselben Klasse«, begann Sina. Dies war natürlich keine Frage, sie wusste ja dank Danas Bewertungen, dass er einer ihrer Klassenkameraden gewesen war.

»Ja, aber wir hatten nicht viel miteinander zu tun. Ich wundere mich ein wenig, dass sie mich befragen. Da gibt es doch sicher andere, die Ihnen mehr über Dana erzählen können.«

»Das mag sein, aber wir sind aus einem ganz konkreten Grund hier.«

Sina reichte Dahlke eine Kopie des Benotungsbogens. »Wir haben das hier unter Danas Sachen gefunden. Dana und einige Mitschülerinnen hatten Schulnoten für ihre männlichen Klassenkameraden verteilt. Es ist mir ein wenig unangenehm, aber Sie kamen dabei nicht sonderlich gut weg. Wussten Sie das?«

Dahlke nahm Sina die Fotokopie ab und überflog

sie. »Selbst wenn er der letzte Mann auf dieser Welt wäre, würde ich ihn nicht einmal mit einer Kneifzange anfassen«, las er halblaut vor. »Nicht gerade schmeichelhaft.«

Er zuckte mit den Schultern. »Was soll ich sagen: Teenager können grausam sein. So waren wir halt damals.«

»Sie finden diese Kommentare nicht verletzend?«, fragte Sina nach.

»Das ist zwanzig Jahre her. Ich habe mich verändert.« Grinsend klopfte er sich auf den flachen Bauch. »Außerdem haben wir Jungs doch auch die Mädchen benotet. War kein Ding.«

»Stimmt es denn, dass Sie Dana Manthey angehimmelt haben?«, fragte Sina.

Dahlke lachte gutmütig auf. »Wer hat das nicht? Sie war hübsch und lustig. Aber mal ganz ehrlich: Mit sechzehn fand ich so ziemlich jedes Mädchen toll. So war das halt in dem Alter.«

Alles, was er sagt, hat Hand und Fuß. Außerdem wirkt er sehr offen auf mich, nicht wie jemand, der etwas zu verbergen hat.

»Sie glauben hoffentlich nicht, dass ich Dana damals aus enttäuschter Liebe und verletzter Eitelkeit etwas angetan habe?« Dahlke zog eine Augenbraue hoch.

»Nein«, sagte Sina rasch. »Wir versuchen, uns ein möglichst genaues Bild von Dana Manthey zu machen.«

»Muss ganz schön schwer sein, nach so langer Zeit«, meinte Dahlke.

»Können Sie sich erinnern, mit wem Dana damals in der Schule die meiste Zeit verbrachte?«, fragte Sina in der vagen Hoffnung, vielleicht einen neuen

Anhaltspunkt zu erhalten. »Hatte Sie einen Freund?«

»Sie hing viel mit Matthias rum, aber zusammen waren die beiden nicht. Der war begeisterter Hobbyfotograf und hatte eine ziemlich gute Kamera. Er hat Fotos für die Schülerzeitung gemacht. Das war sowieso total Danas Ding: diese Schülerzeitung. Sie hat sich da komplett reingekniet. Ich würde sagen, die Leute, die da mitgearbeitet haben, waren die Mitschüler, mit denen sie die meiste Zeit verbracht hat. Außerdem hatte sie noch eine Sandkastenfreundin, die war auch in unserer Klasse. Meine Güte, wie hieß die noch gleich?«

Jens-Uwe Dahlke runzelte die Stirn und sah kurz zur Decke. »Es liegt mir auf der Zunge, geht mit L los. Laura? Nein, das war es nicht.«

»Leonie Blom«, sagte Sina.

Dahlke schnalzte mit der Zunge. »Ja, genau die. Wenn Ihnen irgendjemand ganz genau erzählen kann, wie Dana so war, dann Leonie.« Er sah zwischen Sina und Sven hin und her. »Aber ich schätze, die haben Sie längst befragt?«

Sina nickte, sagte jedoch nichts weiter. Sie reichte Dahlke eine ihrer Visitenkarten. »Falls Ihnen doch noch etwas einfallen sollte, rufen Sie uns bitte an.«

»Klar, mach ich. Schon komisch, dass mich jetzt nach so langer Zeit plötzlich alle nach Dana fragen.«

Sina, die gerade aufstehen wollte, hielt inne. »Alle? Wie meinen Sie das?«

»Da war gerade erst so ein junger Typ da. Der macht einen Podcast über wahre Verbrechen. Hat mich interviewt und meinte, ich käme dann in der nächsten Folge. Da geht es um Dana.«

Sina hatte Mühe ruhig zu bleiben. *Ein Podcaster? Was um alles in der Welt …?*

»Wie hieß denn dieser junge Mann?«, fragte Sven.

»Joshua Keller. Seine Show nennt sich Kellers Abgründe. Er hat gesagt, die könne man überall kostenlos hören. Spotify, Apple Music und so weiter.«

Sina tauschte einen Blick mit Sven, der seinem Gesichtsausdruck nach ähnliche Gedanken hegte wie sie.

Das fehlt uns ja gerade noch.

***

Joshua saß an dem Schreibtisch in seinem Pensionszimmer und starrte die Wand an. Die Blümchentapete wurde teilweise von mehreren großen Blatt Papier verdeckt, die Joshua mit Blu-Tack befestigt hatte, damit er sie bei seiner Abreise ohne Beschädigungen zu hinterlassen entfernen konnte.

Auf diesen Blättern hatte er erste Stichworte für die Podcastfolge über den Fall Dana Manthey notiert. Es gab eine Spalte mit Informationen über Dana selbst, eine Spalte mit Details zum Fundort sowie Notizen zu den Ermittlungen von 2003, die Joshua online aus diversen alten Zeitungsartikeln zusammengesucht hatte.

Gähnende Leere herrschte jedoch auf dem Blatt, auf dem er sich gerne Theorien dazu notiert hätte, was damals geschehen war.

Ich habe null Hinweise, denen ich nachgehen könnte. Keinen einzigen Verdächtigen, den ich ins Visier nehmen kann.

Joshua trommelte mit den Fingerspitzen auf die Tischplatte. *Ich muss an diese Kommissarin herankommen. Aber wie? Und wie bringe ich die zum Reden?*

Joshua seufzte. *Außerdem muss ich auch mal hinnemachen, was die Produktion an sich angeht. Ich kann nicht warten, bis ich alle Puzzleteile zusammen habe. Muss ich halt heute mit dem wenigen arbeiten, das ich habe. Fürs Intro sollte es reichen.*

Er öffnete die Audiosoftware auf seinem Laptop, schloss das externe Mikrofon an und setzte Kopfhörer auf.

»Hallo Leute, hier ist Josh Keller und es ist wieder Zeit für eine neue Folge von Kellers Abgründe. Folge 37, um ganz genau zu sein. Wahnsinn, schon so viele True Crime-Fälle habe ich in diesem Podcast behandelt. Zeit, um euch, meinen Hörern, einmal ein ganz großes Danke für die Treue auszusprechen. Heute geht es in Kellers Abgründe um einen Fall, der auch nach zwanzig Jahren noch Rätsel aufgibt. Ich befasse mich in dieser Folge mit dem geheimnisvollen Verschwinden einer Sylter Schülerin.«

Joshua hielt inne und überlegte kurz. Diese Pause würde er in der Nachbearbeitung natürlich herausschneiden.

»Dana Manthey war gerade einmal sechzehn Jahre alt, als sie eines Nachmittags ihr Elternhaus verließ. Was dann geschah, weiß niemand. Es gibt keine Augenzeugen, die die Schülerin an diesem Junitag vor zwanzig Jahren auf ihrem Fahrrad gesehen haben, keine Anzeichen, wo sie hinfuhr. Das einzige Lebenszeichen, das es nach diesem Freitagnachmittag noch von Dana gab, war eine Abhebung mit ihrer Bankkarte in Flensburg, einige Tage später. Es wurde vermutet, dass sie ausgerissen war. Doch warum und wohin sie gegangen war, konnte sich niemand erklären. Dana war eine gute Schülerin, arbeitete mit großer Begeisterung für die Schülerzeitung, träumte davon, Journalistin zu werden. Mit ihren Eltern und ihrer kleinen Schwester kam sie ebenfalls gut aus. Keine Schulprobleme, kein Streit daheim, große Zukunftspläne. Was hätte jemanden wie Dana dazu bringen sollen, auszureißen und ihr offenbar so erfülltes Leben einfach hinter sich zu lassen?«

Joshua hielt inne und verzog den Mund. *War das zu rührselig? Naja, egal, ich mach jetzt erst mal weiter. Wenn's mir später wirklich nicht gefällt, mach ich 'ne Leiste drauf.*

Er überlegte kurz, wie es weiterging. Jetzt musste der Übergang dazu kommen, dass Danas Skelett gefunden worden war.

Aber erst noch 'n bisschen Drama von wegen die armen Eltern und die Ungewissheit.

»Fast auf den Tag genau zwanzig Jahre lebten Danas Familie, Freunde und Mitschüler mit der schrecklichen Ungewissheit. Was war mit Dana geschehen? Lebte sie überhaupt noch? Doch dann kam es zu einer grausamen Entdeckung: Bei Bauarbeiten auf der Nordseeinsel wurden menschliche Knochen gefunden. Durch einen DNA-Test konnte festgestellt werden, dass es sich um Dana handelte. Die Schülerin war tot, wahrscheinlich schon seit dem Tag ihres Verschwindens. Die Polizei nahm Ermittlungen auf. Dieses Mal wegen Mordes.«

Joshua tippte auf *Pause* und überlegte. *Das reicht erst mal für heute. Sind zwar erst zwei, drei Minuten Material, aber ich hab ja auch noch das Interview mit diesem Dahlke, das gibt ein bisschen was her.*

Jede Podcastfolge dauerte vierzig Minuten. Aber zehn bis fünfzehn Minuten dieser Zeit verwendete Joshua darauf, Hörerfragen zu beantworten und die geplanten nächsten Folgen anzukündigen.

Außerdem hatte er natürlich eine Titelmusik, die ein befreundeter Musiker eigens für ihn komponiert hatte, und einen kurzen Abspann. Auch zwischen den einzelnen Teilen seiner Sendung fügte Joshua immer kurze musikalische Trailer ein.

Wenn ich zwanzig Minuten Material über Dana zusammenbekomme, reicht das. Mehr wäre natürlich besser.

Er schloss die Audiosoftware, trennte Mikrofon und Kopfhörer vom Laptop und öffnete ein Textprogramm.

So, jetzt mal brainstormen, wie ich an diese Marten rankommen könnte.

Joshua begann zu tippen. Er hatte bereits vor Jahren festgestellt, dass es ihm half, einfach alle seine Gedanken zu einem bestimmten Problem niederzuschreiben. Ganz ohne Struktur und ohne auf Wortwahl oder gar korrekte Grammatik zu achten. Dabei kamen ihm oft die besten Ideen.

So auch dieses Mal.

Er hielt inne und las die letzten Sätze durch, die er getippt hatte. Dann legte er den Kopf schief.

Das ist so fies, wenn ich damit auffliege, kriege ich richtig Ärger.

Joshua grinste. *Aber es ist so abgefahren, dass es tatsächlich klappen könnte.*

Er tippte weiter, begann die Einzelheiten seines Plans auszuarbeiten.

***

Sina hatte schlechte Laune. Nicht nur, dass das Gespräch mit Jens-Uwe Dahlke sie nicht einen Schritt weitergebracht hatte, es hatte auch noch zutage gefördert, dass offensichtlich ein selbsternannter True Crime-Reporter auf der Insel unterwegs war und der Polizei ins Handwerk pfuschte.

Der sollte mir besser nicht unter die Augen kommen, den falte ich zusammen, dachte Sina.

Sie hatte sich den Namen Joshua Keller bereits notiert. Sobald sie Zeit hätte, würde sie online nach ihm und seinem Podcast suchen.

Wie sie dann weiter vorgehen sollte, wusste sie noch nicht. Ihm eine E-Mail schreiben und ihn auffordern, sich nicht in ihre Arbeit einzumischen?

Ich habe keine rechtliche Handhabe gegen ihn. Er kann schließlich reden, mit wem er will.

Dass Sven ihr ein Foto von Felix Jessel besorgt hatte, das aus dem Jahr 2002 stammte, konnte Sina auch nicht aufmuntern. Wie sie vermutet hatte, war der Erdkundelehrer mit Anfang dreißig extrem attraktiv gewesen.

Wenn er blond wäre, würde er aussehen wie der Prototyp des Surfprofis. Schlank, durchtrainiert, einnehmendes Lächeln. Dazu diese hellblauen Augen.

Sina konnte sich beim Anblick dieses Fotos durchaus vorstellen, dass Danas schwülstige Liebesgedichte von Jessel inspiriert worden waren.

Aber wie kann ich ihm etwas nachweisen? Jetzt, nach zwanzig Jahren habe ich doch keine Chance mehr, irgendwelche Zeugen zu finden.

Das Telefon auf Sinas Schreibtisch klingelte. Sie starrte es einen Augenblick lang an.

Wetten, dass dieser Anruf entweder gar nichts mit dem Fall Manthey zu tun hat oder uns auch nicht weiterbringt?

Nach dem zweiten Klingeln hob Sina ab. Es war

eine ihrer Kolleginnen.

»Sina, ich habe einen Herrn Jansen am Apparat, der sagt, er hätte möglicherweise einen Hinweis im Fall Dana Manthey.«

Hellhörig geworden, setzte Sina sich aufrecht hin. »Stell ihn bitte durch.«

»Marten«, meldete sie sich. »Herr Jansen, Sie haben Informationen für uns?«

»Ja, ich denke, die habe ich. Es ist allerdings ein wenig kompliziert.« Die Stimme des Anrufers war hell und klang ziemlich jung.

Sina runzelte die Stirn. »Kompliziert?«

»Ja, es geht um etwas, das ich gesehen habe. Das ist aber schon ein paar Jahre her und ... kann ich zu Ihnen aufs Revier kommen? Das ist am Telefon alles so schwer zu erklären.«

»Kommen Sie gerne jederzeit vorbei«, sagte Sina.

»Geht das jetzt sofort? Ich könnte in ungefähr zwanzig Minuten da sein.«

»Gut, das passt ausgezeichnet«, meinte Sina. Sie stellte das Telefon zurück in die Ladestation und machte sich eine Notiz.

Was dieser Jansen wohl zu sagen hatte?

Hoffentlich keiner dieser Dummschwätzer, die sich nur wichtig machen wollen. Bin gespannt, was da so kompliziert sein soll. Entweder er weiß etwas oder nicht.

Das Telefon klingelte erneut. *Jetzt geht's aber plötzlich rund,* dachte Sina und drückte die grüne Annahmetaste.

Dieses Mal war es nicht ihre Kollegin, die die Telefonzentrale betreute, dieser Anrufer hatte Sinas Direktwahl gewählt.

Als Sina hörte, wer da am anderen Ende der Leitung war, war jeder Gedanke an Jansen und seine vagen Andeutungen vergessen.

***

»Das hat sie wirklich gesagt?« Sven starrte Sina perplex an. »Das gibt's doch nicht.«

»Ich habe das Telefonat mit ihrer Einwilligung aufgezeichnet. Ich spiele es dir gerne vor«, sagte Sina, die mit verschränkten Armen im Türrahmen zu Svens Büro stand.

»Nein, ich glaube dir das schon. Ich bin nur absolut überrascht, damit hätte ich zuallerletzt gerechnet.«

»Frag mich mal. Ich würde mich immer noch am liebsten in den Arm kneifen, um zu überprüfen, dass ich diesen Anruf nicht einfach nur geträumt habe.«

»Also, wie gehen wir dann jetzt vor?« Svens rechte Hand wanderte schon in Richtung seines Telefons. »Soll ich ...«

Weiter kam er nicht.

»Sina, Herr Jansen wäre da.« Die Kollegin aus der Telefonzentrale war neben Sina aufgetaucht.

Einen Moment starrte Sina sie fragend an, dann fiel ihr wieder ein, von wem sie redete. »Bring ihn bitte in mein Büro und sage ihm, dass ich sofort bei ihm bin.«

Sie bedankte sich und wandte sich wieder Sven zu. »Da hatte vorhin noch ein möglicher Zeuge angerufen, der persönlich mit mir sprechen wollte.«

»Wie viele vielversprechende Anrufe hattest du denn heute noch?«, wollte Sven wissen. »Und wieso erfahre ich das alles jetzt erst?«

»Weil die beiden Anrufe im wahrsten Sinne des

Wortes Schlag auf Schlag kamen. Außerdem bin ich mir nicht sicher, ob dieser Jansen wirklich vielversprechend ist«, sagte Sina. »Aber das werde ich ja gleich herausfinden.« Sie wandte sich zum Gehen. »Ich sage dir Bescheid, sobald ich mit der Befragung fertig bin.«

***

Sina musterte den jungen Mann, der ihr gegenübersaß. Michael Jansen war ein Urlauber aus Hamburg, der mit seiner Freundin eine Woche auf Sylt verbrachte.

Ausgerechnet so jemand meldet sich als Zeuge im Fall Dana Manthey? Was für ein glücklicher Zufall.

»Ich habe heute morgen beim Frühstück in der Pension im Sylter Boten geblättert«, erklärte Jansen. »Ich war eigentlich schon fertig, trank nur noch meine zweite Tasse Kaffee aus, aber meine Freundin war noch am Essen. Die Zeitung war sogar schon ein paar Tage alt, aber das habe ich erst gar nicht bemerkt. Als ich zu dem Foto von dem ermordeten Mädchen kam, wusste ich sofort, dass ich die schon einmal irgendwo gesehen habe.«

Sina runzelte die Stirn und unterbrach Michael Jansen. »Moment mal, Dana Manthey ist vor zwanzig Jahren verschwunden. Da waren Sie doch noch ein Kind.«

Jansen nickte. »Ja, stimmt. Ich bin 26. Darum dachte ich auch erst, dass ich mir das einbilde und sie einfach nur einem anderen Mädchen ähnelt. Aber ich wusste nicht, wem. Erst habe ich die Zeitung weggelegt und bin mit meiner Freundin losgezogen, die Insel erkunden. Aber der Gedanke an dieses Gesicht ließ mich nicht los. Ständig hab ich rumüberlegt, warum mir dieses Mädchen so bekannt vorkommt. Hab sogar mit meiner Freundin drüber geredet. Und dann«, er klatschte in die Hände, »bumm, fiel es mir wie aus heiterem Himmel wieder ein. Ich habe Fotos von ihr gesehen.«

»Fotos?« Sina war enttäuscht. Verschwendete sie hier ihre Zeit mit einem Wichtigtuer, der sich unbedingt einmal mit einer waschechten Polizistin unterhalten wollte?

Wahrscheinlich fährt der in ein paar Tagen heim nach Hamburg und gibt dann da bei seinen Freunden an, dass er als Zeuge in einem Mordfall ausgesagt hat.

»Nicht, was Sie denken! Das waren keine Fotos irgendwo in der Zeitung, wo über den Fall berichtet wurde«, versicherte Michael Jansen schnell. Er beugte sich ein wenig vor und senkte die Stimme. »Ich sag Ihnen das jetzt auch nicht gerne, weil es wohl einen Verwandten von mir belastet. Aber ich denke, es ist meine Pflicht, Ihnen diesen Hinweis zu geben.«

Sina kniff die Augen ein wenig zusammen. Die ausschweifende, umständliche Art Jansens, sich auszudrücken, ging ihr auf die Nerven. »Dann erzählen Sie mal, wo Sie Fotos von Dana Manthey gesehen zu haben glauben.«

Jansen setzte sich wieder gerade hin, schien sich förmlich aufzuplustern. »Bei meinem Onkel. Elias Krüger. Er wohnt ebenfalls in Hamburg.«

»Und wann wollen Sie diese Fotos gesehen haben?«, fragte Sina nach. Sie drehte ihren Kugelschreiber zwischen den Fingern hin und her. Sie hielt Jansen immer noch für einen Wichtigtuer, dessen Aussage nichts wert war. Falls sie sich täuschen sollte, lief ja auch noch das Aufnahmegerät, also konnte sie es sich sparen, Notizen zu machen.

»Also, mein Onkel, der ist Ende dreißig.« Jansen legte den Kopf ein wenig auf die Seite, schien zu überlegen. »Der hat im Sommer Geburtstag. Ja, der wird 38 dieses Jahr. Aber auf jeden Fall fährt Onkel Elias im Urlaub immer nach Sylt. Das war schon so, als er noch ein Kind war. Damals mit seinen Eltern, später mit seiner Frau. Er war überhaupt derjenige, der mich auf die Idee mit diesem Urlaub gebracht hat. Der schwärmt immer in höchsten Tönen von eurer Insel hier.« Er grinste Sina an.

Sie lächelte nicht zurück, sagte auch nichts, nickte ihm nur zu.

»Das heißt also, Onkel Elias war knapp achtzehn, als das Mädchen verschwand.« Er senkte erneut die Stimme, sah Sina mit leicht geweiteten Augen an. »Und ermordet wurde. So schrecklich das Ganze.«

»Was hat es denn nun mit den Fotos auf sich?«, fragte Sina. Sie wollte Jansens Erzählfluss ein wenig Einhalt gebieten und diese Befragung so schnell wie möglich hinter sich bringen. Sie brannte darauf, Sven von dem Anruf zu berichten, der sie in ihren Ermittlungen wirklich weiterbringen würde - anders als dieses Gespräch mit Michael Jansen.

»Ja, also. Mein Onkel ist umgezogen. Das ist einige Jahre her, so genau weiß ich das nicht mehr. Vielleicht fünf Jahre, oder so. Auf jeden Fall habe ich ihm geholfen. Kisten schleppen und so.«

»Und dabei haben Sie Fotos gefunden?« Sina klopfte mit ihrem Kugelschreiber auf die Schreibtischplatte. *Kann der endlich mal auf den Punkt kommen?*

»Ganz genau.« Michael Jansen strahlte Sina an.

»Bei einem von den Umzugskartons ist der Boden durchgebrochen. Da war aller möglicher Krimskrams drin. Das war schon in der neuen Wohnung, wo ich den Karton in eines der Zimmer getragen habe. Also habe ich mich auf den Boden gesetzt und alles zusammengeräumt. Da habe ich Fotos von dieser atemberaubenden Rothaarigen gefunden. Blutjung. Strahlte in die Kamera. So ein halbes Dutzend Fotos insgesamt.«

Nun horchte Sina doch auf. Könnte es tatsächlich sein, dass Elias Krüger Dana Manthey gekannt hatte? Ein Urlaubsflirt vielleicht? Er war 2003 nur knapp zwei Jahre älter als Dana gewesen.

Möglich wäre es.

»Was waren das für Fotos?«, fragte sie nach.

»Nichts Besonderes, einfach nur Schnappschüsse. Ein paar Porträtfotos und auf einigen sah man etwas mehr von ihr, Schultern, Oberkörper. Aber keine Ganzkörperaufnahmen.« Jansen runzelte die Stirn. »Ich saß noch auf dem Boden, da kam Onkel Elias rein. Ich hab ihm erst erklärt, dass der Karton kaputt gegangen ist und ihm dann eines der Fotos hingehalten. *Ist das eine von deinen Verflossenen?* hab ich ihn gefragt. Tja, und dann ist der voll ausgerastet.«

»Ausgerastet? Inwiefern?«

»Er hat mir die Fotos aus der Hand gerissen und mich angepflaumt, wie ich denn dazu komme, in seinen Sachen herumzuschnüffeln. Ich hab mich natürlich gerechtfertigt und ihm gesagt, dass ich nicht geschnüffelt hätte, sondern nur versucht habe, Ordnung zu machen. Ich war dann sauer und bin aus dem Zimmer gegangen. Noch mal nachgefragt, wer das Mädchen ist, habe ich natürlich nicht.«

Sina lehnte sich in ihrem Stuhl zurück und sah

Jansen nachdenklich an. »Sie sind sich ganz sicher, dass es sich um Dana Manthey handelte?«

Ihr Gegenüber breitete beide Hände aus. »So sicher wie ich mir überhaupt nur sein kann. Wenn sie es nicht war, muss sie eine Doppelgängerin haben. Die gleichen roten Haare, das gleiche ansteckende Lächeln.«

Wie groß ist die Chance, dass jemand, der vor mindestens zwanzig Jahren Kontakt zu Dana hatte, Fotos von ihr aufbewahrt hat, ein Verwandter diese Fotos zufällig sieht und dann noch viel zufälliger kurz nach dem Auffinden von Danas Überresten auf Sylt Urlaub macht? Das sind mir zu viele Zufälle. Oder verdammt großes Glück für unsere Ermittlungen?

»Gut«, sagte Sina. »Wir werden Ihrem Hinweis nachgehen, Herr Jansen. Könnten Sie mir die Anschrift Ihres Onkels nennen?«

»Ja, natürlich. Onkel Elias wohnt in Hamburg, in Altona. In der Geranienstraße 27.«

Dieses Mal schrieb Sina mit. Sie würde Sven darauf ansetzen, diesen Hinweis zu überprüfen. »Könnten Sie mir bitte auch noch eine Handynummer geben, unter der wir Sie erreichen können, falls wir noch Fragen haben sollten?«

Michael Jansen rasselte eine Ziffernfolge herunter, die Sina ebenfalls notierte. Dann stand sie auf. »Vielen Dank, dass Sie sich bei uns gemeldet haben, Herr Jansen.«

Michael Jansen sah Sina ein wenig verblüfft an. »Sind wir denn schon fertig?«

»Fürs Erste, ja.«

»Ich hoffe wirklich sehr, dass ich Ihnen helfen konnte«, sagte Jansen und stand nun ebenfalls auf.

»Das wird sich zeigen«, meinte Sina.

***

»Sie sagte, sie hätte nach der Geburt ihrer ersten Tochter an einer post-natalen Depression gelitten. Das hätte ihre Ehe so sehr belastet, dass sie sich fast getrennt hätten. Erst nach einer Therapie ging es ihr besser.« Sina schaltete den altmodischen Anrufbeantworter mit zwei Kassettenschächten ein, den sie benutzt hatte, um das Telefonat mit Sylvia Jessel aufzuzeichnen. Sie spulte das Band ein Stück zurück, dann drückte sie auf *Play*.

Die Stimme von Felix Jessels Ehefrau drang aus dem kleinen Lautsprecher. Sven beugte sich ein wenig vor, um nichts zu verpassen.

»Ich fuhr zu meinen Eltern, um mich ein paar Tage zu erholen. Eva nahm ich mit, sie war knapp ein Jahr alt.«

»Wo wohnen Ihre Eltern?«, fragte Sinas Stimme.

»Auf dem Festland, in Süderlügum, ganz in der Nähe der Grenze zu Dänemark. Wenn Sie mich nach dem genauen Datum meiner Abreise und meiner Rückkehr fragen würden, wüsste ich das nicht mehr, aber ich kann mich natürlich noch lebhaft erinnern, dass ganz Sylt in Aufruhr war, als ich zurückkam. Ein junges Mädchen war verschwunden und wurde von einem riesigen Polizeiaufgebot und noch viel mehr Freiwilligen gesucht. Auch Felix war ganz außer sich. Er erzählte mir, dass das junge Mädchen eine Schülerin von ihm gewesen sei.«

Ein tiefes Seufzen erklang vom Band des Anrufbeantworters. »Ich kann mich noch erinnern, dass ich mich gewundert habe, dass ihm das Verschwinden einer Schülerin so nahe ging.«

»Hat Ihr Mann sich als Freiwilliger an der Suche beteiligt?«, fragte Sinas Stimme.

»Nein, hat er nicht. Auch das wunderte mich ein wenig. Wenn er schon so außer sich war, warum tat er dann nichts Konstruktives?«

»Vielleicht, weil er wusste, dass die Suche vergeblich war«, murmelte Sven.

»Warte, jetzt wird's erst richtig interessant«, sagte Sina. Sie drehte die Lautstärke ein wenig höher.

»Aber das ist natürlich nicht der Grund, warum ich anrufe«, erklang Sylvia Jessels Stimme. Sie holte rasselnd Luft. »Wie gesagt, wir hatten Eheprobleme. Aber ich dachte damals, alles wäre wieder in Ordnung. Einen Tag, nachdem ich nach Hause zurückgekehrt war, fand ich in der Innentasche von einem von Felix' Jacketts eine Hotelrechnung. Für ein Doppelzimmer.«

»Wow, der Klassiker«, rief Sven.

»Diese Rechnung war einen Tag, nachdem ich zu meinen Eltern gefahren war, ausgestellt worden«, erzählte Sylvia Jessels Stimme vom Band weiter. »Natürlich dachte ich sofort, Felix hätte mich betrogen, wäre mit einer Frau in diesem Hotel gewesen.«

»Ob das Dana Manthey war?«, fragte Sven. Er klang aufgeregt.

»Jetzt hör doch einfach mal zu«, sagte Sina, »das kommt alles noch.« Sie hielt das Band an und spulte ein wenig zurück, weil sie durch Svens Zwischenfrage einen Teil des nächsten Satzes von Sylvia Jessel verpasst hatten.

»Können Sie sich denn noch an das Datum Ihrer Abreise erinnern?«, fragte Sina auf dem Band.

»Nein, aber ich weiß noch, dass ich an einem

Donnerstag weggefahren bin und am Montag wiederkam. Ich habe vorhin gegoogelt. Dana Manthey wurde an einem Freitag zuletzt gesehen. Sie verschwand also einen Tag nach meiner Abreise, am selben Tag, an dem die Hotelrechnung ausgestellt wurde.«

»Moment mal«, rief Sven und drückte die Pause-Taste des Anrufbeantworters. »Das haut doch nicht hin. Wenn die Rechnung vom sechsten Juni war, dann war doch die Übernachtung vom fünften auf den sechsten. Da war Dana aber noch daheim. Die Rechnung müsste vom siebten sein, wenn Jessel mit Dana im Hotel war.«

»Das habe ich mir auch schon gedacht«, meinte Sina. »Aber er könnte die Rechnung gleich bei der Ankunft beglichen haben. Das ist doch in manchen Hotels sogar heute noch üblich.«

»Hm, gut, okay.« Sven ließ das Band weiterlaufen.

»Was hat Ihr Mann dazu gesagt? Haben Sie ihn auf diese Hotelrechnung angesprochen?«, drang Sinas Stimme aus dem Lautsprecher.

»Nein.« Ein tiefer Seufzer. »Ich bin wirklich nicht stolz auf mein Verhalten damals. Ich habe meinen Verdacht verdrängt, ich wollte unbedingt meine Ehe retten. Aber natürlich war ich von da an sehr misstrauisch, beobachtete ganz genau, mit wem Felix sich wann und wo traf. Es gab danach nie wieder auch nur den Hauch eines Anzeichens dafür, dass er fremdging.«

Sylvia Jessels holte deutlich hörbar Luft. »Ich hätte damals nie im Leben gedacht, dass diese Schülerin vielleicht die Affäre gewesen sein könnte. Auf diese Idee kam ich erst gestern, als Sie Felix befragt haben. Nachdem Sie weg waren, hat er mir erzählt, warum

Sie ihn sprechen wollten. Da fiel mir schlagartig diese Hotelrechnung wieder ein. Ich habe eine schlaflose Nacht verbracht und heute früh habe ich ihn mit meinem damaligen Fund und meinem Verdacht konfrontiert. Ich habe ihn konkret gefragt, ob er ein Verhältnis mit Dana Manthey hatte.«

Sina spürte, wie Sven neben ihr die Luft anhielt.

»Aber er hat alles abgestritten.«

Zischend atmete Sven aus.

»Allerdings war seine Reaktion ... Ich weiß nicht, wie ich es beschreiben soll, aber kurz gesagt: Ich glaube ihm nicht. Ich denke, er hat diese Nacht im Hotel mit Dana Manthey verbracht.«

»Können Sie sich noch an den Namen des Hotels erinnern?« Sinas Stimme klang sogar vom Band angespannt.

»Ja, das kann ich. Ich war so schockiert, diesen Namen werde ich nie vergessen. Es war das Hotel Dünenkamm in Morsum.«

Sina sah Sven an.

»Das Hotel kenne ich, das gibt es immer noch«, rief er.

Sina drückte auf die Stopp-Taste und lächelte ihren Kollegen an. »Dann lass uns da so bald wie möglich hinfahren und versuchen, mehr herauszufinden. Aber vorher rufen wir noch die Kollegen in Kiel an, die sollen sich Felix Jessel vornehmen.«

»Warum hat Sylvia Jessel dich eigentlich angerufen?«, fragte Sven. »Hat sie dir das erklärt? Immerhin belastet sie ihren Ehegatten schwer.«

»Ja, sie hat das tatsächlich erklärt. Sie meinte, sie wolle, dass Danas Eltern endlich erfahren, was damals geschehen ist. Sie sagte, wenn eine ihrer Töchter verschwunden wäre, würde sie alles daransetzen, herauszufinden, was passiert ist. Sie meinte auch, sie geht davon aus, dass ihr Mann Dana nicht getötet hat, aber vielleicht etwas weiß, dass zur Aufklärung beitragen kann.«

»Hoffentlich hat sie sich da nicht verspekuliert«, sagte Sven düster. »Auch wenn sie ihrem Felix keinen Mord zutraut, es kann ja auch Totschlag im Affekt gewesen sein.«

»Wenn sie sich täuscht, steht sie demnächst ohne Ehemann da«, meinte Sina. »Aber wir hätten diesen schwierigen Fall aufgeklärt.«

***

Sina und Sven saßen nebeneinander an Sinas Schreibtisch. Auf dem Monitor ihres PCs war ein Live-Videobild zu sehen, das aus einem Verhörraum in einem Kieler Polizeirevier kam.

Die Kameraperspektive zeigte Felix Jessel, der auf der einen Seite eines grauen Tisches saß, ihm gegenüber zwei Personen, ein Mann und eine Frau, die Sina nur von hinten sehen konnte.

Sie wusste jedoch, dass es sich um ihre Kieler Kollegen POK Ute Mahler und PK Olaf Weigand handelte.

»Es war nur ein harmloser Flirt«, sagte Jessel, den Blick gesenkt. »Es ist nichts passiert.«

»Sie meinen, Sie hatten keinen Sex mit Dana Manthey?« Die Stimme von Ute Mahler klang kühl.

»Nein, hatte ich nicht.«

»Mit wem haben Sie dann die Nacht im Hotel Dünenkamm in Morsum verbracht?« Diese Frage hatte Weigand gestellt.

Felix Jessels Kopf fuhr hoch. Dass sich Überraschung auf seinem Gesicht abmalte, konnte Sina sogar auf dem ein wenig unscharfen Videobild sehen.

»Was ... woher ...?«, stammelte er.

»Versuchen Sie nicht zu leugnen. Wir wissen, dass Sie am sechsten Juni für eine Übernachtung in diesem Hotel bezahlt haben«, sagte Mahler. »Sie hatten ein Doppelzimmer gebucht, Ihre Ehefrau war jedoch zu diesem Zeitpunkt gar nicht auf Sylt, sondern verreist. Also: Mit wem waren Sie in diesem Hotel?«

Jessel ließ erneut den Kopf hängen. »Mit niemandem«, sagte er leise.

»Wie bitte?«, rief Sven. »Der will doch jetzt wohl nicht allen Ernstes behaupten, dass er sich mal eben allein ein Hotelzimmer genommen hat.«

»Jetzt hör doch erst mal zu«, sagte Sina.

»Wie haben wir das zu verstehen?«, fragte Weigand.

Jessel legte die Hände auf den Tisch und verschränkte die Finger. »Ja, ich wollte mich mit jemandem treffen. Wir waren für sieben Uhr abends verabredet, sie sollte direkt ins Hotel kommen. Ich habe ein wenig früher eingecheckt, sendete ihr die Zimmernummer per SMS. Aber sie ist nicht gekommen.«

»Würden Sie uns bitte auch den Namen dieser Frau verraten?« Ute Mahlers Stimme klang kalt.

Sinas Herzschlag beschleunigte sich. *Wird er es zugeben? Oder war es doch nicht Dana, mit der er verabredet war, sondern eine andere Frau?*

Felix Jessel verbarg das Gesicht in beiden Händen.

»Herr Jessel, bitte beantworten Sie diese Frage«, sagte Weigand. »War es Dana Manthey, mit der Sie sich treffen wollten?«

Sina beobachtete, wie Jessel förmlich in sich zusammensank. *Er sieht aus wie ein Soufflee, das zu-*

sammenfällt.

Einige Momente herrschte Schweigen, Sina hörte nur das Blut in ihren Ohren rauschen.

Schließlich nickte Felix Jessel.

»Fürs Protokoll: Der Befragte hat genickt«, sagte Weigand.

»Sie sagen also aus, Sie seien am Abend des sechsten Juni 2003 mit Dana Manthey im Hotel Dünenkamm in Morsum verabredet gewesen«, fasste Ute Mahler zusammen. »Frau Manthey sei aber nicht erschienen.«

»Ja, ganz genau so hat es sich zugetragen«, sagte Felix Jessel mit leiser, tonloser Stimme.

»Was haben Sie getan, als Dana Manthey nicht zur verabredeten Zeit im Hotel eintraf?«

»Erst dachte ich mir natürlich nichts. Ich wunderte mich nur ein wenig, dass sie nicht pünktlich war. Als sie ungefähr zwanzig Minuten über der Zeit war, schickte ich ihr eine zweite SMS. Als ich darauf keine Antwort bekam, versuchte ich, sie anzurufen. Ich bekam die automatische Ansage, dass der Teilnehmer nicht erreichbar sei, konnte also nicht einmal eine Nachricht hinterlassen. Da dachte ich, sie hat es sich anders überlegt.« Jessel sah zwischen Mahler und Weigand hin und her. Sein Gesichtsausdruck wirkte flehend.

»Bitte, Sie müssen mir das glauben. Ich habe noch zwei Mal versucht, sie telefonisch zu erreichen, dann habe ich eingesehen, dass sie nicht kommen wird. Ich habe meine Tasche wieder gepackt und bin zur Rezeption gegangen, um zu zahlen.«

»Darum das Rechnungsdatum«, sagte Sven.

»Wie spät war es da ungefähr? Können Sie sich erinnern?«, fragte Weigand.

»Ja, es war ziemlich genau 21 Uhr. Ich hatte etwas über zwei Stunden gewartet.« Jessel hob eine Hand an die Stirn. »Vielleicht könnte sich die Rezeptionistin sogar an mich erinnern. Da ich nur so kurz im Zimmer gewesen war, fragte ich nach, ob ich den vollen Preis bezahlen muss oder ob sie mir da entgegenkommen könnte.« Er schüttelte den Kopf. »Den Namen der Frau weiß ich nicht. Ich kann mich nur noch erinnern, dass sie recht jung war. Und unnachgiebig, was den Preis anging. Ich musste voll bezahlen.«

Sina machte sich eine Notiz, auf dem Bildschirm tat Ute Mahler dasselbe.

»Sie bezahlten also die Hotelrechnung«, sagte Ute Mahler. »Was taten Sie dann?«

»Erst wollte ich heimfahren, aber dann dachte ich, dass mir dort allein die Decke auf den Kopf fallen würde. Mir gingen so viele Gedanken im Kopf herum. Meine Ehe lief nicht gut. Das war der einzige Grund, dass ich mich überhaupt auf diesen Flirt eingelassen hatte.«

Rasselnd holte Jessel Atem. »Ich liebte meine Frau, tue das immer noch. Aber wir hatten uns nach der Geburt von Eva entfremdet. Ich wollte das nicht, ich wollte, dass zwischen uns alles wieder so wurde wie zuvor.«

Sina verdrehte die Augen. *Typisch Mann. Ehe läuft schlecht und statt sich mit seiner Frau auseinanderzusetzen und zu versuchen, alles wieder ins Lot zu bringen, zieht er los und turtelt mit einer Schülerin rum. Dana war gerade mal sechzehn!*

»Ich finde das so widerlich, dass er versucht, sein Verhalten mit seinen Eheproblemen zu rechtfertigen«, sagte Sven mit leiser Stimme.

»Du sprichst mir aus der Seele«, sagte Sina. »So

etwas Ähnliches dachte ich auch gerade.«

»An diesem Abend wurde mir klar, dass ich mich wie ein Schwein verhalten hatte«, sagte Jessel leise.

»Oho, die große Einsicht«, höhnte Sven.

»Ich versuchte, Sylvia anzurufen, aber die ging ebenfalls nicht an ihr Handy. Ich fühlte mich furchtbar, wollte meinen Kummer ertränken und bin in eine Kneipe gegangen.«

»Nennen Sie uns bitte den Namen dieser Kneipe«, forderte Mahler.

»Es war die Kneipe Zum Anker in Westerland«, antwortete Jessel. »Wir wohnten damals nur zwei Straßen weiter, es war so etwas wie meine Stammkneipe.«

»Haben Sie dort Freunde oder Bekannte getroffen?«, fragte Olaf Weigand. »Könnte es jemanden geben, der bezeugen kann, dass Sie sich an diesem Abend dort aufhielten?«

Jessel wirkte ein wenig fassungslos, als er Weigand ansah und beide Hände ausbreitete. »Nach zwanzig Jahren? Da wird sich niemand mehr erinnern können.« Er runzelte die Stirn. »Aber, ja, ich weiß noch, dass ich länger mit Rainer Barth gesprochen habe. Wir kannten uns, weil wir beide im selben Schachklub waren. Er war auch öfter im Anker.«

Sina griff nach einem Stift und kritzelte den Namen Rainer Barth auf einen gelben Haftnotizzettel.

»Denkst du, der kann sich noch erinnern?«, meinte Sven. »Jessel wird recht haben. Es ist einfach zu lange her.«

»Wir dürfen nichts unversucht lassen«, meinte Sina. »Auch beim Hotel will ich versuchen, ob wir noch irgendwie herausbekommen können, wer an dem Abend Dienst an der Rezeption hatte.«

»Falls diejenige da überhaupt noch arbeitet«, gab Sven zu bedenken.

»Wir werden sehen«, meinte Sina und konzentrierte sich wieder auf die Videoübertragung auf ihrem PC-Bildschirm.

***

»Ich bin mir sicher, Jessel ist unser Mann«, verkündete Sven.

Sina legte den Kopf schräg. »Wir haben keine Beweise. Die Kollegen in Kiel können ihn auf unseren Verdacht nicht festnehmen. Er hat zugegeben, dass er sich mit Dana treffen wollte, aber das allein ist ja noch nicht strafbar.«

»Wenn das rausgekommen wäre, hätte er seinen Job verloren«, sagte Sven. »Seine Ehe war sowieso schon problematisch. Für mich sind das gleich zwei gute Mordmotive.«

»Du hast ja recht, aber wir brauchen Beweise. Wir müssen belegen können, dass Jessel gelogen hat, als er sagte, Dana sei nicht wie vereinbart im Hotel erschienen.«

Sven stand bereits auf. »Ich hole nur schnell meine Jacke, dann fahren wir direkt ins Hotel Dünenkamm. Pack ein paar Fotos von Dana ein.«

Seufzend schaltete Sina ihren PC aus und suchte einige Fotos von Dana heraus.

Ich habe zwar vorhin gesagt, dass wir nichts unversucht lassen dürfen, aber Svens Enthusiasmus kann ich leider nicht teilen. Nach zwanzig Jahren noch mindestens einen Angestellten zu finden, der sich erinnern kann, ob Dana an einem bestimmten Datum im Hotel Dünenkamm war, wäre wirklich ein riesiger Glückstreffer.

Auch den Haftnotizzettel mit dem Namen von Felix Jessels Kumpel nahm Sina mit. Die Erfolgsaussichten einer Befragung von Rainer Barth schienen ihr größer als bei einer Hotelangestellten, die täglich Dutzende Menschen sah.

***

Sina und Sven saßen im Büro der Direktorin des Hotel Dünenkamm, Paula Ritter. Stirnrunzelnd hatte Ritter zugehört, als Sina ihr Anliegen erläutert hatte.

»Juni 2003, sagen Sie? Da habe ich selbst noch an der Rezeption gearbeitet.« Sie lächelte, als sie Sinas erstaunten Gesichtsausdruck bemerkte. »Ich habe mich von der Pike auf hochgearbeitet. Seit vier Jahren leite ich dieses Haus.«

»Gibt es noch eine Möglichkeit herauszufinden, wer am Abend des sechsten Juni an der Rezeption Dienst hatte?«, fragte Sina vorsichtig. »Ich weiß, es ist sehr lange her.«

Paula Ritter wandte sich dem Laptop auf ihrem Schreibtisch zu. »Ich fürchte, so lange heben wir derartige Unterlagen nicht auf. Buchhaltungsunterlagen werden nach Ablauf der gesetzlichen Aufbewahrungsfrist von zehn Jahren vernichtet. Aber ich bin mir nicht ganz sicher, ob wir nur die Papiere durch den Reißwolf jagen oder auch die Dateien auf unserem Server jedes Jahr durchlöschen. Lassen Sie mich mal eben nachsehen.«

Gespannt sah Sina zu, wie die Hoteldirektorin einige Minuten lang auf ihrer Tastatur tippte und mit der Maus klickte. »Die Dienstpläne von 2003 sind leider tatsächlich nicht mehr gespeichert, tut mir leid.

Was ich noch habe, ist eine Aufstellung aller Anstellungsverhältnisse. Diese Liste ist lückenlos, darin sind auch alle Mitarbeiter aufgeführt, die 2003 hier im Hause gearbeitet haben.«

Besser als nichts, dachte Sina und lächelte Ritter an. »Wäre es möglich, diese Namen zu erfahren?«

Wieder machte die Direktorin sich an ihrer Maus zu schaffen. »Ich drucke Ihnen die Namen aus.«

Sina atmete erleichtert auf. Sie hatte befürchtet, Paula Ritter würde auf Vorlage eines gerichtlichen Beschlusses bestehen.

Wenig später zog Ritter ein Blatt aus dem Drucker, der schräg hinter ihr auf einem niedrigen Aktenschrank stand. »Hier bitte. Hinter den Namen steht auch die jeweilige Tätigkeit. Im Jahr 2003 hatten wir drei Rezeptionisten. Außerdem hatten auch unsere beiden Auszubildenden manchmal Empfangsdienst. Das macht also insgesamt fünf Personen.«

Sina nahm den Ausdruck entgegen und überflog ihn. Dann deutete sie auf den Stiftebehälter auf Ritters Schreibtisch. »Darf ich?«

»Bitte.«

Sina nahm sich einen gelben Stabilo Boss und markierte die fünf Namen. »Was ist mit den anderen vier Mitarbeitern? Wer von denen arbeitet ebenfalls noch hier?«

»Nur Barbara Scholz, eine der beiden Auszubildenden. Elsa Höper ist in Rente, lebt aber soweit ich weiß, noch auf Sylt. Sie war damals als Empfangschefin meine Vorgesetzte. Wo die anderen beiden jetzt arbeiten und leben, weiß ich leider nicht.«

Sina reichte Sven den Ausdruck und zog die Fotos von Dana Manthey und Felix Jessel, die sie mitgebracht hatte, aus der Tasche. »Dann fangen wir gleich mit Ihnen an.« Sie legte zwei Fotos von Dana vor Paula Ritter auf die Tischplatte. »Das sind Fotos von Dana Manthey, die kurz vor deren Verschwinden aufgenommen wurden. Haben Sie Dana jemals hier im Hotel gesehen?«

Ritter nahm die beiden Fotos, betrachtete sie kurz. »Das kann ich Ihnen tatsächlich beantworten. Nein, ich habe Dana Manthey nie gesehen, weder hier noch irgendwo anders. Dessen bin ich mir ganz sicher. Ich kenne sie nur von Zeitungsfotos und aus dem Fernsehen.«

Sie reichte Sina die Fotos zurück. »Ich habe damals den Fall mit großer Anteilnahme verfolgt. Dana war bei ihrem Verschwinden genauso alt wie meine kleine Schwester. Ich habe mich sogar mit einigen Kollegen an der Suchaktion beteiligt.«

Paula Ritter klang, als sei sie sich ihrer Sache sehr sicher. Sina konnte auch gut nachvollziehen, dass sich die Hoteldirektorin damals sofort an Dana erinnert hätte, wenn sie diese so kurz vor deren Verschwinden in ihrem Hotel gesehen hätte.

Aber das gilt dann wohl auch für die anderen Angestellten. Außer da war jemand dabei, der generell nie Nachrichten las oder fernsah.

»Wie sieht es mit diesem Mann aus?« Sina schob das 2002 aufgenommene Foto von Felix Jessel über den Tisch, das Sven von der Sekretärin des Theodor-Storm-Gymnasiums erhalten hatte.

Dieses Bild betrachtete Paula Ritter ein wenig länger. Dabei erschien eine steile Falte zwischen ihren Augenbrauen.

»Hm, ich bin mir nicht ganz sicher«, sagte sie schließlich.

Sina ließ den Blick nicht vom Gesicht der Hoteldirektorin.

Ritter hielt das Foto am ausgestreckten Arm von sich, kniff ein Auge zu. Dann legte sie das Bild auf den Schreibtisch und bedeckte einen Teil mit zwei Fingern. Schließlich sah sie Sina an. »Ich denke, ich kenne diesen Mann. Ich glaube, er trug seine Haare ein wenig anders als auf diesem Foto.«

»War er ein Hotelgast? Kam er vielleicht sogar öfter her?«, fragte Sina. Selbst in ihren eigenen Ohren klang ihre Stimme ein wenig atemlos.

Paula Ritter lehnte sich in ihrem Bürostuhl zurück und schloss kurz die Augen. »Ja, er war auf jeden Fall ein Gast und ich verbinde eine unangenehme Erinnerung mit ihm. Ich komme im Moment nur nicht drauf, was genau es war. Ich sehe sein Gesicht vor mir und er ist aufgebracht. Nein, das wäre zu viel gesagt. Verärgert, das trifft es eher.«

Sina hielt die Luft an. *Ein verärgerter Felix Jessel im Hotel Dünenkamm? Aber natürlich, er wollte die Rechnung nicht voll bezahlen. Kann es denn wirklich sein, dass Frau Ritter die Rezeptionistin war, mit der er über den Zimmerpreis verhandeln wollte?*

Sina überlegte, ob sie Paula Ritter konkret danach fragen oder ob sie noch ein wenig warten sollte, falls sich die Direktorin von alleine erinnerte. Sie entschied sich für Letzteres.

Paula Ritter hielt den Blick auf den Bildschirm ihres Laptops gerichtet, schien tief in Gedanken versunken. »Es war definitiv an der Rezeption. Ich glaube, er checkte aus und hat sich über irgendetwas beschwert.«

Sina tauschte einen Blick mit Sven. Der nickte ihr zu.

Doch bevor Sina eine weitere Frage stellen konnte, klopfte Ritter mit den Fingerknöcheln auf die Tischplatte. »Aber natürlich, jetzt weiß ich es wieder. Er wollte nicht den vollen Preis zahlen!«

Das deckt sich mit Felix Jessels Aussage. Nur leider wissen wir nicht, an welchem Datum das war.

»Hotelrechnungen und Gästelisten gehören auch zu den Unterlagen, die Sie nach zehn Jahren vernichten, oder?«

Paula Ritter gab das Foto des Lehrers zurück. »Ja, aber ich sehe gerne nach, ob es vielleicht noch digitale Kopien gibt.« Sie nickte in Richtung des Bildes in Sinas Hand. »Suchen Sie den Namen dieses Mannes? Hat er etwas mit Dana Mantheys Tod zu tun?«

»Er ist ein wichtiger Zeuge«, sagte Sina vage. »Aber seinen Namen wissen wir. Falls Sie noch Dateien von 2003 hätten, müssten Sie also nur nach diesem Namen suchen.«

Ritter war bereits wieder mit Tastatur und Maus beschäftigt, sah hoch konzentriert auf den Bildschirm. Nach einigen Minuten schüttelte sie den Kopf. »Nein, tut mir sehr leid. Da gibt es nichts mehr. Alles gelöscht.« Ihre Stimme klang, als meinte sie dies ehrlich. »Gibt es noch irgendetwas anderes, wobei ich Ihnen helfen kann?«

»Ja, arbeitet Barbara Scholz heute?«, fragte Sina. »Wir würden uns auch gerne mit ihr unterhalten.«

»Nein, sie hat heute frei. Aber ich gebe Ihnen gerne die Adresse. Auch die letzte uns bekannte Anschrift von Frau Höper kann ich Ihnen ausdrucken. Sie ist erst vor einigen Jahren in Rente gegangen, vielleicht ist sie ja seitdem nicht umgezogen.«

***

»Frau Ritter ist sich zwar ganz sicher, dass sie Dana nie im Hotel gesehen hat, aber das beweist leider gar nichts«, meinte Sina. Sie ging mit Sven über den Parkplatz hinter dem Hotel Dünenkamm.

»Sie könnte das Hotel betreten haben, als die Rezeption gerade kurz unbesetzt war«, stimmte Sven zu. »Aber das würde dann die Frage aufwerfen, wie sie das Haus wieder verlassen hat.«

»Sie war mit Jessel auf dem Zimmer, es kam zum Streit, sie ging wieder. Daraufhin checkte er aus«, überlegte Sina. »Später am Abend oder in der Nacht trafen die beiden wieder aufeinander und er tötete sie.«

Sie bemerkte Svens skeptischen Blick. »Nein, das haut nicht hin. Wenn sie nach einem Streit mit Jessel fluchtartig das Hotel verlassen hätte, wäre sie doch wohl nach Hause oder zu Leonie gefahren.«

»Moment«, sagte Sven, blieb stehen und hob eine Hand. »Was, wenn sie zwar, wie du gerade überlegt hast, das Hotel verließ, weil es Unstimmigkeiten zwischen ihr und Jessel gab, aber eben nicht nach Hause oder zu ihrer Freundin fuhr, sondern ihr der Streit nach einer Weile leid tat und sie stattdessen zu Jessel nach Hause gefahren ist, um sich mit ihm auszusprechen?«

Wie elektrisiert sah Sina Sven an und blieb ebenfalls stehen. »Das ist eine gute Theorie. Sie taucht bei Jessel daheim auf oder wartet sogar schon vor der Haustür auf ihn. Er ist stinksauer, dass sie ihn daheim aufsucht, weil, was, wenn die Nachbarn etwas mitbekommen? Also lässt er sie schnell ins Haus, bevor sie noch jemand sieht ...«

»... aber dann streiten sie weiter und Jessel tötet sie im Affekt«, ergänzte Sven. Er setzte sich wieder in

Bewegung und öffnete den Wagen mit der Fernbedienung.

Stöhnend verbarg Sina das Gesicht in den Händen. »Dann können wir uns eigentlich sämtliche weiteren Befragungen sparen. Denn Jessel könnte danach gut und gerne noch in den Anker gegangen sein und dort mit seinem Kumpel geredet haben. Das wäre dann ein Alibi, das so und so nichts wert ist. Die Leiche hätte er dann später in der Nacht vergraben.« Sie lief hinter Sven her und zog die Beifahrertür auf.

»Zu einer Uhrzeit, zu der niemand mehr unterwegs ist und er nicht entdeckt werden kann«, meinte Sven. Er sah Sina über das Wagendach hinweg an. »Also, was jetzt? Doch nicht zu Rainer Barth?«

Sina schüttelte den Kopf. »Das wäre nur Zeitverschwendung. Lass uns aufs Revier zurückfahren und beratschlagen, wie wir am besten weiter vorgehen.«

***

Sina blätterte durch ihre Notizen, suchte in einem Stapel Ausdrucke. Als sie schließlich das Gesuchte gefunden hatte, schob sie es Sven zu, der ihr gegenüber an ihrem Schreibtisch saß. »Da ist etwas, das ich nicht verstehe. Wenn Jessels Aussage wahr ist, dass er um 19 Uhr mit Dana verabredet war, warum hat sie ihr Elternhaus dann schon kurz nach 15 Uhr verlassen? Was hat sie fast vier Stunden lang getan? Wo ist sie hingefahren, bevor sie ins Hotel wollte?«

»Wenn Jessel die Wahrheit sagt, ist Dana in diesen vier Stunden verschwunden.« Sven tippte mit dem Zeigefinger auf den Ausdruck.

»Zwischen 15 und 19 Uhr am sechsten Juni 2003«, sagte Sina leise. »Warum hat sich nie ein

Zeuge gemeldet, der sie an diesem Nachmittag gesehen hat? Wie Paula Ritter so richtig sagte, die ganze Insel hat doch regen Anteil an Danas Verschwinden genommen.«

»Es hat sich nie ein Zeuge gemeldet, weil schlichtweg niemand Dana an diesem Nachmittag gesehen hat«, meinte Sven. »Das würde bedeuten, dass sie sich an einen nicht-öffentlichen Platz begeben hat. In jemandes Haus oder Wohnung.«

»Wir müssen also diesen Jemand finden und dann haben wir ihren Mörder.« Sina verschränkte die Arme.

Sven stand auf und trat an die Karte von Sylt, die an der Wand von Sinas Büro hing. »Die Mantheys wohnten damals ungefähr hier.« Er tippte auf einen Punkt auf der Karte. »Das Hotel Dünenkamm liegt hier. Das sind Luftlinie schätzungsweise sechs, sieben Kilometer. Für diese Strecke hätte Dana mit dem Rad maximal 25 Minuten gebraucht, eher weniger.«

Sina trat neben Sven und betrachtete die Karte. »Was also hat sie in diesen dreieinhalb Stunden getan?«

»In der Zeit hätte sie so ziemlich überall hin radeln können«, seufzte Sven. »Okay, vielleicht nicht gerade bis rauf zum Ellenbogen, dann hätte sie es wohl nicht rechtzeitig bis sieben ins Hotel Dünenkamm geschafft.«

»Hat sie ja auch nicht«, meinte Sina nachdenklich. Ihr Blick wanderte in die Ecke ihres Büros, wo der Karton mit Danas Sachen stand.

***

Joshua nahm einen großen Schluck aus seiner Bierflasche. Er unterdrückte ein Rülpsen und stellte die fast leere Flasche auf dem Nachttisch ab. Sie gesellte sich zu einer bereits geleerten Dose Red Bull.

Er saß im Schneidersitz auf dem Bett in seinem Pensionszimmer, Kopfhörer auf den Ohren, Smartphone auf der Tagesdecke neben sich.

Es ist absolut nichts Brauchbares dabei. Nichts. Selbst wenn ich was faken wollte und einzelne Wörter aneinanderfügen würde, käme ich damit nicht weit.

Frustriert nahm Joshua die Kopfhörer ab und stand auf. Er ging ins Bad und schaufelte sich einige Handvoll eiskaltes Wasser ins Gesicht.

Diese Kommissarin hatte kaum ein Wort gesagt. Und wenn, dann hatte sie Rückfragen zu dem gestellt, was ihr Joshua erzählte. Oder vielmehr, was ihr Michael Jansen erzählte.

Außerdem hatte ich die ganze Zeit das Gefühl, die durchschaut mich. Die hat mich doch total misstrauisch beäugt. Oder bilde ich mir das nur ein?

Joshua seufzte und drehte den Wasserhahn wieder zu. Da hatte er sich eine rasante Story ausgedacht, hatte seinen Text in eben diesem Bad vor dem Spiegel eingeübt, war ganz und gar in seiner Rolle als Michael Jansen aufgegangen und jetzt hatte er nicht einmal ein knackiges Zitat von der ermittelnden Kommissarin.

Dabei hätte mir doch ein Satz gereicht, in dem sie zum Beispiel sagt, dass sie zahlreichen Spuren nachgehen. Irgendwas halt.

Er ging zurück ins Schlafzimmer und starrte seine überdimensionierten Notizblätter an, die er an der Wand über dem Schreibtisch befestigt hatte.

Ich habe nichts Neues für meinen Podcast, aber

falls ich auffliege, kriege ich jede Menge Ärger an den Hals. Was ich da abgezogen habe, erfüllt doch sicher irgendeinen Straftatbestand. Irreführung der Behörden oder so was in der Art.

Schwer ließ Joshua sich auf das schmale Einzelbett fallen und bedeckte die Augen mit den Händen. *Eigentlich habe ich mir die Arbeit hier auf der Insel mit meiner Scharade nur noch schwerer gemacht. Jetzt muss ich auch noch aufpassen, dass ich dieser Marten nicht noch mal über den Weg laufe. Mittlerweile hat die doch sicher schon gerafft, dass weder Michael Jansen noch sein Onkel Elias Krüger existieren. Wenn ich der irgendwo auf der Straße begegne, kassiert die mich wahrscheinlich direkt ein.*

Er nahm die Hände herunter und starrte an die Decke.

Was habe ich noch für Ansatzpunkte? Ich habe die Namen und Adressen von ein paar anderen Klassenkameraden, die ich online auf Friends Forever gefunden habe. Ich weiß, dass Danas beste Freundin Leonie B. hieß. Auf meiner Liste steht eine Leonie Wilke, das wird die sein. Mit der müsste ich reden. Oder ich lasse mir was einfallen, wie ich mich doch noch mal an die Eltern ranmachen kann.

Doch als Joshua daran zurückdachte, wie ihm Christiane Manthey ohne ein weiteres Wort die Tür vor der Nase zugemacht hatte, verwarf er diesen Gedanken.

Die haben erst vor Kurzem erfahren, dass ihre Tochter ermordet worden ist. Egal, was ich mir da für einen Vorwand ausdenke, um doch noch an die ranzukommen, die werden sich nicht mit mir unterhalten. Ganz abgesehen davon, dass das moralisch echt schwach von mir wäre. Eine Polizistin anlügen ist eine Sache, trauernde Eltern verarschen eine ganz andere.

Er beschloss, sich auf die Suche nach der Adresse von Leonie Wilke zu machen und setzte sich an den kleinen Schreibtisch, auf dem sein Laptop stand.

Bevor er im Online-Telefonbuch nach sämtlichen Personen mit dem Nachnamen Wilke auf Sylt suchte, öffnete Joshua die Website des Sylter Boten.

Als er die Schlagzeile sah, hielt er den Atem an.

Daran habe ich ja gar nicht gedacht! Aber klar, das musste ja früher oder später kommen.

Hastig überflog er den Text unter der Überschrift.

Übermorgen. So lange kann ich auf jeden Fall noch auf Sylt bleiben. Dann suche ich jetzt nach dieser Leonie, versuche morgen, mich mit der zu unterhalten und übermorgen gehe ich aufs Ganze.

Er holte eine Übersichtskarte von Sylt auf den Bildschirm und suchte nach dem Sylter Zentralfriedhof.

Dem Friedhof, auf dem Danas Begräbnis stattfinden würde.

Das Begräbnis, zu dem laut Sylter Boten neben den engsten Familienangehörigen und Freunden des Mordopfers zahllose Trauernde erwartet wurden.

Da kann ich im Podcast locker drei, vier Minuten drüber quasseln. Ich erzähle, wie die Atmosphäre war, wie viele Leute da waren. Und wenn alles vorbei ist, mache ich noch ein Foto vom Grab, die Beschreibung packe ich dann auch noch in die Sendung. Perfekt.

Joshua hielt inne. *Au weia, was, wenn die Marten da auch hingeht? Das sieht man doch in jedem Fernsehkrimi, dass die Ermittler beim Begräbnis des Opfers nach Verdächtigen Ausschau halten.*

Er zupfte kurz an seiner Unterlippe, dann zuckte er mit den Schultern.

Da werden so viele Leute rumrennen, da gehe ich in der Menge unter. Ich setz mir einfach 'ne Mütze auf und wenn die Sonne scheint noch 'ne Sonnenbrille. Dann erkennt die mich schon nicht.

Kapitel acht

Der Umzugskarton in der Ecke von Sinas Büro war zum größten Teil wieder eingeräumt. Nur die vier Notizbücher, die noch auf Sinas Schreibtisch lagen, fehlten.

Mittlerweile hatte Sina schon das Gefühl, die letzten Tagebucheinträge von Dana Manthey auswendig zu kennen. Den Büchern, in denen die Schülerin sich Notizen für ihre Artikel gemacht hatte, hatte Sina allerdings bis jetzt noch nicht allzu viel Aufmerksamkeit gewidmet.

Genau wie in den Tagebüchern hatte Dana auch ihre Notizen datiert. Allerdings waren die Notizbücher ein wenig anders strukturiert: Hier hatte Dana, sobald sie sich etwas zu einer neuen Idee notiert hatte, immer einige Seiten freigelassen, damit sie alle Notizen zu einem Thema auf aufeinanderfolgende Seiten schreiben konnte. Die erste Seite eines solchen Blocks von Notizen hatte sie jeweils mit einem schmalen neon-pinken Post-it eingemerkt.

Sina sah sich alle auf diese Weise markierten Seiten an. Da gab es eine Liste mit Namen möglicher Interviewpartner unter der Überschrift *Sylter Persönlichkeiten.*

Die Serie, die Matthias Wilke erwähnt hat. Für die sie noch kurz vor Danas Verschwinden einen Künstler interviewt haben.

Sina sah, dass drei Zeilen dieser Liste mit einem Häkchen versehen waren.

Regina Baumann, Gastronomin
Dirk Tesch, Unternehmer
Skip Arnold, Künstler

Das bedeutet dann wohl, dass die Artikel über die

ersten beiden im Storm erschienen sind, aber das Interview mit Skip Arnold wurde nie gedruckt.

Plötzliche Traurigkeit überkam Sina. So viele Ideen und Pläne hatte Dana Manthey gehabt, so wenig davon hatte sie in ihrem kurzen Leben realisieren können.

Sina schluckte, überflog flüchtig die restlichen Namen. Ein Krabbenfischer, eine Architektin, eine Immobilienmaklerin, ein Manager, eine Schauspielerin, ein Journalist, dessen Name Sina vage bekannt vorkam.

Schreibt wahrscheinlich immer noch für den Sylter Boten.

Sina blätterte weiter. Notizen und Interviewfragen für den Artikel über Regina Baumann. Dana hatte zuerst eine Kurzbiographie der Restaurantbesitzerin verfasst und dann Fragen zu deren Werdegang und Beziehung zu Sylt notiert.

Die Fragen für Dirk Tesch und Skip Arnold sahen ähnlich aus. Was trieb sie in ihrem Beruf an, was verband sie mit Sylt, was für Anekdoten konnten sie aus ihrem Leben auf der Insel erzählen?

Macht richtig Lust, die beiden fertigen Artikel zu lesen, dachte Sina und blätterte weiter.

Ideen für eine Artikelreihe über Prüfungs- und Zeugnisangst. Sina las, dass Dana Schüler, Lehrer und sogar einen Psychologen zu diesem Thema befragen wollte.

Dann folgten zwei Seiten hingekritzelte Notizen über das Schulsportfest.

Die hat sie wohl vor Ort gemacht, mit dem Notizbuch auf den Knien. Sonst ist ihre Handschrift die reinste Schönschrift.

Sina lächelte, als sie sah, dass Matthias Wilke den

500-Meter-Lauf gewonnen hatte. Doch als sie umblätterte, runzelte sie die Stirn. Die nächste Seite war nicht mit einem Post-it markiert und es gab auch keine eindeutige Überschrift wie bei den bisherigen Einträgen.

Stattdessen standen in der ersten Zeile drei schwungvoll aufs Papier gebrachte Fragezeichen. Daneben das Datum: *1.6.'03*

So muss man sich als Enthüllungsjournalistin fühlen, hatte Dana geschrieben. *Ich denke, ich bin da einer ganz brisanten Sache auf der Spur. Wenn ich recht habe, ist das definitiv zu groß für den Storm. Wahrscheinlich sogar für den Sylter Boten. Dann muss ich damit zu einer der großen Wochenzeitschriften gehen: Stern, Focus, vielleicht sogar Spiegel. Ich bin ja so aufgeregt. Ich kann es gar nicht erwarten, weiter zu recherchieren.*

Sina griff nach der Wasserflasche, die sie immer auf dem Schreibtisch stehen hatte, und nahm einen großen Schluck, dabei löste sie den Blick nicht von der Notizbuchseite.

Was um alles in der Welt schreibt sie da? Sie dachte, sie wäre an einer Story dran, die Spiegel-Format hatte?

Sina stellte die Flasche beiseite und blätterte weiter. Doch die restlichen Seiten des Notizbuches waren leer. Sie hatte den letzten Eintrag vor sich, den Dana in dieses Notizbuch geschrieben hatte.

Sie konnte es gar nicht erwarten, weiter zu recherchieren. Das hat sie fünf Tage vor ihrem Verschwinden geschrieben. Aber trotzdem hat sie danach nichts weiter notiert. Keine Ideen oder Gedanken, keine Rechercheansätze, nur diese vage Andeutung. Dabei war sie doch sonst so gründlich und hat ausführliche Notizen gemacht.

Sina stützte die Ellbogen auf die Schreibtischplatte. *Weiter recherchieren, steht da. Das heißt, sie hatte schon angefangen.*

Sie schielte zu dem Karton in der Ecke ihres Büros.

Habe ich etwas übersehen? Wenn, dann befindet sich dieses mysteriöse bereits vorhandene Recherchematerial in den losen Blättern oder in den Schnellheftern. Oder ihre Eltern haben es weggeworfen, das ist wohl am wahrscheinlichsten.

Sina griff nach ihrem eigenen Notizbuch, schrieb sich das Datum erster Juni 2003 auf und dass Dana der Meinung gewesen sei, einer aufregenden Story auf der Spur zu sein. Darunter vermerkte sie, dass sie noch einmal die Ausdrucke durchgehen wollte, die sie bereits schon wieder in den Umzugskarton gepackt hatte. Außerdem wollte sie Leonie und Matthias Wilke fragen, ob Dana mit ihnen über ihr Rechercheprojekt gesprochen hatte.

Es muss sich um irgendetwas gehandelt haben, das Dana als Skandal ansah. Nach allem, was ich bisher über sie gehört und von ihr gelesen habe, habe ich von Dana das Bild einer intelligenten jungen Frau gewonnen. Die analytisch und rational dachte. Sicher war sie auch eine Träumerin, die eines Tages als Journalistin die Welt bereisen und für große Publikationen arbeiten wollte. Aber den Eindruck, dass sie eine Fantastin war, die sich leicht in Dinge hineinsteigerte, habe ich nicht von ihr. Wenn sie dachte, ihre Story hätte ein so großes Kaliber, dass sie vielleicht sogar den Spiegel interessieren könnte, dann muss da schon irgendwas dran gewesen sein.

Sina starrte ins Leere.

Vielleicht sogar ein so großes Kaliber, dass es sich für jemanden lohnte, Dana zu töten, damit sie nie die Gelegenheit bekam, ihre Story zu schreiben?

***

Sina hatte beschlossen, zuerst Matthias Wilke erneut zu befragen. *Wenn Dana irgendjemandem anvertraut hat, was für einer großen Story sie da auf der Spur war, dann ja wohl ihrem engsten Mitarbeiter bei der Schülerzeitung.*

Sina hatte eine Fotokopie der entsprechenden Seite angefertigt und sich mit Sven auf den Weg zu den Wilkes gemacht.

Dort saßen sie nun erneut in der Wohnküche auf der gepolsterten Holzbank und Matthias Wilke studierte Danas Notizen.

Bereits an seiner ratlosen Miene konnte Sina ablesen, dass er ihr wohl nicht weiterhelfen konnte.

»Es tut mir wirklich sehr leid«, sagte Wilke schließlich und hob die Fotokopie hoch. »Ich habe keine Ahnung, worüber sie hier geschrieben hat.«

»Bei unserem letzten Gespräch hatten Sie erzählt, dass Sie zuletzt mit Dana an der Serie über Sylter Persönlichkeiten gearbeitet hätten", sagte Sina.

»Ja, genau. Wir hatten Skip Arnold, einen Sylter Künstler, in seinem Haus besucht. Das sollte der nächste Teil in der Serie über prominente Sylter werden. Dana interviewte ihn und ich machte Fotos, sowohl vom Künstler selbst als auch von seinem Haus und Atelier«, antwortete Wilke.

»Waren Sie bei dem Interview dabei oder waren Sie damit beschäftigt, Ihre Fotos zu machen?«, wollte Sina wissen.

»Während des Interviews saß ich neben Dana. Die Fotos haben wir separat gemacht. Erst führte Arnold uns durch sein Haus und zeigte uns alles, dabei habe ich fotografiert. Dann hat er noch für ein paar Aufnahmen in seinem Atelier posiert und dann hat Dana ihre Fragen gestellt.«

»War bei diesen Fragen etwas Ungewöhnliches dabei? Oder bei Arnolds Antworten?«, fügte Sina rasch hinzu, als ihr wieder einfiel, dass sie ja die Fragen studiert hatte, die Dana vorbereitet hatte. Zumindest in ihren Notizen hatte es nichts Auffälliges gegeben.

Wilke dachte nach, runzelte die Stirn, doch dann schüttelte er den Kopf. »Nein, es war das Übliche. Werdegang, seine Arbeit, was ihn mit Sylt verbindet. Ich weiß noch, dass Arnold ein paar lustige Anekdoten erzählt hat und dass er gerne surfte. Er hatte ein cooles Surfbrett, das seine kleine Tochter bemalt hatte.«

Bei der Erinnerung lächelte Matthias Wilke. »Nein, an dem Interview mit Arnold war absolut nichts brisant.« Er malte Anführungszeichen in die Luft, als er das Wort *brisant* aussprach. »Wegen dieser Reportage hat Dana sich sicher nicht als Enthüllungsjournalistin gesehen.« Er überlegte kurz. »Wollen Sie vielleicht die Fotos sehen, die ich damals gemacht habe?«

»Wenn Sie die noch haben, gerne.« Sina war ein wenig überrascht, dass Wilke so alte Fotos offensichtlich nicht nur aufbewahrt, sondern auch griffbereit hatte.

»Ich habe alles aufgehoben. Fotografie ist ja nach wie vor meine große Leidenschaft, da werfe ich nichts weg«, erklärte er.

Matthias Wilke führte Sina und Sven in einen Raum, der als Arbeitszimmer eingerichtet war. Neben einem Schreibtisch, auf dem ein überdimensional großer Bildschirm stand, der für Sina nach dem allerneuesten Stand der Technik aussah, dominierten mehrere Aktenschränke den Raum.

Wilke ging vor einem dieser Schränke in die Knie. »Meine ältesten Aufnahmen sind in der untersten Schublade«, erklärte er. »2003 hatte ich noch keine Digitalkamera. Ich habe mit der Fotografie angefangen, als ich den alten Fotoapparat von meinem Opa bekommen habe. Bis 2005 lief bei mir noch alles analog.« Er lachte. »Den Apparat habe ich immer noch, der ist nicht kaputt zu kriegen. Manchmal benutze ich ihn sogar heute noch.«

Er zog mehrere prall gefüllte Pappordner aus der Schublade und ging zum Schreibtisch. Dort öffnete er den ersten Ordner. Sina und Sven stellten sich neben Matthias Wilke und sahen zu, wie er rasch den Inhalt durchblätterte.

»Hier, das sind alle Fotos von Arnold.« Wilke reichte Sina einen dicken Packen Fotos. Dann gestikulierte er zu den anderen Ordnern. »Das sind alle Aufnahmen, die ich je für den Storm angefertigt habe.« Er blätterte zum Ende des geöffneten Ordners. »Die Negative habe ich auch aufgehoben.«

Sina warf einen flüchtigen Blick auf einige der Fotos, die sie in der Hand hielt. *Auf die Schnelle werde ich hier nichts finden, ich müsste ihn bitten, uns die Fotos für eine Weile zu überlassen.*

Ein wenig zaghaft sah sie auf die drei Ordner. Wilke war offensichtlich mit großer Begeisterung bei der Sache gewesen. Es würde ziemlich lange dauern, sich diese Fotos alle genau anzusehen.

Ist das reine Zeitverschwendung oder könnte sich in diesen Bildern ein entscheidender Hinweis verbergen?

»Sie können die Fotos gerne mitnehmen«, sagte Matthias Wilke, als hätte er Sinas Gedanken gelesen. »Solange ich sie irgendwann wiederbekomme.«

Sina nickte, immer noch ein wenig unschlüssig. Doch dann gab sie Wilke die Fotos zurück, die sie in der Hand hielt, damit er sie wieder einordnen konnte. »Ja, danke, das wäre sehr gut. Ich schreibe Ihnen eine Quittung.«

***

»Da haben wir uns was aufgehalst«, sagte Sven, als Sina die dicken Foto-Ordner auf ihren Schreibtisch packte.

»Nicht nur damit«, sagte sie und deutete auf den Umzugskarton in der Ecke ihres Büros. »Auch Danas Sachen müssen wir noch einmal genauer durchsehen.«

Sven verdrehte die Augen. »Du meinst die ganzen losen Notizzettel, die da drin liegen?«

»Beschwer dich nicht«, sagte Sina. »Ich könnte mir auch eine bessere Beschäftigung vorstellen. Ich habe mittlerweile schon das Gefühl, als hätte ich die letzten Tage gar nichts anderes getan, als ständig diesen Karton ein- und wieder auszuräumen.«

Sven klatschte in die Hände. »Also, dann mal los.« Er setzte sich auf den Besucherstuhl und griff nach dem obersten der Ordner, die sie von Matthias Wilke erhalten hatten.

»Wir suchen nach Hinweisen darauf, was die große, brisante Story gewesen sein könnte, von der Dana geschrieben hat«, meinte Sina. »Also achte bei allen Fotos vor allem auch auf den Hintergrund. Vielleicht ist dort irgendetwas zu sehen, was Dana aufgefallen ist.«

»Ich werde mich bemühen«, murmelte Sven, während er den Inhalt eines der Ordner, den er sich auf den Schoß gelegt hatte, durchblätterte. Er zog ein Foto heraus und hielt es Sina hin. »Ich weiß aber wirklich nicht, was an diesen Fotos bemerkenswert sein könnte. Ein Sylter Künstler in seinem Atelier.«

Sina sah sich das Bild an. Es zeigte einen Mann, den sie auf Mitte bis Ende dreißig schätzte, der lachend vor einem Tisch stand, auf dem mehrere unförmige Holzstücke zu sehen waren. Mit einer Hand deutete der Mann auf ein farbenprächtiges Surfbrett, das an der Wand hing.

»Dann ist das wohl das von der Tochter bemalte Surfbrett«, meinte Sina. »Sicher keine Story für das Titelblatt des Spiegel.«

Sie wandte sich dem zweiten Ordner zu. Dieser enthielt Fotos von Schulveranstaltungen. Sina unterdrückte ein Stöhnen und machte sich mit zusammengebissenen Zähnen an die Arbeit.

Nach einer Weile sah sie aus dem Augenwinkel, wie Sven seinen Ordner zuklappte und zurück auf den Schreibtisch legte. »Ich finde da rein gar nichts.«

Sina wandte sich ihrem Kollegen zu. Der trommelte mit den Fingern auf den Pappdeckel des letzten Ordners. »Ich habe so das dumpfe Gefühl, das wir hier unsere Zeit verschwenden. Ich sollte vielleicht lieber die Aussage von diesem Michael Jansen prüfen. Das habe ich gestern nicht mehr geschafft.«

Sina sah Sven kurz verwirrt an, dann fiel ihr wieder ein, wer Michael Jansen war. Der Zeuge, der sie am Vortag aufgesucht hatte. »Ach ja, die Sache mit dem Onkel, der angeblich Fotos von Dana hatte.«

Sie hob die Schultern. »Jansen bildet sich das wahrscheinlich nur ein. Die junge Frau auf den Fotos sah Dana wahrscheinlich nicht einmal sonderlich ähnlich, hatte nur die gleiche Haarfarbe.«

Sven hielt sich eine Hand vor den Mund, unterdrückte offensichtlich ein Gähnen. »Du wirst recht haben. Er hat hier auf Sylt die Zeitung gelesen und dann machte seine Fantasie Überstunden. Aber sicher ist sicher.«

Sina nickte. »Kontaktiere am besten die Kollegen in Hamburg. Die sollen den Onkel befragen, wie hieß der noch gleich?«

»Elias Krüger«, sagte Sven. »Ich leier das jetzt sofort an. Dann können die den morgen früh befragen und wir sehen uns das wieder per Videolink an.«

Sina deutete auf den Wandkalender, der an ihrer Bürowand direkt neben einer großen Karte von Sylt hing. »Vergiss nicht, morgen Vormittag ist die Beerdigung.«

Sven verzog das Gesicht. »Das hatte ich ja total vergessen. Oder auch verdrängt. Müssen wir da wirklich hin?«

»Glaub mir, ich würde mir morgen Vormittag auch lieber eine Befragung ansehen«, meinte Sina düster. »Aber auch wenn uns die Beerdigung bei unseren Ermittlungen nicht weiterbringt, wir sind es Dana und ihrer Familie schuldig, unseren Respekt zu erweisen.«

Kapitel neun

Joshua zog am Schirm der Baseballkappe, die er sich in einem Souvenirgeschäft in Westerland gekauft hatte. Die Kappe zierte eine Silhouette der Insel und darunter stand in verschnörkelter Schrift *Sylt-Fan.* Zusätzlich trug der Podcaster eine billige Sonnenbrille aus demselben Geschäft. So ausstaffiert war er sich sicher, dass ihn Kommissarin Marten nicht erkennen würde, selbst wenn er ihr direkt gegenüberstünde.

Der Verfasser des Berichts im Sylter Boten hatte nicht übertrieben, als er geschrieben hatte, dass ein immenser Andrang erwartet wurde. Die Straße, die zum Haupteingang des Sylter Zentralfriedhofes führte, wurde zu beiden Seiten von Hunderten Trauernden und Schaulustigen gesäumt.

Wenn die nicht alle so betroffen dreinschauen würden und es nicht so gespenstisch still wäre, könnte man fast denken, hier wäre irgendein Umzug oder ein Volksfest.

Joshua war früh genug da gewesen, um einen Platz in vorderster Reihe zu ergattern, sodass er einen unverstellten Blick auf die Straße hatte. Er wollte unbedingt einige gute Fotos von dem Leichenwagen mit dem Sarg der vor so langer Zeit getöteten Schülerin.

Bis es so weit war, ließ er die Atmosphäre auf sich wirken. Am liebsten hätte er die Aufnahmefunktion seines Smartphones aktiviert und schon einige erste Eindrücke diktiert. Doch das wollte er angesichts der Tatsache, dass sich so viele Leute in Hörweite befanden, nicht riskieren.

Nicht, dass ich hier noch anecke. Lieber erst mal den Ball schön flach halten.

Ein Raunen ging durch die Menschenmenge, als sich in langsamem, dem traurigen Anlass angemessenen Tempo ein schwarzer Leichenwagen, gefolgt von zwei ebenfalls schwarzen Mercedes-Limousinen, näherte.

Einige Trauernde warfen Blumen auf die Straße, sobald der Leichenwagen an ihnen vorbeifuhr. Eine einzelne langstielige rote Rose blieb auf der Kühlerhaube liegen.

Jetzt zückte Joshua rasch sein Smartphone und schoss einige Fotos. Damit würde er auf keinen Fall unangenehm auffallen, denn so ziemlich jeder in seiner näheren Umgebung tat genau dasselbe.

Als die drei Wagen die Zufahrt zum Friedhof erreichten, zierten zahlreiche Blumen den Leichenwagen.

Die Menge begann sich zu zerstreuen, sobald die kleine Wagenkolonne außer Sicht war. Der Zutritt zum Friedhof selbst war heute Vormittag nur Angehörigen von Dana Manthey und von der Familie eingeladenen Gästen vorbehalten.

Joshua jedoch hielt die Stellung. Er wollte sehen, ob er einige der Trauergäste, die zu Fuß eintrafen, erkannte. Eine Aufzählung der entsprechenden Namen würde sich in seinem Podcast gut machen. Wer in den beiden Mercedes-Limousinen saß, hatte er nicht sehen können, da die Fensterscheiben getönt waren. Er ging jedoch davon aus, dass es sich um Dana Mantheys nächste Angehörige handelte.

Jetzt, da nur noch einige vereinzelte Grüppchen von Schaulustigen herumstanden, ging Joshua noch ein wenig näher auf das Eingangstor zu. Er blieb an einer der Absperrungen stehen und beobachtete, wie sich zwei ganz in Schwarz gekleidete Personen näherten, die sich an der Hand hielten.

Leonie und Matthias Wilke. Klasse, die beste Freundin und der Kumpel von der Schülerzeitung.

Joshua hob sein Handy und tat so, als ob er eine Textnachricht tippte. Doch tatsächlich hatte er die Kamera geöffnet und schoss rasch einige Fotos des Ehepaares Wilke.

Werde ich nicht auf meinem Blog posten können, aber gut als Gedächtnisstütze für meine Beschreibung.

Direkt hinter den Wilkes kam eine kleine Gruppe Trauergäste, die alle in einem ähnlichen Alter, Mitte bis Ende dreißig zu sein schienen.

Wahrscheinlich ehemalige Mitschüler, dachte Joshua und machte auch von ihnen ein paar heimliche Fotos. Vielleicht konnte er später einige dieser Personen anhand seiner Aufnahmen identifizieren.

Sobald er damit fertig war, sah er die Straße entlang. Er konnte niemanden mehr entdecken, der auf den Friedhofseingang zusteuerte. Joshua warf einen Blick auf seine Armbanduhr. Es war kurz vor elf.

Das war's wohl schon. In der Zeitung stand, um elf geht die Trauerfeier los.

Er lehnte sich lässig gegen die Absperrung und sah seine Fotos durch. Nach einem raschen Blick in alle Richtungen stellte er fest, dass sich niemand mehr in Hörweite befand.

Dann kann ich jetzt schon mal ein paar Notizen diktieren.

Er sprach seine Eindrücke des bisherigen Ablaufs in das Mikrofon des Handys, bemühte sich dabei aber natürlich trotzdem, seine Stimme gesenkt zu halten.

Er beschrieb gerade, wie Leonie und Matthias Wilke eingetroffen waren, als er aus dem Augenwinkel sah, dass sich jemand näherte.

Joshua hielt inne und drehte den Kopf. Ein Mann und eine Frau gingen langsam auf den Friedhofseingang zu. Beide waren normal gekleidet, trugen keine schwarze Trauerkleidung.

Den Mann hatte Joshua noch nie gesehen, doch die Frau erkannte er sofort. Kommissarin Marten.

Mit gespielter Nonchalance drehte er den beiden den Rücken zu und hob sein Handy ans Ohr. Trotz seiner Verkleidung mit Baseballkappe und Sonnenbrille kam er sich hier direkt vor dem Friedhofseingang sehr exponiert vor.

Langsam entfernte er sich von der Absperrung, während er immer noch so tat, als führe er ein Telefonat. Sein Nacken prickelte, er erwartete, jeden Moment die Stimme der Kommissarin zu hören, die ihn lautstark aufforderte, stehen zu bleiben.

Doch nichts geschah.

Als er schätzte, dass er sich mindestens zwanzig Meter von seinem vorherigen Standpunkt entfernt hatte, blieb Joshua stehen und sah sich um.

Die Kommissarin und ihr Begleiter waren verschwunden, sie hatten offenbar den Friedhof betreten, ohne dass Joshua ihnen aufgefallen wäre.

Super, sie hat mich nicht erkannt.

Erleichtert schob Joshua das Handy in die Tasche seiner Baggy Jeans und überlegte, wie er sich die Zeit vertreiben sollte, bis das Begräbnis vorüber war.

Am besten, ich hau jetzt ab und komm erst morgen wieder her, um den Grabstein zu fotografieren. Dann laufe ich nicht Gefahr, der Marten reinzurennen. Statt rumzuhängen und zu warten, kann ich meine Zeit besser nutzen, indem ich noch ein, zwei Leute befrage.

Als Joshua sich auf den Weg zu seinem abgestellten Leihfahrrad machte, pfiff er leise vor sich hin. Vielleicht würde er ja doch noch genug Material für einen gelungenen Podcast über Dana Manthey zusammenbekommen.

***

Sina und Sven schlüpften in die kleine Friedhofskapelle, die bereits bis auf den letzten Platz gefüllt war.

»Lass uns gleich hier neben der Tür stehen bleiben«, sagte Sina leise.

Sie ließ den Blick über die vollbesetzten Bankreihen wandern. Von hinten erkannte sie keinen der Trauergäste, ging jedoch davon aus, dass die Eltern und die Schwester von Dana Manthey ganz vorne saßen.

Leises Murmeln erfüllte den Raum, das Rascheln von Stoff gegen Holz, dazwischen ein schwaches Schluchzen.

Ein Pfarrer trat vor den Altar, Stille senkte sich über den Kirchenraum, sogar das Schluchzen verstummte.

»Wir sind heute hier zusammengekommen, um Dana Manthey zu gedenken«, hob der Pfarrer an. »Liebe Familie Manthey, liebe Trauergemeinde, es ist Zeit, Abschied zu nehmen von Dana.«

Sina ballte unwillkürlich die Hände zu Fäusten.

»Alle sind wir tief erschüttert, sowohl diejenigen unter uns, die Dana persönlich kannten, als auch die, die ihr nie begegnet sind. Obwohl Dana in so jungen Jahren von uns ging, war sie doch bereits eine strahlende Persönlichkeit. Mit ihrem jugendlichen Enthusiasmus, ihrer so großen Neugier auf das Leben und ihrem unermesslichen Engagement bereicherte sie das Leben aller in ihrem Umkreis.«

Das Schluchzen war zurück, lauter jetzt.

Auch Sina musste bei den Worten des Pfarrers hart schlucken. *Bleib neutral,* dachte sie. *Sei professionell. Du kannst und darfst dir hier keine Gefühlsduseligkeit erlauben.*

Die nächsten Worte des Pfarrers blendete Sina aus. Sie hielt den Blick stattdessen fest auf den Hinterkopf einer Frau in der vordersten Reihe geheftet, die sie für Danas Schwester Janine hielt.

»Wir teilen die tiefe Trauer darüber, dass Dana von uns genommen wurde«, drang schließlich die Stimme des Pfarrers wieder in Sinas Bewusstsein. »Zum Abschluss wird nun ihre Schwester Janine einige Worte sagen.«

Der Pfarrer trat beiseite und die junge Frau, auf der Sinas Blick die letzten Minuten geruht hatte, stand auf. Ihre Vermutung war richtig gewesen, es handelte sich tatsächlich um Janine Nyström.

Danas jüngere Schwester hielt ein Blatt Papier in der Hand, als sie sich der Trauergemeinde zuwandte. Bevor sie zu sprechen begann, räusperte sie sich. »Es fällt mir unendlich schwer, heute hier zu stehen und die richtigen Worte zu finden. Dana, du warst meine große Schwester. Du warst immer da, mein ganzes Leben lang, bis du eines schrecklichen Tages urplötzlich weg warst. Lange habe ich gewartet, gehofft, dass du zu uns zurückkommst. Wollte nicht akzeptieren, dass es ein Abschied für immer war, an jenem Junimorgen, nach dem Frühstück.«

Sinas Kehle wurde eng. Obwohl sie selbst keine Geschwister hatte, berührten Janines Worte sie doch zutiefst.

»Ich gestehe, ich war sogar eine Zeitlang wütend auf dich, dass du uns - Mama, Papa und mich - einfach so verlassen hast. Endlos lange imaginäre Streitgespräche habe ich mit dir geführt, habe dich gefragt, wo du bist und warum du uns nicht mehr lieb hast. Denn das war die einzige Erklärung, die ich mir zurechtlegen konnte: Dass du uns nicht mehr wolltest.«

In der Trauergemeinde wurden vereinzelte Schluchzer laut, Sina sah, wie mehrere Trauergäste Taschentücher zückten und sich über die Augen fuhren.

»Mit den Jahren wurde der Schmerz dumpfer, leichter zu ertragen. Bis die alte Wunde wieder aufgerissen wurde. Die traurige Gewissheit, dass du nicht freiwillig fortgegangen bist, um anderswo ein besseres Leben zu führen, sondern dass du so grausam aus unserer Mitte gerissen wurdest, war fast mehr als ich ertragen konnte. Auf jeden Fall schwerer zu ertragen als der Gedanke, dass du anderswo ein glücklicheres Leben führtest ohne uns. Denn glaube mir, kleine Schwester, ich wünsche mir nichts sehnlicher, als dass meine damalige Wut auf dich gerechtfertigt gewesen wäre. Dass du aus freiem Antrieb auf und davon gegangen wärest.«

Obwohl Sina ganz hinten stand, konnte sie doch sehen, wie sich eine glänzende Träne ihren Weg über Janines Wange bahnte.

»Ich wünschte, du wärest an einem Ort, an dem du glücklich bist. Doch vielleicht hast du ja dort, wo du seit zwanzig Jahren bist, Frieden gefunden. Ich wünsche es dir so sehr.«

Janine Nyström senkte den Kopf und faltete das Blatt, von dem sie abgelesen hatte, zusammen. Dann ging sie zurück an ihren Platz in der vordersten

Bankreihe.

»Lass uns rausgehen«, sagte Sina leise zu Sven. »Ich brauche dringendst frische Luft.«

Ihr Kollege nickte nur.

Sinas Herz war schwer, als sie die Kapelle verließen. Der grau verhangene Himmel passte genau zu ihrer Stimmung: trostlos, hoffnungslos.

Sina schluckte, doch dann reckte sie trotzig das Kinn. *Nein, nicht hoffnungslos. Ich werde alles tun, um den zu finden, der Dana und ihrer Familie das angetan hat. Egal, wie lange es dauert, egal, wie viele Stunden ich mich mit möglichen Zeugen unterhalten und alte Unterlagen durchsehen muss. Ich werde die Hoffnung nicht aufgeben. Ich werde diesen Fall lösen.*

***

Joshua saß wieder in seinem Pensionszimmer vor dem Laptop und nahm einige neue Teile für seinen Podcast auf. Seine Beschreibung der Atmosphäre bei der Beerdigung von Dana hatte er mit Mühe und Not auf drei Minuten ausgewalzt.

Jetzt fasste er ein Interview in Kurzform zusammen, das er gerade eben geführt hatte. Sonja Fischer, die ehemalige Geschichtslehrerin von Dana Manthey, hatte sich bereit erklärt, sich mit Joshua zu unterhalten.

»In einem Gespräch mit einer früheren Lehrerin konnte ich erfahren, dass Dana mit großer Leidenschaft ihren Berufswunsch Journalistin verfolgte. Sie interessierte sich brennend für Politik und Geschichte und schrieb in der Schülerzeitung unter anderem eine Serie, in der sie bekannte Sylter Persönlichkeiten interviewte. Leider wurde ihrem jungen Leben ein Ende gesetzt, bevor sie ihre großen Pläne und Träume verwirklichen konnte.«

Joshua stoppte die Aufnahme und verzog das Gesicht. *Nein, das ist nicht gut, das muss ich irgendwie anders angehen.*

Er seufzte und nahm sich noch einmal die Notizen vor, die er sich zu dem Gespräch mit der Lehrerin gemacht hatte.

Sonja Fischer hatte sich an überraschend viele Einzelheiten über Dana erinnern können. Trotzdem war Joshua mit den Informationen, die er erhalten hatte, nicht sonderlich zufrieden.

Was bringt es mir, wenn ich jetzt sogar weiß, dass sich Dana kurz vor ihrem Verschwinden ganz besonders für die Nazizeit interessiert hat? Dass sie ihrer Lehrerin außerhalb der Unterrichtsstunden zu den Themen entartete Kunst und Raubkunst ein Loch in den Bauch gefragt hat, interessiert meine Hörer leider nicht.

Joshua dachte angestrengt nach. Konnte er aus dem, was er von der Lehrerin erfahren hatte, irgendwelche Theorien über ein mögliches Mordmotiv spinnen?

Nein, so sehr ich mich auch anstrenge, mir fällt da einfach überhaupt nichts ein. Was hatte Leonie Wilke mir eigentlich über das Thema Jungs erzählt? Habe ich da irgendwelche Zitate, an denen ich eine Theorie festmachen könnte? Was heißt Theorie? Pure Spekulation würde ja für meine Zwecke reichen.

Er hatte das Gespräch mit Leonie Wilke, das er am Vortag geführt hatte, aufgenommen und sich mit einer App, die Sprache in Text umwandelte, ein Transkript der Unterhaltung erstellen lassen.

Dieses Textdokument überflog er nun, bis er zu der Frage kam, ob Dana einen Freund gehabt hätte. Dies hatte Leonie Joshua gegenüber verneint. Doch als er ihre Worte noch einmal las, fiel dem Podcaster wieder ein, wie Leonie Wilke auf diese Frage reagiert hatte.

Wie jemand, der meine Fragerei penetrant und unangemessen findet, oder doch eher wie jemand, der nicht die Wahrheit sagt?

Joshua lehnte sich zurück und verschränkte die Hände im Nacken.

Wenn ich einfach mal davon ausgehe, dass Leonie gelogen hat, könnte ich die Theorie aufstellen, dass Dana einen Freund hatte, der sie aus Eifersucht umgebracht hat. Solange ich keine Namen nenne und alles als Fragen formuliere, kann mir da keiner was. Also von wegen üble Nachrede und so.

Er nickte, wie um sich selbst zu bestätigen, dann schloss er das Textdokument und wandte sich wieder seiner Aufnahmesoftware und seinem Mikrofon zu.

»Handelt es sich vielleicht um einen Mord aus Eifersucht? Quellen aus dem nächsten Umkreis des sechzehnjährigen Mordopfers gaben zwar an, dass Dana zum Zeitpunkt ihres Verschwindens keinen festen Freund hatte. Doch stimmte das tatsächlich? Vielleicht gab es in ihrem Leben ja einen heimlichen Verehrer? Oder sie hatte eine Beziehung, die noch so neu und frisch war, dass sie noch nicht darüber reden wollte? Nicht einmal mit ihren engsten Vertrauten. Falls es sich so verhielt, könnte dieser junge Mann durchaus derjenige sein, der hinter Danas Verschwinden und ihrem Tod steckt.«

Joshua stoppte die Aufnahme und holte tief Luft. Dann sah er auf die Zeitanzeige der Software. *Das war jetzt gerade mal eine Minute und nichts als heiße Luft. Damit mache ich meine Hörer nicht glücklich. Ich brauche besseres Material, unbedingt.*

Er nahm sich zum erneuten Male die Liste vor, auf der er die Namen aller potenzieller Interviewpartner festgehalten hatte. Er sah sie sorgfältig durch und griff schließlich zu einem Kugelschreiber, um zwei der Namen einzukringeln.

Mit den beiden rede ich als Nächstes. Vielleicht können die mir eine frische Perspektive geben.

***

Nach der Rückkehr aufs Revier hatte Sina sich voller Tatendrang wieder daran gemacht, nach neuen Hinweisen zu suchen und zu überlegen, aus welchem Blickwinkel sie den Fall noch betrachten könnte.

Doch dann hatte es zwei herbe Rückschläge gegeben. Erst hatte Sina erfahren, dass sich Felix Jessel an dem Tag, an dem mit Danas Bankkarte in Flensburg Geld abgehoben worden war, definitiv auf Sylt befunden hatte. Die Sekretärin des Theodor-Storm-Gymnasiums hatte lange in alten Unterlagen graben müssen, doch heute war sie fündig geworden: Jessel hatte am fraglichen Tag unterrichtet, er konnte die Abhebung nicht vorgenommen haben.

Der zweite Rückschlag warf in dem sowieso schon so undurchsichtigen Fall noch mehr neue Fragen auf.

Während Sina noch versuchte, ihre Enttäuschung zu bewältigen, betrat Sven ihr Büro und reichte ihr wortlos einen Zettel.

Sie las die Notiz. Einmal, zwei Mal.

Jetzt saß sie da, den Zettel immer noch in der Hand, doch ihr Gehirn weigerte sich, die Bedeutung der Worte in Svens Handschrift zu verarbeiten.

»Was soll das bedeuten?« Sie sah zu ihrem Kollegen auf, der neben ihr stand.

»Genau das, was da steht«, sagte Sven und deutete auf den Notizzettel. »Es gibt keinen Elias Krüger unter der Adresse, die dir dieser Michael Jansen gegeben hat.« Er zog sich den Besucherstuhl heran und ließ sich schwer darauf fallen. »Es gab auch nie jemanden dieses Namens, der in dieser Straße gelebt hat. Weder unter der Hausnummer noch unter einer anderen.«

In Sinas Kopf wirbelten die Gedanken wild durcheinander. »Jansen hat mich angelogen? Aber warum?«

»Tja, das ist jetzt wohl die alles entscheidende Frage«, meinte Sven.

Sina ließ den Zettel auf den Schreibtisch fallen, griff nach ihrem Notizbuch und blätterte darin. »Jansen hat mir seine Handynummer gegeben«, murmelte sie.

Sie fand die Seite, auf der sie sich die Nummer notiert hatte, griff zum Telefon und gab die Zahlenreihe ein. Als sie das Rufzeichen hörte, atmete sie erleichtert auf. Zumindest hatte Michael Jansen ihr keine frei erfundene Telefonnummer genannt.

»Ja, hallo?«, meldete sich eine weibliche Stimme. Sie klang misstrauisch, als sie fragte: »Wer ist denn da dran?«

»Sina Marten, ich bin auf der Suche nach Michael Jansen.«

»Ist das wieder so ein Werbe-Scam?« Jetzt klang die Stimme verärgert. »Ich habe echt genug von diesen ständigen ...«

»Nein, das ist kein Scam«, sagte Sina mit fester

Stimme. »Mein Name ist Sina Marten, ich arbeite für die Kripo Sylt. Sie können mich gerne zurückrufen, wenn Sie sich vergewissern wollen, dass ich echt bin. Oder Sie sagen mir einfach direkt, ob ich Michael Jansen unter dieser Nummer erreichen kann.«

»Ich kenne keinen Jansen, weder Michael noch sonst ein anderer Vorname. Rufen Sie hier nie wieder an. Kripo Sylt, dass ich nicht lache.«

In Sinas Ohr klickte es.

Seufzend legte Sina das Telefon zurück in die Ladestation. »Dieser Jansen hat mich also von vorne bis hinten angelogen. Die ganze Story von seinem angeblichen Onkel und den Fotos von Dana war erfunden.«

Sie sah Sven an, der mit verschränkten Armen dasaß. »Nur, warum? Welches Ziel hat er mit diesem Schmierenstück verfolgt?«

Sven klopfte sich mit beiden Händen auf die Oberschenkel. »Das werden wir wohl nur erfahren, wenn wir diesen Jansen finden. Aber das sollte jetzt nicht unsere oberste Priorität sein.«

Sina blickte auf die Unterlagen, die ihren Schreibtisch übersäten. »Du hast recht. Lass uns weiterarbeiten.«

***

Sina und Sven hatten beschlossen, sich mit dem Künstler zu unterhalten, der Danas letzter Interviewpartner vor ihrem Verschwinden gewesen war. In den Notizen, die Dana sich als Vorbereitung auf dieses Gespräch gemacht hatte, und in dem Roh-Entwurf ihres Artikels für den Storm hatte sich zwar nichts Ungewöhnliches oder gar Verdächtiges gefunden, aber Sina hoffte trotzdem, dass ihnen Skip

Arnold vielleicht neue Erkenntnisse liefern könnte.

Der Künstler lebte in einem kleinen Haus, das zwar alt war, dessen Inneneinrichtung jedoch rein gar nichts mit dem typischen Friesenstil zu tun hatte. Blau-weiße Fliesen suchte man hier vergeblich, dafür gab es einen bunten Stilmix aus mit schwarzem Leder bezogenen Stahlrohrsesseln, Holztischen und bunten Kissen, die aussahen wie handgenäht.

Skip Arnold führte Sina und Sven in sein Atelier, das sich in einem kleinen Anbau mit Glasdach befand. »Wegen des besseren Lichts«, sagte er und deutete nach oben. »Aber das wird Sie eher nicht interessieren.«

Sina nickte ihm zu. Der Künstler machte einen sympathischen Eindruck. Dass er Ende fünfzig war, wusste Sina bereits aus den Notizen, die Dana Manthey für den Artikel über Skip Arnold angefertigt hatte. Ebenso, dass er verheiratet war und zwei Kinder hatte.

»Ich werde Ihnen wohl nicht weiterhelfen können«, sagte Arnold, als Sina ihm erklärt hatte, warum sie mit ihm sprechen wollten. Gemeinsam mit Sina und Sven saß er an einem mit Farben bekleckerten aus grobem Holz gezimmerten Tisch. Er hatte ihnen Tee in nicht zueinanderpassenden großen Bechern serviert.

»Ich war überrascht, dass ich für eine Schülerzeitung interviewt werden sollte, für so interessant hätte ich mich nicht gehalten. Natürlich habe ich zugesagt, als die Anfrage kam. Die beiden Schüler waren ein, zwei Stunden hier bei mir im Atelier. Dana Manthey hat Fragen gestellt und ihr Freund hat Fotos gemacht. Dann sind sie wieder gegangen und ich dachte, das nächste Mal, dass ich etwas von Dana Manthey höre, ist, wenn ich das versprochene Exemplar der Schülerzeitung mit dem Artikel über mich erhalte.«

Er drehte seinen Teebecher zwischen den Händen. »Aber dazu kam es dann nicht mehr. Das nächste Mal, dass ich etwas von Dana Manthey hörte, war, als sie verschwand. Ich beteiligte mich damals auch als Freiwilliger an der Suche nach ihr.«

Er hob den Teebecher an die Lippen. »Eine schreckliche Sache.«

Sina sah den Künstler aufmerksam an. »Sie sagten gerade, Danas Freund hätte Fotos gemacht. Wie kamen Sie darauf, dass es sich bei dem Fotografen um ihren Freund handelte?«

Skip Arnold zuckte die Schultern. »Das war einfach mein Eindruck damals. Sie gingen sehr vertraut miteinander um.« Er runzelte die Stirn. »Ich kann mich aber natürlich auch täuschen, vielleicht waren sie nur sehr gut befreundet. Sandkastenfreunde vielleicht.«

Sina nahm nun ihrerseits einen Schluck von ihrem Tee. *Was, wenn Skip Arnolds Eindruck richtig war? Das würde bedeuten, dass Matthias Wilke uns angelogen hat.*

Sie stellte den Becher beiseite und machte sich eine kurze Notiz. Dann legte sie eine Fotokopie der Notizbuchseite, auf der Dana ihre Fragen an den Künstler notiert hatte, vor Skip Arnold. »Könnten Sie sich diese Fragen bitte rasch durchlesen? Waren das in ungefähr die Interviewfragen, die Dana Manthey Ihnen gestellt hat?«

Einige Minuten herrschte Stille, während Arnold die Fotokopie studierte. Schließlich reichte er das Blatt an Sina zurück. »Ja, das dürfte hinkommen.

Aber Sie müssen verstehen, dass es zwanzig Jahre her ist ...« Er ließ den Rest des Satzes unausgesprochen.

Sina unterdrückte ein Seufzen. *Ja, das ist unser größtes Problem. Dass seit Danas Verschwinden und dem Mord an ihr so viel Zeit vergangen ist.*

***

Kräftig trat Joshua in die Pedale seines Leihfahrrades. Er hatte keine Lust gehabt, heute schon wieder den ganzen Abend in seinem Pensionszimmer zu sitzen und war daher erst in einem kleinen italienischen Restaurant gewesen und hatte anschließend in einer Kneipe noch ein Bier getrunken.

Außerdem hatte Joshua das Gefühl gehabt, er müsse ein wenig Abstand zu seiner Arbeit gewinnen. Trotz der Beerdigung und den Gesprächen, die er am Nachmittag geführt hatte, wurde er das Gefühl nicht los, er sei mit seinem Podcast keinen Schritt weiter gekommen.

Fehlte es ihm einfach nur an Inspiration, um aus seinen bisherigen Recherchen eine gute Story zu weben oder war es der Mangel an Informationen, der ihm so zusetzte?

Während er die Landstraße entlangflitzte, dachte er darüber nach, was er noch tun könnte, um an gutes Material zu kommen.

Heute könnte ich höchstens noch mal die Artikel lesen, die Dana geschrieben hat, und erklären, worum es da ging. Auf diese Weise herausstellen, wie engagiert sie doch war. Mehr als zwei Minuten Sendezeit ist da allerdings nicht rauszuholen. Alles, was ich heute unternommen habe, hat mir gar nichts gebracht. Von der Geschi-Lehrerin könnte ich viel-

leicht ein Zitat reinnehmen. Mehr als ein, zwei Sätze ist da aber auch nicht drin.

Joshua verzog das Gesicht, als er daran zurückdachte, dass einer seiner heutigen Gesprächspartner ihm untersagt hatte, das Gespräch aufzuzeichnen.

Blöder Schnösel. Dabei hat der sowieso kaum was gesagt. Bei dem war ich keine Viertelstunde. Reine Zeitverschwendung.

Joshua beschleunigte, wollte seinen Frust durch körperliche Anstrengung abbauen. Er atmete schwer, geriet ins Schwitzen.

In fünf bis zehn Minuten bin ich in der Pension. Dann dusche ich erst mal lang und dann sehe ich mir meine ganzen Notizen noch einmal an. Oder schlafe ich erst 'ne Nacht drüber und mach das morgen?

Das Scheinwerferlicht eines sich von hinten nähernden Autos erhellte die Straße. Joshua achtete darauf, dass er sich ganz rechts hielt.

Als der Motor plötzlich aufheulte, zuckte er erschrocken zusammen und sah über die Schulter zurück. Die Scheinwerfer blendeten ihn so sehr, dass er die Augen zusammenkneifen musste.

Was für ein Vollidiot, dachte Joshua. *Denkt wohl, er ist allein auf der Welt.*

Er bremste und blieb am Straßenrand stehen, wollte warten, bis der Wagen vorbei war.

Als Joshua realisierte, dass der Autofahrer einen Schlenker nach rechts machte und direkt auf ihn zuhielt, war es schon zu spät.

Ihm blieb nicht einmal Zeit zu schreien, bevor der Wagen ihn rammte.

Kapitel zehn

Herzhaft biss Sina in ihr dick mit Kirschmarmelade bestrichenes Vollkornbrötchen.

»Kannst du schon abschätzen, wie lange du heute arbeiten musst?«, fragte Jan, der ihr gegenübersaß.

Sina hatte die Nacht bei ihrem Freund in dessen Haus verbracht und zur Abwechslung himmlisch geschlafen. In ihrer eigenen kleinen Wohnung in Westerland ließ nämlich die Schalldämmung mehr als zu wünschen übrig. Jetzt, da Touristenhochsaison auf der Insel herrschte, konnte sie nachts fast nur mit Ohropax schlafen. Sina hasste Ohropax.

»Hm, weiß nicht so genau. Wieso?«, fragte Sina kauend.

»Ich würde dich gerne mal wieder schön zum Essen ausführen«, sagte Jan. »In List hat ein neues Restaurant aufgemacht, das möchte ich mit dir ausprobieren.«

Sina strahlte Jan an. »Liebend gerne, aber ich will nicht riskieren, dass du einen Tisch reservierst und dann kommt was dazwischen.«

»Ruf mich doch einfach im Laufe des Nachmittags an und sag Bescheid, ob du zu einer vernünftigen Abendessenszeit Feierabend machen kannst, oder nicht«, schlug Jan vor.

Sina schob sich das letzte Stück des Brötchens in den Mund und leerte ihre Kaffeetasse mit zwei großen Schlucken. »Gut, so mach ich das.«

Sie stand auf und stellte die Tasse und den Teller in die Spülmaschine. »Jetzt muss ich aber los. Ich will mir einen Überblick verschaffen, was hier auf der Insel außer dem Fall Dana im Moment sonst noch ansteht, und die Protokolle durchsehen, bevor Sven kommt.«

Sie gab Jan einen Abschiedskuss und verließ beschwingt sein Haus.

Als sie in ihrem Auto saß, summte sie fröhlich vor sich hin. Das Zusammensein mit Jan versetzte Sina immer in gute Laune.

Im Revier angekommen sah sie sich zuerst an, was es im Laufe der letzten 24 Stunden an Gesetzeswidrigkeiten auf Sylt gegeben hatte. Taschendiebstähle, Fahrradklau und ein Unfall mit Fahrerflucht.

Bis auf den Unfall nichts Besonderes, dachte sie. Flüchtig las sie, dass ein unbekannter Fahrer am Vorabend gegen 21 Uhr 30 einen Fahrradfahrer auf der Straße zwischen Westerland und Wenningstedt angefahren hatte. Der Fahrradfahrer lag mit mehreren Knochenbrüchen und einer Gehirnerschütterung im Westerländer Krankenhaus. Er war bei Bewusstsein und ansprechbar.

Na, zum Glück, dachte Sina. Dann sah sie den Namen des Verletzten und runzelte die Stirn. Irgendwie kam ihr dieser Name bekannt vor.

Joshua Keller, Joshua ... Moment! Das ist doch dieser True Crime-Podcaster, der Jens-Uwe Dahlke interviewt hat!

Sina verzog den Mund. Sie hatte sich den Namen notiert und eigentlich vorgehabt, sich diesen selbsternannten Reporter zur Brust zu nehmen und ihm klarzumachen, dass er sich nicht in laufende Ermittlungen einzumischen habe.

Aber dann hatte ich erst keine Zeit dafür und dann habe ich es schlichtweg vergessen.

Sie sah auf die Uhr. Es war erst kurz nach neun Uhr morgens.

Wenn der wirklich ansprechbar ist, sollte ich viel-

leicht jetzt sofort ins Krankenhaus fahren und mit ihm reden.

Sina überlegte kurz. Der Mann war gerade in einen Unfall verwickelt worden und erholte sich im Krankenhaus von seinen Verletzungen. War es vielleicht ein wenig zu streng, wenn sie jetzt sofort auftauchte, um ihn zu ermahnen?

Andererseits könnte ich zwei Fliegen mit einer Klappe schlagen. Ich befrage ihn, ob er den Wagen beschreiben kann, der ihn angefahren hat. Und wenn ich damit fertig bin, sage ich noch ein paar Takte zum Thema Einmischung in unsere Arbeit.

Sina stand auf und ging zu dem Kollegen, der sich um den Fahrerfluchtfall kümmerte, um ihm mitzuteilen, dass sie selbst die Befragung des Geschädigten vornehmen würde.

Als sie in ihr Büro zurückkehrte, um ihre Handtasche zu holen, stand Sven neben ihrem Schreibtisch. »Moin, was liegt an heute?«

»Ich fahre in einer anderen Sache ins Krankenhaus, du hältst hier die Stellung.« Sina erklärte ihm kurz, warum sie einem Kollegen die Arbeit abnahm. »Dauert sicher nicht lange, ich schätze, dass ich in vierzig, höchstens fünfzig Minuten wieder da bin.«

***

Eine Krankenschwester führte Sina zum Zimmer des verletzten Podcasters. »Er bekommt starke Schmerzmittel, wird also ein wenig schläfrig sein. Aber was seine Verletzungen angeht, hat er ein Riesenglück gehabt. Das hätte viel schlimmer ausgehen können.«

Sina bedankte sich bei der Schwester und betrat

das Krankenzimmer. Es handelte sich um ein Zweibettzimmer, doch nur eines der Betten war belegt.

Als der Patient den Kopf in Richtung Tür drehte, erstarrte Sina in der Bewegung.

Den Mann, der ihr da mit großen Augen entgegensah, kannte sie.

»Jansen?«, stieß sie schließlich hervor. »Sie sind das?«

Der Mann wandte den Blick ab.

Sina löste sich aus ihrer Starre und zog sich einen Stuhl, der neben der Tür stand, heran. »Joshua Keller ist also Ihr richtiger Name, Herr Jansen?« Sie atmete tief durch, versuchte, die Wut zu bezähmen, die in ihr hochkochte.

»Sie laufen also nicht nur auf Sylt herum, befragen potenzielle Zeugen und stören damit unsere Arbeit, nein, das reicht Ihnen nicht. Sie kommen auch noch zu mir aufs Revier und erzählen mir Ammenmärchen! Was wollten Sie damit bezwecken? Hatten Sie gehofft, dass ich Ihnen Material für Ihren Podcast liefere?«

Das Wort *Podcast* spuckte Sina aus wie einen Bissen vergammelten Hering.

Aus Kellers Blick sprach pures Schuldbewusstsein, sie hatte also offensichtlich den Nagel auf den Kopf getroffen. Doch das besserte Sinas Laune natürlich kein bisschen.

»Ihnen ist klar, dass Sie sich strafbar gemacht haben? Irreführung der Polizei, Behinderung polizeilicher Ermittlungen, Falschaussage. Ach ja, und falsche Angaben zur Person haben Sie natürlich auch noch gemacht.«

Sina atmete tief durch. »Eigentlich bin ich ja hergekommen, um Sie über das gestrige Unfallgeschehen zu befragen. Aber jetzt habe ich gute Lust, das doch einem meiner Kollegen zu überlassen, während ich die Anzeige gegen Sie vorbereite.«

Joshua Keller hob eine Hand, so als wolle er Sinas Redefluss stoppen. »Das war kein Unfall«, krächzte er.

Sina klappte den Mund wieder zu. Mit leicht zusammengekniffenen Augen musterte sie Keller. »Sie meinen, jemand hat Sie mit Absicht angefahren?«

Keller nickte, fasste sich jedoch sofort mit einer Hand an den Kopf. »Als ich das Auto hörte, blickte ich mich um und wurde von den Scheinwerfern geblendet. Also hielt ich an und blieb neben der Straße stehen. Es kann kein Zufall gewesen sein, dass der mich umgefahren hat. Er muss mich gesehen haben, mein Fahrrad war vorschriftsmäßig ausgestattet. Weißes Vorderlicht, rotes Rücklicht. Aber der hielt direkt auf mich zu.«

Sina runzelte die Stirn. »Er könnte betrunken gewesen sein. Darum hat er auch Fahrerflucht begangen, anstatt sich um Sie zu kümmern. Er wusste, er würde seinen Führerschein wegen Alkohol am Steuer verlieren.«

Joshua Keller sah sie fest an. »Das glaube ich nicht. Ich glaube, das war Absicht.«

Sina lehnte sich mit verschränkten Armen zurück und musterte Joshua Keller. Der Podcaster bot einen erbärmlichen Anblick. Seine Augen waren blutunterlaufen, am Kinn und an der rechten Schläfe waren Schürfwunden mit Jodtinktur behandelt und verpflastert worden, der linke Arm war eingegipst.

»Und wer sollte Sie Ihrer Meinung nach mit Absicht angefahren haben?« Sina gelang es nicht, die Skepsis aus ihrem Tonfall zu verbannen.

Keller hob die Schulter des unverletzten Armes. »Das weiß ich nicht. Aber ich frage mich, ob es mit meinen Recherchen zu tun hat. Bin ich vielleicht jemandem zu nahe gekommen?«

Sina horchte auf. Was, wenn der Podcaster recht hatte? Was, wenn er tatsächlich der falschen Person so bohrende Fragen gestellt hatte, dass diese Person sich durch ihn bedroht fühlte?

Sina zog Notizbuch und Kugelschreiber aus ihrer Handtasche. »Gut, dann erzählen Sie mir mal ganz genau, mit wem Sie sich in den letzten Tagen unterhalten haben.«

Keller räusperte sich. »Was Sie da vorhin über eine Anzeige gegen mich gesagt haben ... Es tut mir wirklich schrecklich leid, ich wollte Ihre Ermittlungen natürlich auf keinen Fall behindern. Es war eine Schnapsidee, das ist mir mittlerweile klargeworden. Ich war nur so verzweifelt, weil ich keine gute Story für meinen Podcast zusammenbekommen habe.«

Am liebsten hätte Sina laut geschnaubt. *Männer, denen fällt doch immer eine Rechtfertigung ein, egal wie schäbig und falsch ihr Verhalten auch war. Da ist Keller genauso wie Jessel. Die eine Sache lief schlecht, bei Jessel die Ehe, bei Keller die Arbeit, also haben sie einen noch viel größeren Murks gemacht, in der Hoffnung, dass es ihnen selbst dann wieder besser geht. Aber das raffen die ja alle nicht.*

Sina musterte Joshua Keller, der wie ein Häufchen Elend in seinem Krankenbett lag. Unwillkürlich spürte sie so etwas wie Mitleid mit ihm.

Er hätte tot sein können. Und vielleicht hat er ja tatsächlich recht und der Mörder von Dana Manthey fühlte sich durch seine Fragerei bedroht.

»Wissen Sie was?«, schlug Sina einen versöhnlicheren Ton an. »Sie stellen mir Ihr gesamtes Recherchematerial zur Verfügung, verpflichten sich, keine Sendung über den Fall Dana Manthey zu machen und ich sehe von einer Anzeige ab.«

Als sie sah, wie Kellers Augen aufleuchteten, hob sie einen Finger. »Keine Anzeige, Sie kommen mit einer Verwarnung davon. Komplett unter den Tisch fallen lassen kann ich Ihre Scharade nicht.«

Joshua Keller nickte eifrig. »Einverstanden. Mit allem.« Er deutete auf seinen eingegipsten linken Arm. »Ich bin natürlich hierdurch schwer gehandicapt. Aber wenn Sie in meine Pension fahren und meinen Laptop herbringen, dann zeige ich Ihnen alles. Auf meinem Handy sind auch noch Sprachaufzeichnungen. Ich weiß allerdings nicht, ob es den Sturz überlebt hat, es war in meiner Jackentasche.«

Sina tippte mit dem Kugelschreiber auf ihr Notizbuch. »Können Sie sich an die Namen der Personen, die Sie befragt haben, erinnern oder benötigen Sie dafür Ihre Aufzeichnungen?«

Keller schloss kurz die Augen, er wirkte erschöpft. »An einige kann ich mich schon noch erinnern, aber ich will nichts vergessen. Gestern habe ich mit drei Leuten gesprochen. Mit zwei, über die Dana Manthey Artikel geschrieben hat: Regina Baumann, Dirk Tesch und dazu noch die ehemalige Geschichtslehrerin, deren Namen habe ich vergessen. Dann war da noch ein früherer Mitschüler, Jan-Uwe Dahlke.«

Jens-Uwe, verbesserte Sina in Gedanken.

»Außerdem bin ich an meinem allerersten Tag hier auf Sylt mit dem Besitzer des Baugrundstücks, auf dem Dana begraben war, aneinandergeraten«, fuhr Keller fort. »Der hat mich erwischt, als ich dort Fotos machte. Aber dem hab ich meinen Namen natürlich nicht gesagt, den würde ich also ausschließen.«

Sina erinnerte sich daran, wie unsympathisch ihr Hinnerk Fülscher auf Anhieb gewesen war. Doch das erzählte sie Joshua Keller selbstverständlich nicht. »Wieso haben Sie Fotos gemacht, wenn Sie doch einen Podcast haben?«, fragte sie stattdessen.

»Ich habe auch einen Blog«, antwortete Keller. »Mehr Traffic, mehr Hörer, so einfach ist das. Dafür ist ein Blog ideal.«

Sina nickte, obwohl sie nur Bahnhof verstand. »Was haben Sie sonst noch so fotografiert, seit Sie hier sind?«

»Nicht viel. Die Schule und nun ja ...« Keller war mit einem mal wieder ganz kleinlaut. »Beim Begräbnis war ich auch«, sagte er leise. »Also vor dem Friedhof«.

Na, das hätte ich mir ja denken können. Sina unterdrückte einen Seufzer. »Erzählen Sie mir aber jetzt bitte nicht, dass Sie auch die Familie von Dana Manthey belästigt haben.«

Heftig schüttelte Joshua Keller den Kopf, nur um sofort vor Schmerzen aufzustöhnen. »Mist, ich vergesse ständig, dass ich mich am besten gar nicht bewege.«

Ohne Mitleid fixierte Sina ihn mit ihrem Blick. »Die Familie?«, wiederholte sie.

»Ich hab's erst versucht, aber dann hab ich's lieber bleiben lassen. Das war mir zu heavy. Ich habe nur mit Danas bester Freundin Leonie gesprochen.«

Sina verdrehte die Augen. *Na toll, warum hat die sich nicht bei uns gemeldet?*

»Welchen Vorwand haben Sie Frau Wilke aufgetischt?«

Überrascht sah Joshua Keller Sina an. »Gar keinen. Ich hab ihr die Wahrheit gesagt, dass ich True Crime-Podcaster bin und über Dana berichten möchte.«

»Darauf ist sie eingegangen?« Jetzt war es Sina, die überrascht war.

»Ja, sie sagte, sie liebt True Crime-Shows und wollte wissen, wann sie meine Sendung hören kann.« In Kellers Stimme schwang eindeutig Stolz mit.

Erneut unterdrückte Sina ein Seufzen. Sie sah sich suchend um. »Wo ist denn Ihr Handy?«

»Keine Ahnung. Das war wie gesagt in meiner Jackentasche.« Der Podcaster hob den unverletzten Arm und zeigte auf einen Kleiderschrank auf der gegenüberliegenden Zimmerseite. »Meine Sachen sind wohl alle da in dem Schrank.«

»Darf ich?«

»Aber klar«, sagte Keller.

Sina stand auf und öffnete die Schranktür. Auf dem Boden des Schrankes stand ein Paar Sportschuhe, darüber hingen auf Bügeln eine dunkelblaue Jeans, ein weißes Hemd und eine schlammgrüne Jacke mit zahllosen Taschen, die aussah, als hätte Keller sie in einem Army-Surplus-Store erstanden.

»In welcher Tasche war denn Ihr Handy?«, fragte sie den Patienten.

»In der linken Brusttasche«, kam die prompte Antwort. »Da stecke ich es immer hin, weil dann komm ich am leichtesten ran, wenn es mal schnell gehen muss.«

Was das für Gelegenheiten waren, bei denen es bei einem True Crime-Podcaster *mal schnell gehen* musste, wollte Sina lieber gar nicht wissen.

Sie griff nach der Jacke und fühlte sofort, dass die

linke Brusttasche leer war. »Da ist es leider nicht«, sagte sie und sah Keller über die Schulter hinweg an.

Der runzelte die Stirn. »Hoffentlich ist es mir nicht am Tatort aus der Tasche gefallen.«

Sina ging zu Tür. »Ich frage die Schwester, vielleicht wird es woanders aufbewahrt.«

***

Die Stationsschwester hatte in den Unterlagen von Joshua Keller nachgesehen und Sina versichert, dass der Podcaster bei seiner Einlieferung kein Smartphone dabei gehabt hätte.

»Wahrscheinlich ist es an der Unfallstelle verloren gegangen«, sagte sie.

Sina beschloss, den Ort des Unfalls sofort aufzusuchen. Große Hoffnungen machte sie sich zwar nicht, sie ging davon aus, dass die Kollegen, die sich am Vorabend um die Fahrerflucht gekümmert hatten, die Unfallstelle und deren nähere Umgebung gründlich untersucht und gesichert hatten.

Aber ich darf nichts unversucht lassen. Außerdem kann ich mir so selbst ein Bild von den Gegebenheiten vor Ort machen.

Sobald Sina im Auto saß, rief sie Sven an. Rasch fasste sie die neuesten Entwicklungen zusammen.

Sven stöhnte laut auf, als er hörte, dass ein True Crime-Podcaster sich als Zeuge ausgegeben hatte.

»Das ist doch nicht zu fassen«, sagte er.

»Allerdings. Aber ich will die Aufzeichnungen haben, die sich auf seinem Handy befinden und das ist verschwunden. Ich fahre jetzt zum Unfallort, um dort nachzusehen. Anschließend möchte ich Kellers Laptop aus seiner Pension holen.«

»Ich komme mit«, sagte Sven. »Bist du schon unterwegs oder kannst du mich noch abholen?«

»Kein Problem«, entgegnete Sina. »Warte vor dem Revier auf mich. Ich bin in ein paar Minuten da.«

***

Sina wählte auf ihrem Smartphone die Handynummer, die ihr Joshua Keller gegeben hatte. Lauschend legte sie den Kopf schräg. Sie hörte nur das Rufzeichen, das aus ihrem eigenen Telefon drang, aber kein Klingeln.

»Hier ist es also definitiv nicht«, sagte Sven. Sinas Kollege stand mit verschränkten Armen am Straßenrand.

»Dann müssen wir jetzt davon ausgehen, dass der Fahrer des Unfallwagens angehalten und das Handy an sich genommen hat«, meinte Sina und steckte ihr eigenes Smartphone wieder ein.

»Was bestätigt, dass es kein Unfall, sondern Absicht war«, meinte Sven.

Sina musterte ihre Umgebung. Sie standen an einer zweispurigen Straße, die schnurgerade durch karge Heidelandschaft führte. Keine Bäume oder Büsche säumten den Weg und es gab auch nichts, was die Sicht eines Autofahrers hätte behindern können.

»Die Vermutung liegt nahe, dass es eine der Personen war, die Keller in den letzten Tagen befragt hat«, sagte Sina. »Er hat mir bereits einige Namen genannt, aber ich möchte mir gerne seine vollständigen Aufzeichnungen ansehen beziehungsweise anhören.«

»Wenn er jemanden mit seinen Fragen so aufgescheucht hat, dass der ihn töten wollte, muss Keller doch eigentlich auf eine heiße Spur im Fall Manthey gestoßen sein.« Sven sah Sina an. »Hat er dir irgendetwas in dieser Hinsicht erzählt? Hat sich ihm gegenüber jemand seltsam verhalten?«

»Nur Hinnerk Fülscher. Aber den hat er gar nicht befragt, der hat ihn ertappt, als er Fotos vom Fundort machte.«

Sven runzelte die Stirn. »Wieso macht ein Podcaster Fotos?«

»Genau die Frage habe ich ihm auch gestellt. Er betreibt auch einen Blog.«

»Vielleicht hat er ja etwas fotografiert, was er besser nicht geknipst hätte«, meinte Sven.

»Wir müssen uns seine gesamten Aufzeichnungen ganz genau ansehen. Alles, was er aufgeschrieben hat, dazu seine Fotos und Sprachnotizen«, sagte Sina.

Sven deutete auf ihren Dienstwagen, den Sina am Straßenrand geparkt hatte. »Dann lass uns schnell weiter in die Pension fahren. Da wartet sicher eine Menge Arbeit auf uns.«

***

Die Pensionswirtin war natürlich bereits über den Unfall eines ihrer Gäste informiert worden. Als Sina ihr die handschriftlich verfasste Einverständniserklärung von Joshua Keller zeigte, sperrte sie den beiden Polizisten bereitwillig dessen Zimmer auf.

Sina sah sich erst in dem kleinen Raum um, bevor sie sich auf die Suche nach Laptop und Notizen machte. Die mit einem Blümchenmuster tapezierten Wände zierten einige gerahmte Aquarelle von Blumen in Pastellfarben. Kissen und Bettdecke warteten ebenfalls mit Blümchen auf. Ein kleines, aber freundlich eingerichtetes Zimmer.

An einer Wand stand ein kleiner Schreibtisch, der mit Notizzetteln und gelben Post-its bedeckt war. An der Wand über dem Tisch hingen einige großformatige Blätter Papier, auf denen sich weitere Notizen befanden.

Sven zog soeben die breite Schublade unter der Schreibtischplatte auf. »Hier ist der Laptop«, sagte er.

Sina trat zu ihm. »Pack den direkt ein, ich sehe mir solange die Notizen an.«

Joshua Kellers Handschrift war zum Glück halbwegs leserlich. Nicht so gestochen präzise wie die von Dana Manthey, doch Sina hatte keine Schwierigkeiten, die Notizen des Podcasters zu überfliegen.

Die einzelnen Seiten waren aus einem karierten Block oder Notizheft herausgerissen worden. Ganz oben lag ein Blatt mit der Überschrift *Sonja Fischer, Geschichtslehrerin*.

»Er hat sogar die Geschichtslehrerin von Dana befragt«, murmelte Sina. »Zum Glück hat er die Eltern in Ruhe gelassen.«

»Wenigstens so viel Takt hatte er dann doch«, meinte Sven, der gerade das Netzkabel des Laptops aufwickelte.

»Vor Leonie Wilke hat er aber nicht haltgemacht«, sagte Sina. »Das hat er mir schon im Krankenhaus erzählt.«

»Wie wollen wir vorgehen?«, fragte Sven. »Fahren wir erst aufs Revier und schauen uns die handschriftlichen Notizen an oder fahren wir zu Keller ins Krankenhaus und lassen uns Zugriff auf den Laptop geben?«

»Das wäre am besten, dann können wir anschließend alles in einem Aufwasch durchsehen«, sagte Sina und schob die losen Notizzettel zusammen.

Sie vergewisserte sich noch, dass sich weder im Kleiderschrank noch auf dem Nachttisch weiteres Material befand, das sie vielleicht auswerten müssten, dann verließ sie gemeinsam mit Sven das Zimmer.

Sie bedankten sich bei der Wirtin, bevor sie zu ihrem geparkten Wagen gingen und zum Westerländer Krankenhaus fuhren.

Joshua Keller machte auf Sina einen etwas fitteren Eindruck als bei ihrem ersten Besuch.

»Das Passwort für den Laptop lautet abgründiG100«, sagte er. »Am Anfang ein kleines a, am Ende ein großes G und die Zahl in Ziffern.«

Sina schaltete den Computer an und tippte das Passwort ein, als sie dazu aufgefordert wurde. Dann sah sie Keller fragend an.

»Direkt auf dem Desktop befindet sich ein Ordner mit dem Namen Podcast«, erläuterte er. »Öffnen Sie den und scrollen Sie ganz runter. Ich habe für jede einzelne Folge einen Unterordner angelegt und diese durchnummeriert. Aktuell arbeite ich an Folge 37.«

Sina tat wie ihr geheißen und führte einen Doppelklick auf den Ordner mit der Nummer 37 aus. Ein knappes Dutzend Dateien erschien auf dem Bildschirm. Aus den einzelnen Titeln dieser Dateien wurde Sina nicht schlau, sie sah jedoch sofort, dass es sich sowohl um Texte als auch um Audio-Files handelte.

»Die Texte sind Fragmente meines Scripts«, erläuterte Joshua Keller. »Ich habe es mit dem wenigen Material, das ich gesammelt hatte, noch nicht geschafft, einen zusammenhängenden Text für meinen Podcast zu schreiben. Die einzelnen Dateien sind so nummeriert, dass die Reihenfolge meinem geplanten Sendungsablauf entspricht. In der obersten ist mein Intro gespeichert.«

Neugierig öffnete Sina das erste Textdokument. Es begann tatsächlich mit den Worten *Hallo Leute, es ist wieder Zeit für eine neue Folge von Kellers Abgründe. Folge 37, um ganz genau zu sein. Wahnsinn, schon so viele True Crime-Fälle habe ich in diesem Podcast behandelt.*

»Wie lange machen Sie Ihren Podcast denn schon?«, fragte Sven. »Sie haben ja schon eine Menge Folgen produziert.«

»Es fing als Hobby an und hat sich dann mit wachsender Hörerzahl zu einem Fulltime-Job entwickelt«, erklärte Keller. »Die erste Folge habe ich vor fünf Jahren daheim in meinem WG-Zimmer produziert. Da habe ich noch das eingebaute Mikrofon von meinem damaligen Laptop benutzt. Schrecklicher Ton, hat total gerauscht. Seitdem habe ich nicht nur viel dazugelernt, sondern konnte mir auch besseres Equipment und Software leisten.«

»Und wie recherchieren Sie die Inhalte?«, fragte Sina. »Es wird Ihnen ja nicht immer möglich sein, an den Ort des Geschehens zu reisen so wie im Fall Manthey. Oder behandeln Sie nur deutsche Fälle?«

Keller winkte mit der unverletzten Hand ab. »Nein, wo denken Sie hin. Meine Fälle sind international. Ganz im Gegenteil, ich berichte sogar eher selten über Fälle aus Deutschland, aber als ich über den Fall Manthey in der Zeitung gelesen habe, dachte ich sofort, das sei gutes Material.«

Sina verzog das Gesicht. *Gutes Material? Es geht*

hier um eine ermordete Sechzehnjährige, die zwanzig Jahre lang in einem geheimen Grab verscharrt war und eine trauernde Familie, Freunde … das nennt der Material?

Keller schien Sinas Gesichtsausdruck bemerkt zu haben. »Entschuldigen Sie, das war jetzt sehr unsensibel ausgedrückt. Etwas an dem Fall hat mich so berührt, da wollte ich mehr wissen.«

Er hob die Hand. »Wahrscheinlich war es das Foto von Dana, das den Artikel begleitete. Ich wollte wissen, was mit ihr geschehen ist.«

Er sah zwischen Sina und Sven hin und her. »Sie haben noch keine Spur zum Täter, oder?«

Sina sah ihn streng an.

»Okay, okay«, sagte Keller. »Ich weiß schon, laufende Ermittlungen und so. Aber denken Sie, der Kerl, der mich gestern umgefahren hat, war derselbe, der auch Dana getötet hat?«

»Wieso denken Sie, es sei ein Mann gewesen? Haben Sie ihn denn sehen können?«, fragte Sven.

»Nein, die Autoscheinwerfer haben mich geblendet. Ich konnte noch nicht einmal sehen, welche Farbe der Wagen hatte, geschweige denn, was für eine Marke es war oder wer da am Steuer saß. Ich gehe nur einfach davon aus, dass es ein Mann war.«

Sina deutete auf den Laptop, den sie auf den Knien balancierte. »Zurück zu Ihren Dateien. Was hat es mit den Audiodateien auf sich?«

»Das sind zum Teil Aufnahmen der Interviews, die ich geführt habe. Das sind die ganzen Files im WAV-Format. Die habe ich mit den Initialen der Befragten und dem jeweiligen Datum betitelt. Die AIFF-Files sind Teile, die ich schon für meinen Podcast aufgenommen habe. Die will ich dann zusammenfügen zur fertigen ...«

Keller brach ab und sah Sina entschuldigend an. »Ich meine natürlich, die wollte ich zusammenfügen. Es wird ja nun keinen Podcast über Danas Fall geben.«

Sina nickte ihm zu. »Gut. Vielen Dank für Ihre Kooperation. Wir fahren jetzt mit dem Laptop zurück aufs Revier und sehen uns alles ganz genau an. Falls Ihnen noch etwas einfallen sollte, das für unsere Ermittlungen relevant sein könnte, haben Sie ja meine Nummer.«

»Aber kein Handy«, sagte Keller. Er klang wie ein Mann, der sich darüber beklagt, dass ihm lebensnotwendige Dinge wie ein Dach über dem Kopf, Nahrung oder Kleidung fehlten.

»Kein Handy, aber das da«, sagte Sina und deutete auf das Festnetztelefon, das auf Kellers Beistelltisch stand.

***

»Ob der überhaupt weiß, wie man mit einem Festnetztelefon umgeht?«, scherzte Sven, als er mit Sina den Krankenhausflur entlangging.

»So wie er gerade geschaut hat, wahrscheinlich nicht«, sagte Sina und grinste. »Zum Glück war das kein Uralt-Telefon mit Wählscheibe, das hätte er wahrscheinlich für einen Deko-Artikel gehalten.«

Sie wurde wieder ernst. »Aber lass uns nicht über Joshua Keller lästern. Ich bin froh, dass er so glimpflich davongekommen ist. Außerdem könnte es sein, dass er uns auf die Spur des Mörders von Dana Manthey führt.«

»Die Frage ist nur: Ist der Mörder eine der Personen, die Keller befragt hat, oder hat der Mörder nur davon gehört, dass Keller Nachforschungen anstellt und das gefiel ihm nicht?« Sven zog die Glastür am Ende des Ganges auf und ließ Sina den Vortritt.

»Wir nehmen uns zuerst alle vor, mit denen er Interviews geführt hat«, antwortete Sina. Sie ging zum Aufzug und drückte den Rufknopf. »Das erscheint mir am erfolgversprechendsten.«

***

Zurück auf dem Revier breiteten Sina und Sven alle handschriftlichen Notizen von Joshua Keller auf Sinas Schreibtisch aus. Sie sichteten das Material und brachten es in eine chronologische Reihenfolge. Dann fuhr Sina Kellers Laptop hoch und sah sich die dort gespeicherten Dateien an.

»Zuletzt hat er also mit zwei von Danas Interviewpartnern gesprochen«, meinte Sven.

»Ja, das sagte er mir bereits, als ich das erste Mal bei ihm im Krankenhaus war«, murmelte Sina. Sie studierte eine Namensliste, die Joshua Keller angelegt hatte. Überschrieben war diese Liste mit den Worten *Mögliche Interviewpartner*. Neben den meisten Namen befanden sich Adressen, neben einigen davon auch ein Häkchen und ein Datum.

Sina öffnete ein leeres Dokument auf ihrem eigenen Computer und legte rasch eine Liste in Tabellenform an. In die erste Spalte kam das Datum, in die zweite der Name der von Keller befragten Person.

»Müssen wir uns auch seine Fotos ansehen?«, fragte Sven.

»Mach du das rasch, während ich diese chronologische Liste fertigstelle«, sagte Sina.

Einige Minuten arbeiteten sie beide schweigend.

»Nichts. Oder zumindest nichts, was mir auffällig erscheint«, meinte Sven schließlich. »Allzu viele Fotos hat er auch nicht gemacht.«

Sina gab den Druckbefehl und stapelte Kellers Notizen sorgfältig, bevor sie diese in eine Papphülle schob. Dann zog sie ihre Liste aus dem Druckerausgabeschacht und legte sie in die Schreibtischmitte.

»Die einzigen dieser Personen, mit denen wir noch gar nicht gesprochen haben, sind Regina Baumann und Dirk Tesch«, meinte sie.

»Hilf doch bitte mal meiner Erinnerung auf die Sprünge«, sagte Sven. »Ich weiß, Dana Manthey hat sie für ihre Sylter Persönlichkeiten-Reihe interviewt, aber was sind das für Leute?«

»Regina Baumann ist beziehungsweise war Gastronomin und Dirk Tesch Unternehmer«, antwortete Sina. »Wobei ich nicht so genau weiß, in welcher Branche.«

Sven stand auf und ging zu dem Umzugskarton, der immer noch in Sinas Büro stand. »Die beiden Ausgaben des Storm mit den Storys über die beiden sind auch irgendwo hier drinnen, oder?« Er öffnete den Deckel.

»Ja, ich glaube, die liegen ziemlich weit unten. Willst du jetzt Danas journalistisches Talent begutachten?«, fragte Sina.

»Ich will ein Gefühl dafür bekommen, was das für Leute sind«, antwortete Sven.

»Du meinst, was das vor zwanzig Jahren für Leute waren«, gab Sina zurück. »Wer weiß, wie alt die beiden mittlerweile sind.«

Sven zog die Ausgaben der Schülerzeitung aus dem Karton und legte sie auf Sinas Schreibtisch. Sie nahm sich die obersten drei Exemplare und begann, die Inhaltsverzeichnisse durchzusehen. »Hier ist die Story über diesen Tesch«, sagte sie nach einer Weile.

»Und ich hab grad Regina Baumann gefunden«, meinte Sven.

Sina blätterte weiter zu der angegebenen Seitenzahl und sah, dass Danas Reportage über den Unternehmer insgesamt vier Seiten umfasste. Sie begann zu lesen.

Danas Schreibstil war schnörkellos und prägnant, ohne dabei trocken zu sein. Sina ertappte sich dabei, dass sie die Beschreibung des Werdegangs und der Ansichten des Unternehmers, der sich als Erbe einer traditionsreichen Brauerei entpuppte, unterhaltsam fand.

Zum Zeitpunkt des Interviews 2003 war Tesch Anfang vierzig gewesen und hatte gerade das Unternehmen von seinem Vater übernommen, der sich zur Ruhe gesetzt hatte. Darüber, was ihn mit Sylt verband, hatte Tesch einige kurzweilige Anekdoten erzählte. Kleine Geschichten über Sommerferien mit den Eltern, Radtouren über die Insel und dass Fisch-Fiete sein absolutes Lieblingsrestaurant auf der Insel war.

Sina schmunzelte, als sie zum Ende des Artikels kam. Dann sah sie sich die Fotos, die den Text begleiteten, ein wenig näher an.

Dirk Tesch hatte ein Dutzendgesicht und war unauffällig gekleidet. So durchschnittlich der Unternehmer aussah, so ungewöhnlich präsentierte sich das Ambiente seiner Sylter Villa. Auf dem größten der drei Fotos saß Tesch an seinem Schreibtisch im heimischen Arbeitszimmer, die Wand hinter ihm war über und über mit Gemälden unterschiedlichster

Größe bedeckt.

Das sieht ja aus wie in einem Museum.

»Diese Baumann werden wir wohl ausschließen können«, sagte Sven. »Die war damals schon Mitte fünfzig.«

Sina blickte von ihrer Zeitschrift auf. »Und? Denkst du, Leute mit Mitte siebzig sind nicht mehr in der Lage, einen Mordversuch per Fahrerflucht zu begehen?«

»Falls ja, hoffe ich, dass nach der Aufklärung keine Zeitung mit der Schlagzeile *Rüstige Rentnerin will Podcaster um die Ecke bringen* ankommt«, sagte Sven.

»Das ist nicht gerade der Stil des Sylter Boten«, meinte Sina und verdrehte die Augen. »Lass uns aber mal ernst bleiben.« Sie schlug die Ausgabe des Storm zu, in der sie gelesen hatte. »Tesch ist Brauereibesitzer und mittlerweile Anfang sechzig. Wen von den beiden befragen wir zuerst?«

»Regina Baumann«, sagte Sven prompt. »Da sind wir garantiert schneller fertig und ich will heute halbwegs pünktlich Feierabend machen.«

Sina sah auf ihre Armbanduhr und stellte mit Erstaunen fest, dass es bereits kurz vor 18 Uhr war. Wieder einmal hatte sie in ihrem Arbeitseifer ganz die Zeit vergessen. *Und Jan habe ich auch nicht angerufen*, dachte sie zerknirscht.

Ein wenig kleinlaut sah sie ihren Kollegen an. »Warum sagst du mir denn nicht, wie spät es ist? Du weißt doch, wie ich bin, wenn ich erst mal an einer Sache dran bin.«

Sven grinste sie an. »Genau darum habe ich nichts gesagt. Ich will dich doch nicht aus deinem Flow reißen.«

Sina grinste zurück, dann warf sie den Storm mit Schwung auf die Schreibtischplatte. »Weißt du was? Wir machen beide Befragungen erst morgen.«

Sven sprang von seinem Stuhl auf. »Eine grandiose Idee«, rief er. »Wir sehen uns morgen um neun.«

Sprach's und verließ fast fluchtartig Sinas Büro.

Kopfschüttelnd sah sie ihrem Kollegen hinterher.

Naja, was soll's. Den Feierabend hat er sich wirklich redlich verdient. Sie schaltete ihren Computer aus. *Ich aber auch.*

Kapitel elf

Regina Baumann hatte ihre beiden Sylter Restaurants bereits vor etlichen Jahren verkauft und sich zur Ruhe gesetzt. Ursprünglich stammte die Gastronomin aus dem Ruhrgebiet, war aber schon in jungen Jahren der Liebe wegen nach Sylt gekommen und geblieben, sogar nachdem die Beziehung in die Brüche gegangen war.

»Die Liebe zu meinem ersten Ehemann ging zu Ende, aber meine Liebe zur Insel ist von Dauer«, sagte sie, als sie Sina und Sven Tee einschenkte.

Sina lächelte die alte Dame an. Baumann war ihr auf Anhieb sympathisch gewesen. Leger gekleidet in schwarze Jeans und einen leichten marineblauen Pullover hatte Regina Baumann die beiden Polizisten in ihr elegant eingerichtetes Wohnzimmer gebeten. Ihr wahres Alter sah man der Rentnerin nicht an, wenn sie behauptet hätte, zehn Jahre jünger zu sein, hätte Sina ihr das sofort abgenommen.

Ich hoffe, dass ich in dem Alter auch noch so fit und wach im Kopf bin, dachte sie, als sie drei Stück Kandis in ihren Tee rührte.

»Aber Sie sind nicht hier, um einer alten Frau zuzuhören, wie sie über ihre Emotionen redet.« Die blauen, von zahlreichen Lachfalten eingerahmten Augen blitzten, als Baumann Sina anblickte. »Geht es um diesen jungen Mann, diesen Podcaster? Ich habe im Sylter Boten gelesen, dass er einen Unfall hatte. Fahrerflucht!« Sie schüttelte den Kopf. »Und das auf Sylt.«

Sina nippte an ihrem Tee. *Was sollte das jetzt mit Sylt zu tun haben? Unfälle mit Fahrerflucht gibt es überall, das hat mit der Schönheit des Unfallortes ja nichts zu tun.*

Sie stellte ihre Tasse auf dem Couchtisch aus hellem Holz ab und holte Notizbuch und Stift hervor. »Sie haben recht, Frau Baumann, es geht um Joshua Keller. Er hat uns berichtet, dass er Sie vorgestern, also am Tag seines Unfalls nachmittags aufgesucht hat. Ist das so richtig?«

»Ja, er wollte mit mir über das verschwundene Mädchen sprechen, dessen Leiche vor Kurzem gefunden wurde. So eine schreckliche Sache.«

Hoffentlich sagt sie jetzt nicht schon wieder, dass es doch so etwas auf Sylt nicht geben sollte.

Regina Baumann tat Sina den Gefallen, beschrieb stattdessen ihren Eindruck von Joshua Keller. »Ein netter junger Mann, sehr höflich. Gute Umgangsformen, wusste, sich auszudrücken.«

Sie lachte auf. »Was ein Podcast ist, musste er mir allerdings zuerst einmal erklären. Mit so neumodischen Dingen kennt sich eine alte Schachtel wie ich natürlich nicht aus.«

Sina stimmte in Baumanns Lachen ein, die Frau war ihr wirklich sympathisch. Sie mochte Menschen, die sich selbst nicht allzu ernst nahmen.

»Wir haben uns die Aufzeichnung des Gespräches, das Sie miteinander geführt haben, angehört«, sagte Sina. »Haben Sie vorher oder nachher noch etwas mit Keller besprochen, das vielleicht für unseren Fall relevant sein könnte?«

Sofort schüttelte Regina Baumann den Kopf. »Nein, das war nur Small Talk. Wie Sie der Bandaufnahme sicherlich entnehmen konnten, dauerte unser Gespräch auch nicht lange. Allzu viel konnte ich ihm über Dana Manthey nicht sagen. Ich habe sie ja schließlich nur das eine Mal getroffen und das ist viel zu lange her. Er schien aber auch ganz zufrieden damit zu sein, dass ich meinem Entsetzen über ihren Tod Ausdruck gab. Er meinte, das würde sich als Zitat in seiner Sendung, diesem Podcast, ausgezeichnet machen.«

Wieder lachte die ehemalige Restaurantbesitzerin auf. »Ich habe ihm das Versprechen abgenommen, mir eine CD seines Podcasts zu schicken, weil das will ich mir natürlich anhören. Das ist ja so ähnlich, wie im Radio interviewt zu werden.«

Sina überging diesen Kommentar. Dass es keinen Podcast über den Fall Manthey geben würde, würde Regina Baumann noch früh genug merken.

»Hat Herr Keller Ihnen vielleicht erzählt, was er vorgestern sonst noch für Pläne hatte? Wollte er zum Beispiel weitere Befragungen vornehmen oder andere Nachforschungen anstellen?«

»Nein, darüber hat er gar nichts gesagt. Wir haben nur kurz darüber geredet, wie tragisch es doch ist, dass ein so junges Mädchen ermordet und erst nach so langer Zeit gefunden wurde. Die arme Familie, ich darf gar nicht daran denken.«

Sina nickte. *Eine natürliche Reaktion. Wenn ich einen anderen Job hätte, würde ich auch so fühlen.*

Sie klappte ihr Notizbuch zu und reichte Regina Baumann eine ihrer Visitenkarten mit dem üblichen Spruch, dass sie sich bitte melden möge, falls ihr noch etwas einfallen sollte.

Hoffentlich haben wir bei der nächsten Befragung ein wenig mehr Glück. Auch wenn Dirk Tesch sich nicht allzu viel Zeit für Joshua Keller genommen hat, erzählt er uns vielleicht ein wenig mehr.

***

Auf den ersten Blick sah das Haus, in dem Dirk Tesch wohnte, aus wie ein ganz normales, wenn auch sehr großes und erstklassig in Schuss gehaltenes Friesenhaus. Doch sobald Sina und Sven den Wohnsitz des Unternehmers betreten hatten, sahen sie, dass hier alles ganz anders als normal war. Im Erdgeschoss waren mehrere Wände entfernt worden, sodass man zunächst in eine großzügig bemessene Eingangshalle kam, von der das Wohnzimmer abging, das man durch einen offenen Torbogen erreichte.

Doch damit nicht genug: In einer Ecke des Eingangsbereiches befand sich ein Aufzug.

Davon, dass viele der Superreichen, die sich auf Sylt Erst-, Zweit- oder Drittwohnsitze zulegten, ihre Anwesen unterkellern ließen, um mehr Wohnfläche zu erhalten, hatte Sina schon gelesen. Doch sie war noch nie in einem Haus gewesen, das auf diese Weise vergrößert worden war.

Auch Sven hatte den Aufzug bemerkt. »Was meinst du, wie viele Stockwerke geht es da nach unten?«, flüsterte er Sina zu, während sie einer Hausangestellten ins Wohnzimmer folgten.

»Ich glaube, das will ich gar nicht wissen«, flüsterte Sina zurück.

Das Wohnzimmer war in hellen Grautönen, mit einigen kontrastierenden schwarzen Elementen eingerichtet. Die zum Garten liegende Wand war fast vollständig verglast, sodass man einen Blick über die große Rasenfläche und die dahinterliegenden Dünen hatte.

»Bitte nehmen Sie Platz«, sagte die Hausangestellte und deutete auf eine Sitzgruppe aus mehreren Sofas und Sesseln. »Herr Tesch wird gleich bei Ihnen sein.«

»Wäre jetzt nicht normalerweise die Frage gekommen, ob wir etwas trinken wollen?«, fragte Sven, als die Angestellte den Raum verlassen hatte.

»Wahrscheinlich sind wir nicht willkommen und Tesch will nicht, dass wir lange bleiben«, antwortete Sina. »Er klang alles andere als begeistert, als ich ihn heute früh anrief, um diesen Termin auszumachen.«

»Warum hast du überhaupt einen Termin ausgemacht? Bei Baumann waren wir doch auch unangemeldet.«

»Ich wollte sichergehen, dass Tesch auch wirklich auf Sylt ist. Bei diesen Unternehmertypen weiß man doch nie, die sind schließlich ständig auf Geschäftsreise«, meinte Sina.

Sven nickte nur. Dann deutete er auf ein großes Gemälde, das über dem Kamin hing. »Wenigstens ist das da kein Flachbildfernseher. Wäre sonst ein ziemlicher Stilbruch.«

Sina sah sich um. Einen Fernseher suchte man in diesem Raum tatsächlich vergeblich. Stattdessen wurden die Wände von insgesamt drei großformatigen, edel gerahmten Gemälden geschmückt.

So kommen die Kunstwerke richtig gut zur Geltung. Nicht wie auf dem einen Foto, das ich gestern gesehen habe, wo unzählige Bilder dicht an dicht hingen. Da wusste man gar nicht, wo man zuerst hinschauen soll. Die haben sich gegenseitig erdrückt.

Der Mann, der das Wohnzimmer betrat, war eindeutig als die Person von Matthias Wilkes zwanzig Jahre alten Fotos zu erkennen. Dirk Tesch hatte sich kaum verändert, nur vereinzelte graue Strähnen an den Schläfen und einige Falten im Gesicht zeugten davon, dass der Unternehmer mittlerweile Anfang sechzig war.

Kühl nickte er Sina und Sven zu, setzte sich in einen Sessel und schlug die Beine übereinander. Die gefalteten Hände legte er auf den Knien ab.

Mit gerunzelter Stirn hörte Tesch zu, als Sina zusammenfasste, warum sie sich mit ihm unterhalten wollten.

»Ach ja, dieser Joshua Keller. Ich will ja nicht schlecht über ihn reden, dass er im Krankenhaus liegt, ist natürlich furchtbar und ich wünsche ihm eine baldige vollständige Genesung, aber was für ein aufdringlicher Mensch. Schrecklich.« Teschs Stimme klang blasiert.

Dir ist es doch so was von egal, ob Keller wieder gesund wird, dachte Sina. Sie senkte den Blick auf das Notizbuch, das sie im Schoss hielt, damit Tesch die Missbilligung in ihrer Miene nicht auffiel.

»Wie äußerte sich diese Aufdringlichkeit denn?«, fragte Sina, den Blick immer noch gesenkt.

»Er kreuzte hier unangemeldet auf und faselte etwas von einem verschwundenen Mädchen. Ich verstand erst nicht, was er meinte, ich dachte, es geht um einen aktuellen Vermisstenfall, also erklärte ich mich natürlich bereit, mit ihm zu sprechen. Doch dann stellte sich heraus, dass er über dieses Mädchen sprechen wollte, dessen Leiche vor Kurzem gefunden wurde. Sie hatte mich wohl einige Zeit vor ihrem Verschwinden für ihre Schülerzeitung interviewt.«

Tesch zog die Augenbrauen hoch. »Aber das ist zwanzig Jahre her! Ich konnte mich überhaupt nicht erinnern.«

Seine Miene wirkte anklagend, als er Sina ansah. »Können Sie sich an alles erinnern, was Sie vor zwanzig Jahren getan haben? Sicher nicht.«

Sina deutete ein Kopfschütteln an.

»Dann legte er auch noch sein Smartphone auf den Tisch und wollte unser Gespräch aufzeichnen. Da bat ich ihn zu gehen.«

»Was er dann auch tat?«, fragte Sina.

Tesch nickte. »Ja, ich wollte nicht noch mehr Zeit mit diesem Mann verschwenden. Ich hatte ihm absolut nichts zu sagen.«

Wieder zog er eine Augenbraue nach oben. »Das gilt dann wohl auch leider für Sie. Ich habe mich nur wenige Minuten mit diesem Herrn Keller abgegeben. Ich weiß wirklich nicht, wie ich Ihnen da bei Ihren Nachforschungen helfen könnte.«

»Wie sieht es denn mit Dana Manthey aus? Ja, es ist zwanzig Jahre her, aber seit Joshua Keller bei Ihnen war, sind knapp zwei Tage vergangen. Ist Ihnen in dieser Zeit vielleicht doch noch etwas dazu eingefallen? Zwei Schüler des Theodor-Storm-Gymnasiums, die eine Reportage über sie machten. Ein Mädchen, das sie interviewte, und ein Junge, der fotografierte.«

Ein wenig ungehalten schüttelte Dirk Tesch den Kopf. »Nein, ich habe leider keinerlei Erinnerungen an diese beiden.«

Sina deutete mit ihrem Kugelschreiber auf das Gemälde über dem Kamin. »Das Interview fand nicht in diesem Raum statt, sondern in einem Zimmer, in dem zumindest eine Wand über und über mit Gemälden bedeckt war. Ihr Arbeitszimmer?«

Mit versteinerter Miene musterte Dirk Tesch Sina. »Schon mein Vater und Großvater waren sehr an Kunst interessiert. Im Laufe der Jahrzehnte kam eine beachtliche Sammlung zustande.«

Er gestikulierte zu den drei Gemälden, die im Wohnzimmer hingen. »Dies hier sind nur einige

Kunstwerke, die ich besonders schätze.«

Er hat meine Frage nicht beantwortet, dachte Sina. *Warum nicht?*

Sie beschloss, hartnäckig zu bleiben. »Ich würde gerne das Zimmer sehen, in dem Dana Manthey damals das Interview mit Ihnen führte.«

Nun schossen die Augenbrauen des Unternehmers förmlich in die Höhe. »Welchem Zweck soll das dienen?«

»Wir ermitteln in einem Mordfall«, sagte Sina kühl. »Die Rekonstruktion der letzten Handlungen des Opfers stellen regelmäßig einen Teil der Ermittlungen dar.«

Einen Moment starrte Dirk Tesch Sina einfach nur wortlos an. Dann erhob er sich. »Nun gut, wenn Sie mir bitte folgen würden.«

Er führte Sina und Sven zurück in den Eingangsbereich und eine Treppe in das obere Stockwerk hinauf. Dort öffnete er eine Tür und ließ Sina und Sven den Vortritt.

»Ich weiß wirklich nicht, was Sie hier zu finden hoffen, aber bitte.«

Staunend sah Sina sich um. Die Wand hinter dem wuchtigen Schreibtisch war ab einer Höhe von ungefähr einem Meter immer noch fast vollständig mit Gemälden verschiedenster Größe bedeckt.

Genau wie auf dem Foto im Storm, dachte sie und musterte die Wand. *Die Bilder, die ganz oben hängen, kann man gar nicht richtig sehen.*

»Faszinierend«, sagte sie und wandte sich zu Dirk Tesch um. Der war im Türrahmen stehen geblieben und sah demonstrativ auf seine Armbanduhr.

»Dana Manthey hat Ihnen sicher auch Fragen über Ihre Kunstsammlung gestellt, oder?«, fragte

Sina.

Unwirsch schüttelte der Unternehmer den Kopf. »Ich sagte Ihnen doch bereits, dass ich mich nicht mehr erinnern kann.«

Er winkelte den linken Arm an und legte den rechten Zeigefinger auf das Zifferblatt seiner Uhr. »Wäre das dann alles?«

»Fürs Erste ja«, sagte Sina kühl. Sie reichte Dirk Tesch eine ihrer Karten. »Rufen Sie uns bitte an, falls Ihnen doch noch etwas einfallen sollte. Ansonsten kann es gut sein, dass wir Sie im Rahmen unserer weiteren Ermittlungen vielleicht noch einmal sprechen müssen.«

Tesch verdrehte die Augen, nahm aber die Karte entgegen. »Glauben Sie mir, Sie verschwenden bei mir nur Ihre Zeit.«

***

Sina und Sven saßen auf der Terrasse eines Cafés in Keitum, die Blick auf die Wattlandschaft bot. Nach der Befragung von Dirk Tesch, die so unbefriedigend verlaufen war, hatte Sina dringend einen starken Kaffee gebraucht.

»Warum war Tesch so abweisend, als wir sein Arbeitszimmer sehen wollten?«, fragte sie Sven, nachdem sie die ersten Schlucke genommen hatte und das Koffein begann, seine Wirkung zu entfalten.

»Er hat sich wie eine Person benommen, die etwas zu verbergen hat«, meinte Sven. »Ich war fast ein wenig enttäuscht, als ich das Zimmer dann zu sehen bekam. Abgesehen von den ganzen Bildern ist es ja nichts Besonderes. Schreibtisch, Stuhl, Bücherregal. Alles perfekt aufgeräumt, keine möglicherweise vertraulichen Papiere, die herumlagen.«

Sina sah ihren Kollegen nachdenklich an. »Du hast recht, das einzige Ungewöhnliche an diesem Raum sind die vielen Bilder. Aber auch auf dem Treppenabsatz hingen etliche kleinere Gemälde, dazu die großen im Wohnzimmer.«

»Im Eingangsbereich hingen auch zwei«, sagte Sven. »Die fielen mir aber erst beim Gehen auf. Als wir das Haus betreten haben, habe ich nur den Lift gesehen und gar nicht weiter darauf geachtet, was da an den Wänden hing.«

Sina nickte, ihr war es ähnlich gegangen. »Er erwähnte, dass sein Vater und Großvater Sammler waren, wahrscheinlich gibt es in dem Haus noch viel mehr Gemälde.«

»Oder er hat den absoluten Großteil in seinem Arbeitszimmer an die Wände geknallt«, scherzte Sven. »Vielleicht wollte er uns da nicht reinlassen, weil er nicht will, dass wir wissen, was für Werte er da hängen hat.«

Stirnrunzelnd sah Sina ihn an. »Vor zwanzig Jahren hatte er aber offensichtlich kein Problem damit, Dana Manthey und Matthias Wilke in dieses Zimmer zu lassen. Wilke hat ja sogar Fotos machen dürfen.«

Jetzt runzelte auch Sven die Stirn. »Stimmt. Eines der Fotos wurde dann auch veröffentlicht. Wenn er darauf bedacht wäre, dass niemand erfährt, was für wertvolle Kunstwerke er in seinem Haus hat, war das ja eher kontraproduktiv.«

Sina trommelte mit den Fingern auf die Tischplatte des kleinen runden Cafétisches, an dem sie saßen. Da war ein Gedanke, ganz am Rande ihres Bewusstseins, der sich nicht fassen ließ. *Irgendetwas mit Kunst. Gemälde, Sammler ... Ich komm nicht drauf.*

»Warum schaust du denn so grimmig?«, fragte Sven und führte seine Kaffeetasse zum Mund.

Sina seufzte. »Kennst du das, wenn du das Gefühl hast, du stehst kurz davor, einen wichtigen Gedanken zu haben, aber der steckt irgendwie fest?«

»Locker lassen, an was anderes denken«, riet Sven. »Wenn du versuchst, es zu erzwingen, wird das nie was.«

»Du hast recht.« Sina hob ihre eigene Kaffeetasse, trank sie in zwei großen Schlucken leer. »Lass uns aufs Revier zurückfahren. Du schreibst das Protokoll über die Befragungen, ich sehe mir noch einmal Danas Sachen an.«

Da durchfuhr es sie wie ein Blitz. Klappernd stellte Sina die Kaffeetasse ab. »Raubkunst«, rief sie.

Sven sah sie mit großen Augen an.

»Das war der Gedanke, der nicht rauswollte«, sagte Sina aufgeregt. »In Danas Unterlagen befanden sich mehrere Ausdrucke zum Thema Raubkunst. Außerdem hat ihre Geschichtslehrerin Keller erzählt, dass sich Dana sehr für dieses Thema interessiert hat. Kurz vor ihrem Verschwinden hat sie ihre Lehrerin gefragt, wie sie mehr Informationen über dieses Thema finden könnte. Das habe ich in Kellers Notizen gelesen.«

»Raubkunst? Du meinst, Tesch hat vielleicht Kunstwerke an der Wand, die sein Vater oder Großvater in der Nazizeit gestohlen haben?« Svens Stimme klang aufgeregt, seine Augen glänzten.

Sina winkte hektisch der Kellnerin zu. »Ich muss mir sofort diese Ausdrucke noch einmal ganz genau ansehen.«

***

Sorgfältig tippte Sina eine URL in den auf ihrem PC-Bildschirm geöffneten Browser ein. Die dazugehörige Website baute sich auf.

»Zum Glück gibt es die URL noch«, meinte Sven, der ihr über die Schulter sah. »Das ist nach zwanzig Jahren auch keine Selbstverständlichkeit.«

»Das ist die internationale Datenbank, in der Raubkunst gespeichert wird«, murmelte Sina. Der Link war handschriftlich auf einem der Ausdrucke notiert gewesen, die sich unter Danas Unterlagen befanden.

»Und der Link führt direkt zu einer Seite, auf der es um ein ganz bestimmtes Gemälde geht.« Svens Stimme klang aufgeregt. »Ein Bild von Renoir. Ich kenne mich mit Kunst zwar nicht sonderlich aus, aber der Name sagt sogar mir etwas.«

Sina klickte auf die Abbildung des während des Naziregimes geraubten und seitdem als verschollen geltenden Kunstwerkes. Das Bild öffnete sich in einer größeren Ansicht, sodass man die Details besser sehen konnte.

Das Gemälde zeigte eine abstrakte Landschaft mit farbenprächtigen Pflanzen an einem See oder Fluss.

»Dana hat sich eine URL notiert, die genau zu diesem Gemälde führt. Nicht zu der Datenbank allgemein, sondern zu diesem speziellen Kunstwerk«, sagte Sina. »Das muss etwas zu bedeuten haben.«

»Wir müssen uns das Foto aus dem Storm ansehen«, meinte Sven. »Vielleicht entdecken wir das Gemälde.«

Sina schloss die Großansicht und studierte die Beschreibung des Gemäldes. »Da steht, das Bild sei kaum größer als eine Postkarte«, sagte sie. »Es verschwand im Jahr 1939, nachdem die Galerie eines jüdischen Kunsthändlers in Düsseldorf zwangsweise schließen musste.«

Sven hatte bereits die Ausgabe der Schülerzeitung herausgesucht, in der das Interview mit Dirk Tesch abgedruckt war. Er blätterte zu der gesuchten Seite und legte die aufgeschlagene Zeitschrift auf Sinas Schreibtisch.

Gemeinsam beugten sie sich vor und studierten das großformatige Foto, das den Unternehmer vor einem Teil seiner umfangreichen Sammlung sitzend zeigte.

»Ich sehe hier kein Gemälde, das nur Postkartengröße hat«, sagte Sven.

»Vergiss den Rahmen nicht«, murmelte Sina. »Wenn das Gemälde in einem breiten Rahmen steckt, ist es deutlich größer.«

Doch auch Sina konnte den farbenprächtigen kleinformatigen Renoir auf dem Foto nicht ausmachen.

»Das hat nichts zu sagen«, meinte Sven. »Dieses Foto zeigt nur einen kleinen Ausschnitt der Wand. Der Renoir könnte an einer anderen Stelle hängen.« Er schnippte mit den Fingern. »Er könnte sogar ganz woanders im Haus hängen. Dana sah das Gemälde, es fiel ihr auf, weil es so klein ist und sie fragte Tesch danach.«

»Sie müsste ihn noch nicht einmal nach dem Bild gefragt haben«, meinte Sina. Sie deutete auf die immer noch geöffnete Website der Raubkunst-Datenbank. »Auf dem Bilderrahmen steht der Name des Malers. Vielleicht hat ihr das Bild einfach gut gefallen, sie hat es, als sie wieder daheim war, gegoogelt und dabei festgestellt, dass sie auf ein verschollenes Meisterwerk gestoßen war.«

»Dann hat sie ihre Erkenntnis mit Tesch geteilt«, sagte Sven leise. »Und das hat sie das Leben gekostet.«

Sina lief es kalt den Rücken hinunter. »Das könnte tatsächlich passen«, sagte sie. »Das könnte die große Story sein, von der sie in ihrem Notizbuch geschrieben hat.«

Mit großen Augen sah Sina ihren Kollegen an. »Das macht alles Sinn. Es fühlt sich an, als ob bei einem Puzzle mit einem Schlag alle Teile an die richtige Stelle fallen.«

In Sinas Kopf jagten sich die Gedanken, sie konnte sie gar nicht so schnell in Worte fassen. Hatte Dana Tesch damit konfrontiert, dass sie herausgefunden hatte, dass sein Renoir Raubkunst war? Oder war sie ganz naiv davon ausgegangen, dass Tesch nicht ahnte, was er da an der Wand hängen hatte? Dachte sie vielleicht sogar, er würde mit Begeisterung zustimmen, das Gemälde an seine eigentlichen Eigentümer zurückzugeben?

Was auch immer es war, sie ist zu Tesch gefahren, hat ihm erzählt, dass sie seinen Renoir in der Datenbank gefunden hat und dann hat er sie getötet. War es Totschlag im Affekt, weil er sich durch Dana bedroht fühlte? Wollte er das Gemälde nicht zurückgeben oder wollte er seinen guten Ruf nicht gefährden?

»Wie wertvoll kann so ein kleines Bild denn sein, dass jemand deswegen ein junges Mädchen tötet?«, fragte Sven leise.

»Ich glaube, um den materiellen Wert des Bildes ging es Tesch nicht«, meinte Sina. »Er machte ja nicht gerade den Eindruck, als sei er knapp bei Kasse.«

»Allerdings nicht«, sagte Sven. »Und wenn schon sein Vater und Großvater so große Sammler waren, waren die sicher auch vermögend. Wahrscheinlich hat er den Großteil seines Vermögens gar nicht selbst verdient, sondern geerbt.«

Sina schob sich mit ihrem Bürostuhl ein Stück vom Schreibtisch weg. »Gut, wir wissen, dass Sina sich für ein ganz spezielles Renoir-Gemälde interessiert hat, das als Beutekunst registriert ist. Dass sich dieses Gemälde in Teschs Besitz befindet, ist bis jetzt jedoch nur eine Vermutung.«

Sven sah sie fragend an. »Willst du jetzt etwa zu Tesch fahren und dir seine Sammlung zeigen lassen? Du kannst doch davon ausgehen, dass er den Renoir längst irgendwo versteckt hat. Wahrscheinlich hängt der seit 2003 im Keller.«

»Genau aus diesem Grund will ich auch nicht zu Tesch. Ich will mir die Fotos ansehen, die wir bei Matthias Wilke mitgenommen haben. Erinnerst du dich noch, wie dick die Mappen waren, die er uns mitgegeben hat?«

Svens Miene hellte sich auf. »Du hast recht, das ist wahrscheinlich der beste Weg, herauszufinden, ob damals der Renoir an der Wand von Teschs Arbeitszimmer hing.«

***

Den Ordner, in dem sich die Fotos von Dirk Tesch befanden, hatten Sina und Sven schnell gefunden. Die darin aufbewahrten Fotos hatten sie aufgeteilt. Nun saß jeder mit einem Stapel Abzügen vor sich am Schreibtisch und studierte die Bilder ganz genau.

»Das Bild muss so aufgehängt gewesen sein, dass

es sich in Danas Blickfeld befand«, meinte Sina. »Es kann nicht weit oben an der Wand gehangen haben, da wäre es ihr nicht aufgefallen.«

»Wie ich bereits sagte, habe ich von Kunst nicht viel Ahnung, aber so ein kleinformatiges Gemälde würde ich wahrscheinlich auf Augenhöhe hängen«, sagte Sven.

Er wedelte mit dem Foto, das er in der Hand hielt. »Hier ist eine Aufnahme, die zeigt die gesamte Wand hinter Teschs Schreibtisch. Aber da bräuchte ich eine Vergrößerung oder zumindest eine Lupe, ich kann da nichts erkennen.«

Sina zog eine ihrer Schreibtischschubladen auf und kramte eine Weile darin herum. Schließlich fand sie das Gesuchte: ein kleines Vergrößerungsglas. »Versuch's mal hiermit.«

Sven nahm sich das Foto vor, besah es sich Quadratmillimeter für Quadratmillimeter. Er schüttelte den Kopf. »Ich sehe den Renoir leider nicht.«

Sina blies die Backen auf. »Gut, an der Wand hinter dem Schreibtisch hing er also schon mal nicht. Wie sieht es mit Fotos von anderen Räumen in Teschs Haus aus?«

»Wenn das Teil im Eingangsbereich hing und Dana es zufällig gesehen hat, als sie ihre Jacke aufgehängt hat, haben wir Pech gehabt. Da hat Wilke garantiert keine Fotos gemacht.«

»Mal keine Schreckgespenster an die Wand«, meinte Sina. »Als Nächstes vermutest du noch, der Renoir hing im Gästeklo.«

»Könnte doch sein«, murmelte Sven und blätterte weiter durch seinen Fotostapel.

Sina legte einige Großaufnahmen von Dirk Tesch an seinem Schreibtisch beiseite. Darunter kam ein

Foto zum Vorschein, das im Wohnzimmer des Hauses aufgenommen worden war.

Sina erkannte den Raum nur am Kamin und dem großformatigen Gemälde, das darüber hing, denn die Einrichtung hatte Tesch irgendwann im Laufe der vergangenen zwanzig Jahre komplett ausgetauscht.

Auf dem Foto saß der Hausherr auf einer schwarzen Couch, einen großformatigen Bildband auf den Knien, den er zu studieren vorgab.

Da wollte er wohl einen auf feingeistiger Intellektueller machen, der sich mit Kunst umgibt und belesen ist, dachte Sina.

Sie wollte das Foto schon beiseite legen, als ihr Blick auf einen Beistelltisch neben der Couch fiel. Sie griff nach dem Vergrößerungsglas, das Sven wieder beiseite gelegt hatte, und hielt es so, dass sie den Gegenstand auf dem Beistelltisch genauer betrachten konnte. Zischend stieß sie den Atem aus.

»Hast du etwas gefunden?«, fragte Sven.

»Ich glaube ja«, antwortete Sina. Sie schob Sven das Foto zu und tippte darauf. »Auf dem Beistelltisch steht doch eindeutig ein kleiner Bilderrahmen. Und darin steckt auf jeden Fall kein Foto.«

Sven beugte sich tief über den Abzug, dann nahm auch er die Lupe zu Hilfe. »Ich denke, das ist der Renoir.«

Sein Blick wanderte von dem vor ihm liegenden Foto zu Sinas PC-Monitor. Der hatte sich allerdings mittlerweile längst in den Energiesparmodus geschaltet. »Kann ich das Foto von der Datenbank noch einmal sehen?«

Sina bewegte ihre Maus und der Bildschirm erwachte wieder zum Leben. Sie beobachtete Sven, wie er zwischen Monitor und Abzug hin und hersah.

Schließlich nickte er. »Für mich ist das hier der verschollene Raubkunst-Renoir.«

»Gut«, sagte Sina. »Und was machen wir jetzt?«

Sie lehnte sich zurück und verschränkte die Arme. »Eins ist klar: Der Renoir befindet sich nicht mehr im Wohnzimmer«, sagte sie. »Ich kann mich ganz genau erinnern, dass es nur die drei großformatigen Gemälde an den Wänden gab. Während wir auf Tesch gewartet haben, habe ich mich gründlich umgesehen.«

»Ich werde mit meiner Vermutung recht haben, dass der Renoir nach Dana Mantheys Tod im Keller verschwunden ist«, sagte Sven.

»Im Keller oder in einem Safe, klein genug ist er ja«, sagte Sina.

»Was jetzt? Durchsuchungsbeschluss und das Haus auf den Kopf stellen?«

Sina starrte kurz auf den Monitor ihres PCs. »Darauf wird es wohl hinauslaufen. Aber ich möchte mich vorher noch ein wenig besser über diesen Dirk Tesch informieren. Über ihn und seine Sammlung.«

Aufs Geratewohl öffnete Sina eine Suchmaschine und gab den Namen Dirk Tesch ein. Außerdem fügte sie den Suchbegriff *Kunstsammlung* hinzu.

Sven zog den kleinen Stapel restlicher Fotos, die Sina noch nicht durchgesehen hatte, zu sich heran. »Ich schaue so lange mal, ob ich noch ein anderes Bild finde, auf dem man den Renoir vielleicht besser erkennt.«

Sina hatte Glück mit ihrer Suche. Sie stieß auf einen Bericht aus einer Kunstzeitung, der zwar schon einige Jahre alt war, aber genau die Informationen enthielt, die Sina interessierten.

Sie las, dass Dirk Teschs Vater Rudolf zu Beginn der Fünfzigerjahre eine Zeitlang in Paris gelebt und dort etliche Gemälde erworben hatte, mit denen er die von seinem Vater begonnene Kunstsammlung vergrößerte.

Sina dachte an einen Wikipedia-Artikel zurück, den sie zum Thema Raubkunst gelesen hatte. Sie wusste, dass die Nazis zahlreiche der in Deutschland geraubten Gemälde nach Frankreich geschafft und dort verkauft hatten.

Wer war dieser Kunsthändler, dem der Renoir ursprünglich gehört hat? Das stand doch auch in dieser Datenbank.

Sina sprang zurück zum internationalen Raubkunstregister und sah sich den Eintrag für den Renoir noch einmal an.

Sie las, dass der Düsseldorfer Kunsthändler auf die französischen Impressionisten spezialisiert gewesen war. In seinem Besitz hatten sich zahlreiche Werke von Malern wie Degas, Renoir, Manet und Monet befunden.

Das passt also. Nach der Zwangsenteignung aus der Düsseldorfer Galerie nach Frankreich verbracht, dort eingelagert oder verkauft und einige Jahre nach Kriegsende kam Tesch Senior und hat das Bild erworben. Auf welche Weise auch immer.

Sina überlegte. Ob Rudolf Tesch wohl gewusst oder zumindest geahnt hatte, dass es sich bei dem Renoir um Beutekunst handelte?

Sie sah sich noch einmal das Datum an, an dem die Zwangsenteignung erfolgt war. Juli 1939.

Eine andere Möglichkeit wäre natürlich, dass das Bild gar nicht nach Frankreich geschafft wurde, sondern bereits in Düsseldorf verkauft oder sogar gestohlen worden ist. Dann wäre der Käufer nicht Teschs Vater gewesen, sondern sein Großvater. In dem Falle hätte er gewusst, dass er sich das Bild nicht rechtmäßig angeeignet hat. Ich wüsste zu gerne, wie lange die Familie Tesch den Renoir schon besitzt.

Sina schloss den Browser und wandte sich wieder Sven zu. »Wie können wir Dirk Tesch mit dem, was wir soeben herausgefunden haben, konfrontieren? Wir haben nicht einmal ein Foto von 2003, auf dem der Renoir deutlich zu erkennen ist. Der lacht uns doch aus.«

»Das Lachen könnte ihm schnell vergehen«, sagte Sven und hielt einen schmalen Umschlag hoch. »Matthias Wilke hat auch sämtliche Negative aufgehoben.«

Einen Moment sah Sina ihren Kollegen verwirrt an, dann begriff sie. »Wir lassen eine Ausschnittsvergrößerung von dem Foto anfertigen. Dann sollte der Renoir eindeutig zu identifizieren sein.«

»Ich rufe sofort Wilke an«, sagte Sven und stand auf. »Vielleicht kann er das erledigen. Wenn wir das Negativ erst aufs Festland schicken müssen, dauert das doch viel zu lange.«

***

Matthias Wilke betrieb sein Hobby Fotografie zum Glück immer noch so intensiv, dass er eine voll eingerichtete Dunkelkammer in seinem Haus hatte. Innerhalb kürzester Zeit hatte er das gewünschte Foto vergrößert.

Nun war eindeutig zu erkennen, dass Sina und Sven richtig lagen: Das kleine Bild auf dem Beistelltisch war der in der internationalen Raubkunst-Datenbank registrierte Renoir.

Nachdem Sina und Sven die Vergrößerung erhalten hatten, fingen sie an, ihre Strategie auszuarbeiten. Wie sollten sie nun vorgehen? Wie Dirk Tesch konfrontieren?

»Wir haben das Foto, das den Renoir in seinem Wohnzimmer zeigt, wir haben den Ausdruck aus der Datenbank, den wir bei Dana Mantheys Sachen gefunden haben, wir haben ihre Notiz, dass sie einer großen Story auf der Spur sei. Das muss doch einfach reichen«, fasste Sven zusammen.

»Nicht, wenn Tesch sich dumm stellt. Er kann behaupten, dass er den Renoir geerbt hat und nie Anlass zu der Vermutung hatte, dass dieser nicht rechtmäßig erworben wurde. Dass Dana herausgefunden hat, dass es sich um Raubkunst handelt und ihn darauf angesprochen hat, bestreitet er einfach«, meinte Sina.

Sie deutete auf den Ausdruck aus der Online-Datenbank, der neben dem vergrößerten Foto lag. »Außerdem haben wir bis jetzt nur Spekulationen, wie Dana darauf gekommen ist, ausgerechnet nach diesem Bild zu suchen. Tesch hat so viele Kunstwerke, da wird sie doch nicht jedes einzelne recherchiert haben, oder?«

»Vielleicht hat sie sich vorher schon mit dem Thema Beutekunst beschäftigt«, sagte Sven. »Wir haben uns auch nicht angesehen, was für Maler die Sammlung Tesch sonst noch so hergibt. Vielleicht war Renoir der einzige bekannte Künstler, von dem Dana ein Gemälde sah, und deswegen war sie neugierig. Aufmerksam wurde sie auf den Renoir, weil er so ungewöhnlich klein ist, darum hat sie ihn sich genauer angesehen. Oder ihr hat das Bild einfach gefallen und sie hat deswegen danach gesucht.«

»Es mag ja sehr gut sein, dass eine dieser Möglichkeiten zutrifft«, meinte Sina. »Aber wie nageln wir Tesch fest? Wir müssen ihn dazu bringen, dass er ein Geständnis ablegt. Wir haben keine handfesten Beweise.«

Sven fuhr sich mit beiden Händen durch die Haare. »Nach zwanzig Jahren einen Zeugen aufzutreiben, der aussagt, dass Dana Manthey am Tag ihres Verschwindens bei Dirk Tesch war, können wir vergessen. Damals hat sich schon niemand gemeldet, also wird sie schlichtweg niemand gesehen haben.«

Sina kaute auf ihrer Unterlippe. »Tesch lebt alleine, war das damals auch schon so? Wenn er 2003 verheiratet war oder eine Lebensgefährtin hatte, mit der er zusammenwohnte, könnte es vielleicht doch sein, dass die uns jetzt etwas erzählt, was sie damals verschwiegen hat.«

»In dem Artikel im Storm stand nichts von einer Freundin oder Ehefrau«, meinte Sven. Dann schnippte er mit den Fingern. »Die Haushälterin! Wir müssen herausfinden, ob die Dame, die uns die Tür aufgemacht hat, auch 2003 schon für Tesch gearbeitet hat.«

Sina nickte. »Und wenn nicht, müssen wir den Namen der damaligen Hausangestellten herausbekommen. Lass uns aber trotzdem die Daten von Standesamt und Einwohnermeldeamt überprüfen. Nicht dass Dana Teschs Partnerin auf deren Wunsch nicht erwähnt hat.«

»Ich mache mich sofort an die Arbeit«, sagte Sven.

»Ich kümmere mich um die Hausangestellte«, sagte Sina. »Übernimm du die Suche nach einer Ehefrau oder eingetragenen Lebensgemeinschaft. Ach ja, und beantrage bitte auch gleich noch einen Durchsuchungsbeschluss.«

Sina griff nach ihrem Smartphone. Als sie es in der Hand hielt und das Display entsperren wollte, durchzuckte sie eine Idee.

»Kommando zurück«, sagte sie zu Sven. »Es könnte noch einen ganz anderen Weg geben, wie wir Tesch überführen können.«

***

Sina und Sven waren von derselben Hausangestellten wie schon am Vormittag ins Wohnzimmer geführt worden. Auch heute wurden ihnen keine Getränke angeboten.

Dirk Tesch ließ sie mehrere Minuten warten und als er schließlich erschien, war er sichtlich ungehalten.

»Was gibt es denn nun schon wieder?«, fragte er. Auf eine Begrüßung verzichtete er. Statt sich zu setzen, baute er sich neben dem Kamin auf, musterte Sina und Sven durchdringend.

Mit seinem Imponiergehabe will er uns wohl zeigen, dass er nicht vorhat, sich übermäßig viel Zeit für uns zu nehmen, dachte Sina. *Aber da kann er sich aufführen, wie er will, das wird ihm nichts helfen.*

Sina blieb ganz entspannt sitzen und sah sich demonstrativ im Raum um. »Ihre Kunstsammlung ist wirklich überaus beeindruckend«, sagte sie.

Tesch schnaubte. »Sind Sie deswegen hier? Um mir Komplimente über meine Sammlung zu machen?«

»Nein, selbstverständlich nicht«, gab Sina zurück. »Es geht immer noch um den Fall Dana Manthey.«

Dirk Tesch verdrehte die Augen. »Habe ich mich

vorhin nicht klar und deutlich ausgedrückt? Ich kann Ihnen nicht helfen. Ich konnte mich ja nicht einmal an den Namen dieses Mädchens erinnern, bis dieser Keller hier auftauchte.«

Sina stand auf. »Doch, Sie können uns helfen, Herr Tesch, davon sind wir überzeugt.« Sie gestikulierte in Richtung des Eingangsbereiches. »Lassen Sie uns dieses Gespräch doch in Ihrem Arbeitszimmer fortsetzen.«

Der Hausherr öffnete den Mund, wohl um zu protestieren. Doch nun stand auch Sven auf und hielt den Umschlag mit den mitgebrachten Unterlagen hoch.

Sina deutete auf den Umschlag. »Es wird nicht lange dauern. Wir wollen, dass Sie sich einige Dinge ansehen. Je schneller wir in ihr Arbeitszimmer gehen, desto schneller sind wir damit fertig. Also?«

Wortlos ging Dirk Tesch auf den Durchgang zum Eingangsbereich zu.

Hinter seinem Rücken zwinkerte Sina Sven zu. Für ihren Plan war es von äußerster Wichtigkeit, Zugang zu Teschs Arbeitszimmer zu erhalten.

So weit, so gut, dachte sie und folgte dem Unternehmer durch die Eingangshalle und die Treppe hinauf.

In seinem Arbeitszimmer ließ Dirk Tesch sich mit einem lauten Seufzen in den Sessel hinter seinem Schreibtisch fallen. Er legte die Fingerspitzen aneinander und sah Sina und Sven düster an. Einen Platz bot er den beiden Polizisten nicht an.

Sina nahm Sven den Umschlag ab und legte erst den Ausdruck aus der Raubkunst-Datenbank vor Tesch auf die Tischplatte. Dann beugte sie sich vor und nahm den Unternehmer ins Visier.

»Dana Manthey interessierte sich kurz vor ihrem Tod auffällig für das Thema Raubkunst«, sagte sie.

Tesch zuckte nicht einmal mit der Wimper. Den vor ihm liegenden Ausdruck ignorierte er.

Sina tippte nachdrücklich mit dem Zeigefinger auf das Blatt. »Ganz besonders großes Interesse zeigte sie an diesem speziellen Gemälde. Einem Renoir, der seit der Zwangsenteignung eines Düsseldorfer Kunsthändlers im Jahre 1939 als verschollen gilt.«

»Was hat das mit mir zu tun?«, fragte Tesch. Sein Tonfall klang aggressiv.

Nun zog Sina das vergrößerte Foto aus dem Umschlag und legte es neben den Ausdruck. »Vor zwanzig Jahren, als Sie der Schülerzeitung das Interview gaben, wurde dieses Foto in Ihrem Wohnzimmer aufgenommen. Auf dieser Ausschnittsvergrößerung ist genau dieser verschollene Renoir eindeutig zu erkennen.«

Jetzt kniff Dirk Tesch die Augen zusammen. Steile Falten erschienen zwischen seinen Augenbrauen. »Was wollen Sie mir hier eigentlich vorwerfen?«

»Dana Manthey identifizierte Ihren Renoir als Raubkunst. In einem ihrer Notizbücher notierte sie wenige Tage vor ihrem Verschwinden, dass sie einer brisanten Story auf der Spur sei. Wir denken, dass Dana Manthey Sie damit konfrontiert hat, dass Sie Raubkunst besitzen.«

»Das ist ja ungeheuerlich«, rief Dirk Tesch. Er beugte sich vor und hieb mit der geballten Faust auf die Tischplatte.

Sina ließ sich nicht beeindrucken. »Dana wollte Sie wahrscheinlich dazu bringen, dass Gemälde an die Erben des enteigneten Kunsthändlers zurückzugeben. Darüber wollte Sie einen Artikel schreiben.

Das gefiel Ihnen aber leider nicht.«

Sina beugte sich vor und fixierte Dirk Tesch mit ihrem Blick. »Sie haben Dana Manthey getötet, um einen Skandal zu vermeiden.«

Röte kroch über Dirk Teschs Gesicht, zischend atmete er aus. »Nein, habe ich nicht. Das ist ja das reinste Ammenmärchen, das Sie sich da zusammengereimt haben.«

Er sprang aus seinem Sessel auf und deutete zur Tür. »Verlassen Sie mein Haus. Sofort!«

Sina trat einen Schritt zurück und griff zu ihrem Handy. »Ein Durchsuchungsbeschluss für Ihr Haus ist bereits beantragt, Herr Tesch«, sagte sie, während sie das Display entsperrte.

Sie nickte Sven zu.

»Abgesehen von der Hausdurchsuchung werden wir auch Ihren Wagen beschlagnahmen, um ihn auf Unfallspuren zu untersuchen«, sagte Sven.

Die Röte wich aus Teschs Gesicht, er wurde blass. »Wozu das alles?« Seine Stimme klang krächzend und wenig überzeugend.

Sina tippte auf das Display ihres Handys, holte eine gespeicherte Telefonnummer auf den Bildschirm, legte den Zeigefinger auf das Hörersymbol. Einige Sekunden herrschte angespannte Stille, dann ertönte ein dumpfes Klingeln.

Tesch zuckte zusammen, sah sich hektisch um.

Sina legte ihr Smartphone, auf dem sie soeben die Handynummer Joshua Kellers angerufen hatte, auf die Schreibtischplatte.

Sven trat neben Dirk Tesch, der nun leichenblass war, und zog die oberste Schreibtischschublade auf. Das Klingeln wurde lauter.

Sina sah, wie ihr Kollege einige Unterlagen beiseite schob. Darunter kam ein klingelndes Smartphone mit blinkendem Display zum Vorschein.

Sina tippte auf das rote Hörer-Symbol auf ihrem eigenen Telefon. Das Klingeln verstummte.

»Verdacht auf Mord und Fahrerflucht«, sagte sie. »Alles weitere werden wir auf dem Revier besprechen. Bitte rufen Sie Ihren Anwalt an.«

***

Sina saß gemeinsam mit Sven an ihrem Schreibtisch. Vor sich hatten sie alle Unterlagen ausgebreitet, die sie für die anstehende Vernehmung von Dirk Tesch benötigen würden.

Auf ihrem PC hatte Sina ein Dokument geöffnet, in dem sie eine chronologische Aufstellung der Ereignisse vor zwanzig Jahren erstellt hatte.

»Was mir keine Ruhe lässt, ist diese Bargeldabhebung in Flensburg mit Dana Mantheys Karte«, sagte sie.

»Vielleicht gibt es eine Möglichkeit herauszufinden, ob Tesch sich an dem Tag in Flensburg aufhielt«, meinte Sven.

»Das hat schon für Felix Jessel nicht geklappt«, murmelte Sina. »Aber einen Versuch ist es wert.«

Sie öffnete den Internetbrowser, gab den Namen Dirk Tesch, Flensburg und das Datum, an dem 2003 die Abhebung erfolgte, als Suchbegriffe ein.

Ohne viel Hoffnung sah sie sich die Ergebnisse an, Sven blickte ihr dabei über die Schulter.

Langsam scrollte Sina nach unten.

»Da! Was ist das?«, rief Sven neben ihr und deutete auf den Bildschirm.

Sina öffnete den Link, der Svens Aufmerksamkeit

erregt hatte. Als sich die Seite öffnete und sie sah, was sie gefunden hatten, atmete sie tief ein.

Bevor sie den gesamten Text las, überprüfte sie das Datum. Es passte.

Hoffentlich passt auch alles andere.

***

Dirk Tesch saß neben seinem Anwalt, einem Mann in den Fünfzigern in dunkelblauem Anzug, und machte einen überaus selbstgefälligen Eindruck.

Er sieht aus wie jemand, der davon überzeugt ist, dass wir ihm nichts nachweisen können, dachte Sina. *Aber das werden wir ja sehen.*

Sina und Sven hatten den beiden Männern gegenüber Platz genommen. Während Sven die Aufnahme startete und die üblichen Einleitungsfloskeln abspulte, blätterte Sina durch die Unterlagen, die sie mitgebracht hatte.

»Herr Tesch«, begann sie schließlich das Verhör, »beginnen wir mit dem Vorwurf der Fahrerflucht.«

Der Anwalt ergriff das Wort, bevor Sina ihre erste Frage stellten konnte. »Ich habe meinem Mandanten geraten, keine Aussage zu machen.« Wie um seinen Worten Nachdruck zu verleihen, klopfte er mit seinem edel wirkenden Füllfederhalter auf den vor ihm liegenden gelben Notizblock.

»Ich will aussagen«, sagte Dirk Tesch. »Ich bin unschuldig. Ich will schnellstmöglich alle Vorwürfe gegen mich ausräumen.«

Der Anwalt sagte nichts, doch Sina konnte sehen, wie seine Kiefermuskeln arbeiteten. Bevor Teschs Rechtsbeistand noch weitere Einwände vorbringen konnte, öffnete Sina den Pappaktenordner, den sie mitgebracht hatte.

»Wir haben in Ihrem Arbeitszimmer das Mobiltelefon des Geschädigten der Fahrerflucht gefunden.«

»Das kann ich ganz einfach erklären«, sagte Dirk Tesch. »Ich habe dieses Telefon gefunden. Ich wollte es ins Fundbüro bringen, aber dann habe ich das dummerweise vergessen.«

Sina zog eine Augenbraue hoch. »Wo haben Sie das Telefon gefunden?«

»In meinem Haus, im Eingangsbereich. Herr Keller muss es dort verloren haben, als er mich aufsuchte, um mich zu befragen«, sagte Tesch, ohne mit der Wimper zu zucken.

Da wird sein Wort gegen das von Joshua Keller stehen. Der wird uns auf Nachfrage sicher sagen, dass er das Telefon auch nach seinem Besuch bei Tesch noch hatte.

»Herr Tesch, wir werden Ihren Wagen auf Unfallspuren untersuchen lassen. Die Kollision mit Herrn Keller und dessen Fahrrad wird Spuren hinterlassen haben«, setzte Sina erneut an.

»Sie werden an meinem Wagen keinerlei derartige Spuren finden,« sagte Tesch mit fester Stimme. »Mein Wagen war in keinen Unfall verwickelt. Ich hatte noch nie einen Unfall.«

Sina warf Sven einen raschen Blick zu. Der hob unmerklich die Schultern.

Blufft Tesch oder hat er sich einen Wagen geliehen? Aber auch das müsste früher oder später herauszukriegen sein. Warum gibt er sich so selbstbewusst? Denkt er wirklich, wir werden ihm nichts nachweisen können?

Sina beschloss, das Thema Fahrerflucht fürs Erste ruhen zu lassen und sich dem Mord an Dana Manthey zuzuwenden.

»Gut, kommen wir zu dem Gemälde von Renoir. Dieses Bild wurde entweder von Ihrem Großvater oder von Ihrem Vater unrechtmäßig erworben.« Sina zog die Ausschnittsvergrößerung des Fotos von Matthias Wilke aus ihrem Ordner und legte es auf die Tischplatte vor Tesch. Daneben platzierte sie einen Ausdruck aus der internationalen Datenbank für Raubkunst.

»Wie Sie sehen, steht dieses Gemälde von Renoir auf der Liste verlorener oder gestohlener Kunstwerke. Bis 1939 gehörte es einem jüdischen Kunsthändler, der vom Naziregime zwangsenteignet wurde. Seitdem gilt das Gemälde als verschollen Wir haben bereits Kontakt zu der Organisation aufgenommen, damit über eine Rückgabe des Renoirs an die Erben als rechtmäßige Eigentümer verhandelt werden kann«, sagte Sina.

Sie beugte sich vor und fixierte Dirk Tesch mit ihrem Blick. Täuschte sie sich oder sah er schon etwas weniger selbstgefällig aus als noch vor wenigen Minuten?

»Natürlich wird sich ein Experte die Provenienz des Bildes ganz genau ansehen. Ebenso wie die Herkunft der restlichen Kunstwerke Ihrer umfassenden Sammlung.«

Sina holte tief Luft, bevor sie weitersprach. »Stellen Sie sich doch nur einmal den Medienrummel vor. Die vermeintlich so respektable Brauereifamilie, Kunstsammler seit drei Generationen, im Fadenkreuz internationaler Raubkunstfahnder. Ein gefundenes Fressen für die Presse, meinen Sie nicht?«

Ihre Worten zeigten eindeutig Wirkung: Dirk Tesch war sichtlich auf seinem Stuhl zusammengesunken. Wie weggewischt waren der überhebliche Gesichtsausdruck und die selbstbewusste Körperhaltung.

Und war das etwa eine Träne, die da in seinem Augenwinkel glitzerte?

»Mein Vater wusste davon doch nichts«, sagte Tesch leise. »Er war als Student in Paris, Anfang der Fünfzigerjahre. Ein Jahr lang.«

Tesch griff nach dem Foto, fuhr mit einem Finger über das abgebildete Gemälde. »Die Liebe zur Kunst hatte er von meinem Großvater. Als er nach Deutschland zurückkehrte, brachte er einige Bilder mit. Darunter den Renoir.«

Er schob das Foto von sich. »Alle Gemälde hatte er bei angesehenen Pariser Kunsthändlern erworben.«

Die waren wohl nicht ganz so ehrenhaft wie sie sich gegeben haben, dachte Sina.

Sie legte ein weiteres Blatt auf die Tischplatte. »Das hier ist eine Fotokopie einer Notiz, die Dana Manthey sich 2003 gemacht hatte. Sie sehen die URL, die zur internationalen Raubkunstdatenbank führt. Zu der Seite, auf der alle Details zu dem verschwundenen Renoir aufgelistet sind. Ihrem Renoir.«

Sie tippte auf die Ausschnittsvergrößerung des Fotos. »2003 befand der sich noch in Ihrem Wohnzimmer. Aber jetzt bewahren Sie ihn lieber woanders auf. Ich bin gespannt, wo wir das Gemälde im Rahmen unser Hausdurchsuchung finden werden. Wahrscheinlich in einem Safe, wo er vor allen neugierigen Blicken verborgen ist.«

Mit hängenden Schultern sah Dirk Tesch auf die Tischplatte. Ob er das Foto anblickte oder ins Leere starrte, konnte Sina nicht beurteilen.

»Das alles wäre nicht passiert, wenn diese Schülerin nicht so neugierig gewesen wäre«, sagte er so leise, dass Sina seine Worte kaum hören konnte.

»Sie hat mich schon beim Interview in meinem Arbeitszimmer nach der Kunstsammlung gefragt. Als wir dann auch noch Fotoaufnahmen im Wohnzimmer machten, fiel ihr der Renoir auf. Sie wunderte sich, dass das Gemälde so auffällig klein war.«

Sina machte sich eine Notiz, hier wollte sie später noch einhaken. Doch zuerst wollte sie Dirk Tesch reden lassen, ihn nicht unterbrechen.

»Ich dachte mir nichts dabei. Ich freute mich ja sogar noch, dass sie sich so für unsere Sammlung interessierte. Aber dann tauchte sie einige Wochen später aus heiterem Himmel wieder auf. Unangemeldet, mit vor Aufregung gerötetem Gesicht. Erzählte mir, dass sie online nach dem Renoir gesucht hatte, weil sie sich für die Entstehungsgeschichte interessiert hätte.«

Rasselnd atmete Tesch ein. »Ich wunderte mich, dass sie mich wegen so etwas aufsuchte und dabei so aufgeregt war. Aber dann hielt sie mir einen Ausdruck von genau dieser Internetseite hin und sprudelte heraus, dass der Renoir Raubkunst sei. Dass er rechtmäßig den Erben eines jüdischen Kunsthändlers gehöre, dass er restituiert werden müsse.«

Tesch verstummte.

Sina wartete kurz, doch der Unternehmer sagte nichts weiter. Konnte er sich nicht dazu überwinden, den Mord an der Schülerin zuzugeben?

»Was geschah dann?«, fragte Sina schließlich.

»Sie hatte ein Notizheft dabei, da hatte sie alles aufgeschrieben, was sie herausgefunden hatte. Sie wollte einen Artikel schreiben. Darüber wie das Gemälde in unseren Besitz gekommen war.« Tesch schüttelte den Kopf. »Sie war so eifrig, sah sich schon als große Enthüllungsreporterin. Als sie davon sprach, welche Zeitschriften sie kontaktieren wollte, um ihre Story zu veröffentlichen, sah ich rot.«

»Sie haben Dana Manthey erwürgt«, sagte Sina. Sie zog einen weiteren Ausdruck aus ihrem Ordner. »Einige Tage nach dem Mord haben Sie mit Danas Bankkarte Geld an einem Automaten in Flensburg abgehoben. Sie hielten sich in Flensburg auf, weil ihre Brauerei dort die Eröffnung eines neuen Standortes feierte.«

Sie legte den Ausdruck auf den Tisch. Er zeigte den Zeitungsartikel, den Sina und Sven online gefunden hatten. Unter der Überschrift *Traditionsbrauerei Tesch jetzt auch in Flensburg* war ein Foto eines zwanzig Jahre jüngeren Dirk Tesch mit zwei weiteren Männern zu sehen. Tesch strahlte in die Kamera und hielt einen Bierkrug in den Händen.

»Der Geldautomat befand sich keine zwei Kilometer vom Ort Ihrer Feier entfernt«, sagte Sina.

»Die Suchaktion hier auf Sylt machte mir Angst«, sagte Tesch. »Ich wollte, dass alle denken, sie sei noch am Leben und nur von zu Hause ausgerissen.«

»Was haben Sie mit Danas Sachen gemacht?«, fragte Sina. »Ihrem Fahrrad, der Reisetasche, die sie dabeihatte?«

»Ich habe alles verbrannt. Bis auf das Fahrrad, das habe ich nachts am Bahnhof Westerland abgestellt. Ich hoffte, dass es jemand stehlen würde. Das scheint funktioniert zu haben. Soweit ich weiß, wurde es nie gefunden.«

Sina nickte. Dieser Teil von Teschs Plan war tatsächlich aufgegangen.

»Sie benahm sich, als ob sie mir einen Gefallen tu-

e. Sie dachte wohl, dass ich mich freue, begangenes Unrecht wiedergutmachen zu können und das Gemälde ohne Weiteres zurückgeben würde. Daran, was es für den Ruf meiner Familie bedeuten würde, wenn das alles an die Öffentlichkeit käme, hatte sie natürlich nicht gedacht.«

Sina verzog das Gesicht. *Er wollte nicht, dass das Ansehen seiner Familie leidet, schon gar nicht, weil ein neugieriges Schulmädchen mehr oder weniger durch Zufall herausgefunden hatte, dass er Raubkunst besaß. Anstatt das Richtige zu tun und das Bild zurückzugeben, hat er lieber ein junges Leben zerstört.*

Sina hatte fürs Erste genug gehört. Weitere Rechtfertigungen des Mörders von Dana Manthey wollte sie sich heute Abend nicht mehr anhören.

Sie schob die auf der Tischplatte liegenden Ausdrucke und das Foto zurück in ihren Ordner und sah auf die Uhr.

»Verhör pausiert um 20 Uhr 17.«

Epilog

»Er hat die Stelle, an der er Danas Leiche vergrub, also willkürlich ausgewählt?«, fragte Jan. Seine Stimme klang ehrlich entsetzt.

Sina lag auf dem Sofa in Jans Wohnzimmer und hatte die Augen geschlossen. »Ja. Er hat erst im Keller seines Hauses alle ihre Sachen verbrannt. Dann hat er Dana und ihr Fahrrad in den Kofferraum seines Autos gelegt und ist losgefahren. An einer Stelle, die ihm abgelegen genug vorkam, hat er sie dann begraben.«

»Und das war das Grundstück, auf das jetzt irgendein Neureicher sein Sylter Traumhaus hinklotzt.«

Sina nickte, die Augen immer noch geschlossen. Sie war um halb sieben aufgestanden und hatte den ganzen Tag hochkonzentriert gearbeitet, jetzt waren ihre Energiespeicher leer.

»Den Wagen hat er wenig später verkauft«, sagte sie. »Und das Auto, mit dem er den Podcaster angefahren hat, war geliehen. Darum war er so überzeugt, dass wir ihm die Fahrerflucht nicht nachweisen können.«

»Aber dass ihr den Renoir findet, muss ihm doch klar gewesen sein«, sagte Jan.

Sina öffnete die Augen und sah Jan an, der neben dem Sofa auf dem Boden saß. »Den hatte er in einem Bankschließfach deponiert. Da ranzukommen wäre tatsächlich schwierig gewesen.«

Jan schüttelte den Kopf. »Was für eine unglaubliche Geschichte. Und das alles wegen eines winzig kleinen Gemäldes.« Er stand auf, Sina sah zu, wie er das Wohnzimmer durchquerte und zwei Bücher vom

Esstisch nahm.

»Bin ich froh, dass meine Mutter keine Gemälde sammelt, sondern Bücher«, sagte er.

Sina lächelte. »Weil die weniger gefährlich sind, oder was?«

»Hoffentlich«, lachte Jan. Er hielt die beiden Bücher hoch. »Erstausgaben von Theodor Storm. Die hat mir meine Mutter gegeben, damit ich sie für sie verkaufe.«

»Verkaufen? Im Internet?«, fragte Sina.

»Nein, in Hörnum. Da gibt es ein Antiquariat, das ist auf seltene Bücher spezialisiert.« Er lächelte Sina an. »Möchtest du vielleicht mitkommen? Der Buchladen verfügt auch über eine kleine Teestube. Die Mandelzungen, die es dort gibt, sind auf Sylt legendär.«

»Mandelzungen? Das klingt wunderbar«, sagte Sina und unterdrückte ein Gähnen.

»Else Pankonin, die Besitzerin des Antiquariats, backt sie jeden Morgen frisch.« Jan verließ mit den beiden in Leder gebundenen Büchern das Wohnzimmer.

»Dann lass uns gleich morgen früh dorthin fahren«, rief Sina ihm hinterher. »Mandelzungen und dazu eine Tasse Friesentee, das ist genau das, was ich brauche, um auf andere Gedanken zu kommen.«

Jan kam zurück ins Wohnzimmer und grinste. »Das dachte ich mir.«

Sina schloss erneut die Augen. *Buttrige Mandelzungen und zuckriger Tee. Das klingt nach erstklassiger Nervennahrung.*

Sina ahnte nicht, dass sie sich bald ausführlich mit Else Pankonin und deren Antiquariat beschäftigen müsste. Allerdings nicht wegen der legendären Mandelzungen ... sondern weil Bücher mindestens ebenso gefährlich sein konnten wie Gemälde.

Sylter Zorn: Mord in Hörnum, der 5. Krimi mit Sina Marten, ist als e-Book bereits vorbestellbar: https://www.amazon.de/dp/B0BQT8KXYH

Falls Sie **Sylter Zorn** in Kindle Unlimited oder als Taschenbuch lesen möchten, folgen Sie der Autorin auf Amazon, um informiert zu werden, sobald das Buch erscheint.
Besuchen Sie hierzu
https://www.amazon.de/Mara-Tamen/e/B09R2D131D und klicken Sie auf den gelben Button unter dem Autorenfoto.

Über die Autorin

Mara Tamen ist das Pseudonym einer in Deutschland geborenen, mittlerweile im Ausland lebenden Autorin.
Normalerweise in anderen Genres unterwegs, schreibt sie als Mara Tamen kurzweilige Krimis mit Wohlfühlfaktor, die in ihrer liebsten Urlaubsregion spielen: Strandlektüre, wie Mara selbst sie am liebsten liest.

Die Reihe Sina Marten ermittelt wird fortgesetzt.

Bisher erschienen:

Sylter Geheimnis: Die unbekannte Tote (Sina Marten ermittelt 1):
https://www.amazon.de/dp/B09QVZ3Q1S

Sylter Verhängnis: Tödliches Theater (Sina Marten ermittelt 2):
https://www.amazon.de/dp/B09SXXCR7Z

Sylter Schatten: Die verlorene Braut (Sina Marten ermittelt 3):
https://www.amazon.de/dp/B0B5M2BYHH

Um informiert zu bleiben, folgen Sie der Autorin auf Amazon (auf den gelben Folgen-Button unter dem Profilbild klicken): https://www.amazon.de/Mara-Tamen/e/B09R2D131D oder auf Facebook:
https://www.facebook.com/MaraTamenKrimi

Sylter Schmerz: Geheimes Grab (Sina Marten ermittelt 4), deutsche Erstveröffentlichung 2023

Covermotiv: YesPhotographers/Shutterstock

Printed in Poland
by Amazon Fulfillment
Poland Sp. z o.o., Wrocław

20951773R00145